중세국어 모음연구

김 성 렬 지음

국학자료원

머리말

이 책은 필자가 중세국어의 모음에 관심을 가지고 연구한 논문들을 한데 묶은 것이다. 논문 I은 필자의 박사학위논문 <중세국어 모음연구>로 그 동안 중세 국어의 논의들을 개관하고 필자의 견해를 다소 첨가한 것이다. 논문 II는 <국어 音長의 通時論的 考察>로 『국어학』 21호에 실은 논문으로 현대국어의 음장이 중세 국어 상성에 근거하여 발달된 것으로 보고 저간의 발달과정을 고찰하고자 노력한 것이다. 논문 III은 <현대국어음장에 대하여>인데, 『중한인문과학』 4집에 실은 것으로 중부방언을 중심으로 음장에 관한 논의들을 간략히 정리한 것이다. 음장 인식이 올바른 국어 발음생활에 일조가 되었으면 한다.

이 소책자를 냄에 있어 학문의 재능이 부족한 필자에게 항상 격려의 말씀을 주신 은사님과 동학·선배들의 따뜻한 사랑에 고마움을 금할 수 없다. 이 책자가 나오기까지 까다로운 기호가 딸린 문자를 입력하느라고 수고한 아주대 대학원생 장호종 군에게 감사하며, 여러 가지 출판 사정이 어려움을 무릅쓰고 흔쾌히 이 책을 출판해주신 국학자료원 정찬용 사장님과 그 임직원들에게 감사한다.

2000년 3월
원천동 연구실에서
지은이 씀.

목 차

표차례

그림차례

出典文獻略號

年　代	文　獻　名	略　號
	<15世紀>	
1446(世宗28)	訓民正音解例	解　例
1447(世宗29)	龍飛御天歌	용
1447(世宗29)	釋譜詳節	석
1447(世宗29)	月印千江之曲	曲
1447(世宗29)	東國正韻	東　國
?	訓民正音諺解	訓　諺
1455(端宗 3)	洪武正韻譯訓	洪武譯
1459(世祖 4)	月印釋譜	月　釋
1462(世祖 8)	楞嚴經諺解	능
1463(世祖 9)	妙法蓮華經諺解	法　화
1464(世祖10)	禪宗永嘉集諺解	永　嘉
1464(世祖10)	阿彌陀經諺解	阿　彌
1464(世祖10)	金剛經諺解	金　강
1464(世祖10)	上院寺重創勸善文	上　院
1465(世祖11)	圓覺經諺解	圓
1466(世祖12)	救急方諺解	救　方
1467(世祖13)	牧牛子修心訣	牧　牛
?	蒙山法語諺解	蒙　山
1467(世祖13)	四法語諺解	法　語
1475(成宗 6)	內訓	內
1481(成宗12)	杜詩諺解 初刊本	杜　초
1481(成宗12)	三綱行實圖	三　綱
1482(成宗13)	金剛經三家解	金　삼
1482(成宗13)	南明集諺解	南　明
1485(成宗16)	觀音經諺解	觀　音
1485(成宗16)	靈驗略抄	靈　驗
1489(成宗20)	救急簡易方	救　簡
1493(成宗24)	樂學軌範	樂　軌

年　　代	文　獻　名	略　　號
1496(燕山 2)	六祖法寶壇經諺解	六　祖
1496(燕山 2)	眞言勸供・三檀施食文	眞　供
	<16世紀>	
1514(中宗 9)	續三綱行實圖	續　三
?	飜譯老乞大	번　노
?	飜譯朴通事	번　박
1517(中宗12)	四聲通解	四　解
1518(中宗13)	飜譯小學	번　小
1518(中宗13)	二倫行實圖	二　倫
1518(中宗13)	呂氏鄕約諺解	呂　約
?	時用鄕樂譜	時　用
1527(中宗22)	訓蒙字會	字　會
1542(中宗37)	分門瘟疫易解方	分　온
1554(明宗 9)	救荒撮要	救　要
1569(宣祖 2)	七大萬法	七　大
1575(宣祖 8)	光州版 千字文	光　千
1576(宣祖 9)	新增類合	類　合
1577(선조10)	誠初心學人文・發心修行章・野雲自警序	誠　初
?	樂章歌詞	樂　章
1583(宣祖16)	石峰千字文	石　千
1588(宣祖21)	小學諺解	小　언
1590(宣祖23)	四書諺解	四　언
1592(宣祖25)	父母恩重經諺解(覆刻本)	恩　重
	<17世紀>	
1617(光海 9)	東國新續三綱行實圖	新　續
1618(光海10)	捷解新語	新　語
1632(仁祖10)	杜詩諺解 重刊本	杜　重
?	癸丑日記	癸　丑
1670(顯宗11)	老乞大諺解	老
1677(肅宗 3)	朴通事諺解	朴　언
1690(肅宗16)	譯語類解	譯　語

年　　代	文　獻　名	略　　號
	<18世紀>	
1728(英祖 4)	靑丘永言(大學本)	靑　大
1765(英祖41)	朴通事新釋	朴　新
?	漢淸文鑑	漢　淸
1781(正祖 5)	重刊 捷解新語	新語重
?	重刊 老乞大諺解	老　重
1797(正祖21)	五倫行實圖	五　倫
?	閑中漫錄	閑　中
	<19世紀>	
1805(純祖 5)	增補三略諺解	三　略
?	柳氏物名攷	柳　物
1839(憲宗 5)	斥邪綸音	綸　音
1852(哲宗 3)	太上感應篇圖說諺解	太　上山
?	孤山遺稿	孤　山
1876(高宗13)	歌曲源流	歌　曲
1880(高宗17)	敬信錄諺解	敬　信
1883(高宗20)	華音諺解	華　언
?	華語類抄	華　語
1896(高宗34)	독립신문	독　립

Ⅰ. 중세국어 모음연구

1. 序 言

本稿는 中世國語(주로 後期中世國語) 母音의 音價, 體系, 混記, 調和, 推移, 漢字表音 등에 관한 研究史를 整理함을 目的으로 한다. 現在까지의 이 모든 分野의 先行 研究業績을 살펴보고 아직까지 未洽한 問題들을 確認해 봄으로써 앞으로의 研究方向을 摸索할 수 있다고 생각한다.

言語는 時代의 흐름에 따라 變하는 것이기에 言語變化의 중추라 할 수 있는 音韻의 變化도 그 軌를 같이 하는 것이다. 국어의 母音變遷은 古代語, 中世語, 近代語를 거쳐 現代語에 이르렀다. 그러므로 本稿에서 考察하려는 中世國語 母音에 관한 諸問題는 中世國語를 前後한 時期의 母音과 關聯지어 研究될 때 옳게 把握될 수 있을 것이다.

2章에서는 音韻變化의 一般的 理論을 一瞥하게 된다. 音韻變化의 理論에 對하여 傳統論者들과 生成論者들의 差異를 알아 보기 위해 一例로 音韻 變化의 漸進性과 偶發性(gradual change and abrupt change)에 대한 논의를 다루게 된다. 音韻變化의 原因을 糾明하려는 理論과 音韻變化의 種類로서 各種 同化와 添加, 省略, 縮約, 異化 등에 대한 言例를 들어 簡略히 說明하게 된다.

又, 言語變化의 類型인 規則의 添加(rule addition), 喪失(rule loss), 再配列(rule reordering), 簡易化(rule simplification)에 대한 生成音韻論的 理論을 一瞥하게 되고 아울러 中世國語에 나타나는 言語現象 중에서 規則再配列로 설명될 수 있는 일례를 다루게 된다.

3章에서는 中世國語 7母音體系 樹立에 대한 先行論議들을 살피게 된다. 朝鮮館譯語의 漢字轉寫字들의 音價推定을 土臺로 한 15世紀 국어 母音 體系推定에 대한 論議들과 訓民正音解例本의 制字解 說明에 根據한 母音體系 論議들을 주로 살피게 된다.

漢字轉寫字에 依한 母音 音價推定은 正確을 期하기가 극히 어렵다. 그 一例로 洪武正韻譯訓과 四聲通解의 歌韻所屬 轉寫字들에 依據한 母音音價 推定의 差異에 對한 논의를 살피게 된다. 또, 古代國語 母音體系는 中世國語 母音體系로 이어지므로 古代語 當時 固有名詞 表記와 漢字音 分析에 依한 古代國語 母音體系 推定에 대한 論議들도 아울러 살피게 된다.

中世國語 文獻에서 우리는 同一한 單語의 母音表記가 混記되고 있는 現象을 많이 볼 수 있는데, 이들 相互 混記되는 母音 사이에는 音價上 母音圖의 位置上 서로 相近性이 있다고 생각되어 이들 混記現象의 類型을 살펴서 이 類型을 中世國語 母音體系 및 音聲環境과 關聯지어 說明하게 된다.

4章에서는 中世國語 母音調和는 알타이諸語에 共通的으로 나타나는 現象으로서 歷史的으로 볼 때 口蓋調和에서 開閉調和로 發達되어 왔다. 그러나 中世國語 以來 母音調和는 이 두 調和에 符合되지 않은 것으로서 理解되어 對角線調和를 論하게 되었지만, 이는 過渡的 現象으로 생각된다.

母音調和는 中世語 段階에서는 철저히 지켜지고 있었기 때문에 母音調和의 例外들을 崩壞로만 보아 왔다. 그러나 이 例外들을 崩壞로만 보지 않고 生成, 崩壞 두 過程에서 나타나는 것으로 理解하려는 論議가 提起된 바, 그 論議의 妥當性 與否도 살펴보아야 한다.

5章에서는 국어의 母音推移現象이 있음을 主張하는 理論과 이를 否定하는 理論을 살피게 된다. 母音推移를 認定하는 경우에도 推移의 時期, 發端 및 推進力과 牽引力에 관한 相異한 論議들을 살피게 되고 아울러 對照言語學的 立場에서 英語의 母音推移에 관한 論議들을 알아 본다.

6章에서는 訓民正音解例의 母音說明에 따른 重母音體系와 音價를 推定하고 6中聲(ㅙㆋㅘㅕㅙㅖ)의 漢字表音 變化를 史的으로 살피게 된다.

中世國語의 上昇二重母音인 ㅣ(jʌ), ㅡ(ji)의 存在를 現代地域方言에서 確認하려는 作業이 있어 왔다. 이런 作業의 一環으로 本稿는 또 다른 ㅡ(ji)의 存在方言을 소개하고 中世文獻에서 下降二重母音 ij의 實現 可能性을 살피게 된다.

6中聲은 漢字音 表記만을 目的으로 制定된 글자로 理解되어 왔으나 本稿는 이 6中聲에 依한 漢字表音과 국어음 表記 實例를 中世 및 그 以後의 文獻들을 중심으로 調査하여 그 實相을 밝히게 된다.

7章은 本稿에서 論議한 內容을 要約하게 된다.

2. 音韻變化의 一般的 理論

2.1 音韻變化의 漸進性과 偶發性

우선 音韻變化의 種類, 類型 및 原因에 對하여 一瞥하기로 한
다. 말소리는 時代의 흐름에 따라 變한다. 말소리가 變하는 모습
은 時代의 흐름에 따라 徐徐히 變한다고 보는 傳統的 見解와 瞬
間的으로 갑자기 變한다고 보는 生成論者들의 見解로 兩分되어
있다.[1]

變하기 前의 發音을 하는 사람과 變한 發音을 하는 사람들이
차차 늘어나서(주로 젊은 세대층) 드디어는 變한 發音으로 굳어
지기 때문에, 흔히는 이런 發音의 變化를 感知하지 못하는 것이
보통이다. 그러나 이런 변화가 쌓이고 쌓여져 오늘날의 말이 옛
말과 다르게 된 것이며 共通語로부터 分化된 方言사이의 差異가
서로 意思疏通이 어려울 程度로 달라지기도 한다고 보는 것이
傳統論者들의 생각이다. 變하는 特定한 音이 音聲學的으로 調音
點이 달라짐으로 因하여 音이 바뀌게 된다. 그래서 音韻의 變化
는 挿入音, 音의 省略, 音位轉換 等과 같이 制限的인 部分에서 나
타나게 되는 바, 文脈에 따라 音聲資質이 달라지는 極히 낮은 수
준에서의 音韻規則의 變化로 생각한다. 예를 들면 어느 母音의

---

1) 후자의 見解로서는 King(1969:133)을 한 예로 들 수 있다. ; That sound
  change is neither necessarily nor ingeneral gradual is, ofcourse not a new
  view, nor is it the exclusive property of generative grammarians.
  Sommerfelt(1923) wrote in support of abrupt sound change,
  Hoenigswald(1960:73) suggests that the notion of gradual sound change is
  a remnant from pre-phonetic days (see also Hoenigswald 1964),
  Jakobson(1931:249) wrote of the "abrupt character of phonological
  changes."

調音點이 그 前보다 뒤에서 調音된다든지 또는 어떤 音韻環境에서 無聲子音의 氣(aspiration)의 程度(degree)가 2度에서 4度로 보다 氣音化해서 소리낸다든지 하는 식의 說明이 音의 變化를 徐徐히 모르는 사이에 變하는 것으로 생각하는 見解다.

그러나 生成論者들에 依하면 言語變化는 言語能力(Competence)의 變化이고 文法規則의 變化로 보기 때문에 音韻의 變化도 이런 관점에서 파악하려 한다. 어린이가 父母로부터 言語를 習得하는 것은 父母들의 發話를 그대로 習得하는 것이 아니라 父母들의 發話 속에 內在하는 文法規則을 習得하고 父母들의 文法規則에 어린이가 생각하는 文法規則을 添加해서 習得하기 때문에 여기에 規則의 添加라는 文法의 變化가 나타나게 되는 것이라고 生成論者들은 보고 있는 것이다. 이렇게 그들은 言語變化를 單純히 音韻의 變化가 아니라 文法의 變化라고 보고 있다.

Hocket(1965)도 具體的인 事例를 提示하지는 않았지만 言語變化를 規則의 變化로 보고 있다. 그의 說明은 音韻의 變化는 音聲規則의 變化라기보다는 文法의 變化에 基因하는 것으로 생각하고 있다.[2]

音韻은 徐徐히 變한다는 傳統的인 思考에 否定的인 立場에 서서 言語의 變化는 단지 音韻의 變化가 아니라 文法의 變化로 보는 한편, 音韻의 變化는 偶發的으로 갑자기 變하는 것이라 主張한다. 一例로 語頭에서 /d/>/t/로 바뀌는 것에 對하여 生成論者들은 /d/가 瞬間的으로 /t/로 바뀌는 것으로 이는 文法의 變化에 基因한다고 보는데 反하여 傳統論者들은 이 變化는 認識하지 못하

---

2) Sound change – i.e. Systematic changes in the phonetic actualization of particuler utterances on parts of utterances – may be due to changes in the grammar other than in the low lebel phonetic rules. ; Hocket F.(1965), "Sound chanes", Language 4.1 No.2, pp.185~204 參照.

는 사이에 徐徐히 變하기 때문에 變化段階를 다음과 같이 設定
할 수 있다고 본다.

$$[d]>[\d]>[\underset{.}{t}]>[t]$$

곧, [d]는 [d̩]([d]의 硬音), [t̩]([t]의 軟音) 段階를 거쳐서 [t]에 이
르게 된다는 것이다.

2.2 音韻變化의 原因

　다음은 音韻變化의 原因에 대하여 생각해 보기로 한다. 이 問
題는 이제까지 수많은 學者들이 관심을 가지고 硏究하여 왔으나
아직까지 滿足할만한 成果를 거두지 못하고 있다. 音韻變化는 왜
나타나는가? 音韻變化의 수많은 類型 가운데 왜 하필 이런 類型
의 變化가 일어나는가? 우리는 音韻變化의 原因에 대하여 거의
아무 것도 말할 수 없다고 해도 지나친 말은 아닐 것이다.
　그러나, 우리는 音韻變化에 대하여 自信있게 說明할 수 없다고
하더라도 때로는 一般的인 說明 方法을 찾을 수도 있는 것이다.
우선 發音하는데 드는 努力을 적게 하고자 하는 努力經濟原則을
들 수 있다. 音韻變化 中 同化는 世界 어느 言語에서나 찾아 볼
수 있다. 調音點, 調音方法이 다른 소리들을 연달아 發音하는 것
보다 같은 소리를 이어 내는 것이 훨씬 쉽다. 그러나 이 努力經
濟의 原則으로도 說明되지 않는 것이 너무나 많다. 一例로 국어
에서 ‘ㅅㅈㅊ’ 다음의 ‘ㅡ’ 혹은 ‘ㅜ’ 母音은 이들 子音에 이끌려
‘ㅣ’ 母音으로 變한다. ‘슳다>싫다, 즘승>짐승, 춤>침’3) 등. 그런

_____

3) ‘ㅜ>ㅣ’의 變化의 例

데 '칩다>춥다'로 變하는 것은 이 努力經濟原則을 否定하는 것이라 하겠다.

生成論者들은 規則의 添加, 喪失, 再配列, 簡易化로써 音韻變化를 說明하고 있다. 構造論者들은 音韻變化는 音韻體系의 對稱的 調和와 均衡을 向해서 이루어져 나간다고 한다. 그러나 이들은 모두 一面의 眞理만을 가지고 있을 뿐, 一律的으로 處理되지 않는 部分이 반드시 있다. 예를 들어 10世紀頃에 독일어에는 語末無聲音化現象이 일어났고, 14世紀頃에 이르러서는 有聲子音 앞에 長母音化現象이 나타나는데, 이와 같은 音韻規則 現象에 대하여 우리는 그 原因을 說明할 수 없다. 독일어에는 語末無聲音化現象이 나타나지만,4) 다른 言語에는 이같은 現象이 나타나지 않는다. 우리는 그 理由를 說明할 수 없다.

또, 音韻體系가 單純하고 簡易한 體系로 指向하는 것이라면 오늘에 와서 音韻의 數가 다섯, 여섯 개로 줄었다든지 아니면 未來에 그런 言語가 생길 可能性이 있어야겠는데, 그럴 可能性은 없어 보인다. 部分的으로 어느 特定 現象에 대해 거기에 맞은 說明은 할 수 있어도 音韻變化 全體를 說明할 수 있는 原則은 좀더 많은 資料와 觀察이 있은 후에라야 可能할 것으로 생각된다. 그래서 Bloomfield(1933:385)는 '音變化의 原因은 알려져 있지 않다'라고 말하였으며 Postal(1968:283)도 音變化의 原因을 밝히는 것은 言語學의 分野가 아니라고까지 말하고 있다. Hugo Schuchardt(1885), Leo Spitzer(1922)들도 Postal과 거의 같은 意見을 提示하고 있

① 춤>칩 : 춤~믄득ㄴ치춤바토리라(金삼五28)
　　　　　　칩~(큰사전 p.386)
② 기춤>기침 : 기춤~聲咳ᄂᆞᆫ 기추미라(月釋十八6)
　　　　　　　기침~(조선어사전 p.149)
　이밖에 '수줍다>수집다, 목숨>목심' 등이 있다.
4) Lob[lop], weg[vek], Graz[gras]의 例들.

다.

그러나 音韻變化의 原因을 밝힐 수 없다고 보는 見解에 反하여 音韻變化의 大部分은 同化에 基因하는 것이라고 主張하는데, umlaut 現象, 母音調和, 子音調和 등은 이 同化에 의해서 쉽게 說明할 수 있다. 그러나 英語의 母音推移, 독일어의 子音推移[5]와 같은 音韻現象은 同化로서 說明할 수 없다.

또, 一部 言語學者들은 音韻變化의 要因으로서 어떤 音韻이 그 音韻體系 內에서 出現하는 相關頻度數를 든다. 주어진 言語에서 音韻의 出現頻度는 機能負擔量과 關聯이 있는데, 이 頻度數는 音韻變化의 한 要因이 되고 있음은 매우 잘 알려져 있는 事實이다. 모든 音韻은 發音上 각기 다른 明瞭度를 나타내는 바, 'ㅌ'은 'ㄷ'이 가지고 있는 모든 것을 具備하면서 [+aspirate]의 資質을 더 가지고 있기에 'ㄷ'보다 明瞭度가 높다고 본다. 英語의 有聲音 [d]는 無聲音 [t]보다 [+voice] 資質을 더 가지고 있기 때문에 明瞭度가 더 높다. 우리는 영어에서 'd'가 매우 頻煩하게 發音되는 경우를 假定해 볼 수 있다. 英語를 말하는 사람들은 頻煩하게 發音되는 'd' 소리에 익숙해 있기에 그들은 흔히 'd'를 分明하게 發音하지 않는 傾向이 있게 된다. 그 結果로 이 때 'd' 소리는 明瞭度가 덜 分明한 't'와 類似해 질 可能性이 있다. 한편 't'는 頻度가 낮기 때문에 明瞭度가 낮아서 보다 똑똑하게 말하려는 努力이 있게 된다. 이렇게 되면 明瞭度로 볼 때 'd' 소리와 't' 소리의 差異가 거의 없게 되어 여기에 音의 變化가 일어난다고 본다.[6]

頻度數에 依하여 音韻變化를 說明하려고 試圖하는 것은 機能

---

5) b, d, g > p, f, k ; King Robert D.(1969), Historical Linguistics and Generative Grammar Englewood Cliffs, N. J. Pentice-Hall, p.168.

6) Zipf, George K(1925), Relative Frequency As a Determinant of Phonetic Change, Harvard Studies in Classical Philology 40.1-95.

負擔量과 關聯이 있다. 이것은 곧 音韻 單位 사이의 對照의 程度를 記述하게 된다. 예를 들면 음운 /p/와 /b/의 對立은 /š/와 /ž/의 對立보다 機能負擔量이 커서 前者는 後者에 比하여 많은 最小對立語를 가지게 된다.

Martinet(1955)도 音韻變化에 있어 機能負擔量에 대하여 言及하고 있다. 그의 基本概念은 機能負擔量이 낮은 音韻들 사이에 合流(merge) 現象이 나타날 때, 機能負擔量이 큰 音韻들 사이의 合流 때보다 덜 抵抗的이라는 것이다. 合流로 因해 서로 달랐던 音韻들이 同音語가 되기 때문에 傳達의 混亂이 생기게 되는데, 機能負擔量이 작은 /š/와 /ž/의 音韻 사이의 合流는 그리 큰 混亂을 惹起시키지 않는다고 한다. 이에 反하여 機能負擔量이 큰 音韻 /p/와 /b/ 사이의 합류는 심각한 혼란을 일으킨다고 보고 있다.

우리는 機能負擔量에 依해 音韻變化의 原因을 說明하고자 하는 主張을 잠시 살펴 보았다. 그러나 이것만으로 충분한 說明이 못됨은 勿論이다. 우리는 音韻變化에 있어 보다 上位層에 屬할 變化의 어떤 機制(mechanism)가 존재하고 있으리라는 想像을 해 본다.

音韻들 사이의 거리는 주어진 言語에 있어 分節音에 依하여 決定되는 調音領域이다. 音韻들 사이의 거리는 最大限의 間隔을 維持함으로써 보다 均衡된 體系를 이루고자 한다. 이 均衡 잡힌 체계에 音韻變化가 있게 되면 構造上의 구멍(slot)이 생기게 되어 이 구멍을 메꿈으로써 다시 새로운 均衡을 維持하려고 한다.

2.3 音韻變化의 種類

音韻變化의 種類에는 여러 가지가 있다. 가장 普遍的인 것이 同化다. 個別音은 함께 모여 音連結體를 이루어 쓰인다. 例를 들어 '고무'란 말은 [k o m u]의 4소리가 連結되어 이루어지는데 이들 音連結은 앞뒤 소리가 서로 影響을 주면서 發音되고 있다. 즉, [k o m u]의 [k] 소리는 뒤에 있는 [o] 소리의 影響을 받고 있다. [o] 소리는 圓脣母音이어서 그 準備作用이 이미 [k] 소리를 낼 때부터 시작된다. 곧 [k] 소리는 [o] 소리에 同化된 것이고, [o] 소리는 그 앞에 있는 [k] 소리를 自己에게 同化시킨 것이다.

'믈, 블. 플' 등은 後에 各各 '물, 불, 풀' 등으로 變했다.7) 이것은 脣音下의 母音 /ɨ/가 모두 /u/로 바뀌었는데, 脣音의 입술작용으로 말미암아 입술오무리는 作用이 加해져 順行同化가 일어난 것이다.

中世國語에서 '스ㄱ 볼>시골, 아즘>아침, 즞다>짖다, 븢다>찢다'8)로 /ɨ/가 /i/로 바뀐 것은 齒音의 前舌位置에 끌린 것이다. '흔쯰>함께, 손쁴>솜씨'에서 [n] 音이 그 뒤의 [p] 音에 依해 同化되어 [m] 音으로 바뀐 것이다. '삼기다>상기다, 습겁다>승겁다>싱겁다'에서도 [m]이 뒤의 [g] 소리에 同化되어 [ŋ]으로 變한 것이다. 독일어의 '[liːbən](lieben)~[liːptə]'는 語幹 끝소리 有聲子音이

---

7) 'ㅡ' 脣音化는 17世紀 초엽부터 散發的으로 文獻에 露出되기 시작한다고 보고 있다. 다만 逆行作用의 例도 있기는 하다. 田光鉉(1967:85~86), 宋敏(1986:130)은 「譯語類解」의 다음과 같은 語例들을 指摘한다.
  下葬 뭇다 (上42ᵇ)   種火 블뭇다 (上54ᵃ)
  陪者 무다 (上66ᵃ)   進陪 믈리다 (上66ᵃ)
  特將來 부러오다 (下52ᵃ) 專來 블어오다 (下48ᵃ)
  이런 例들이 脣音化의 逆行作用이라 한다.
8) 쁘저머거늘(석六32).

바로 뒤에 오는 無聲音에 同化된 것이고, '[húnt](hund), [lɔːp](lob)'는 語末이 有聲子音일 때 뒤의 pause에 同化되어 無聲音化한 것이다. 이런 例들은 다 逆行同化에 屬하는 것들이다.

'티다>치다, 모딜다>모질다'와 같은 口蓋音化도 逆行同化의 一種이다. '독립'이 '동닙', [sévn](seven)이 [sébm]으로 發音되는 것과 같은 同化는 두 소리가 서로 同化되어 함께 變하기에 相互同化라 한다.

위에서 본 바와 같이 서로 隣接하는 音 사이의 同化가 있는가 하면 서로 떨어져 있는 音 사이의 同化도 있는데, 이를 隔音同化라 한다. '본도기>본되기>번데기, 돌팡이>달팽이, 낭이>냉이, 굼벙이>굼벵이'와 같은 umlaut 現象은 間接同化의 一例다.

國語의 母音調和는 널리 알려진 事實로서 15世紀 국어의 語尾나 助詞가 語幹 혹은 名詞와 어울릴 적의 母音調和와 한 形態素 內部의 母音調和의 두 가지로 갈라 볼 수 있다. 'ᄂᆞ라(飛), 버서(脱), 사ᄅᆞ몬, 므른' 등의 例와 'ᄀᆞ롬, 굴헝' 등이 그 例다. '더버서>더버서>더워서, 글발>글봘>글왈(글월)'의 'ᄫ' 소리는 母音 사이 惑은 'ㄹ'과 母音 사이에서 앞뒤의 有聲音에 同化된 것인데, 이같이 양쪽의 두 소리가 가운데에 낀 소리에 同時에 作用하여 變化시키는 것을 二重同化라 한다. 이밖에도 完全同化와 部分同化도 있다.

同化作用의 特殊한 例로 語末子音 添加(excrescent)가 있다. 英語의 ax, sack가 독일어에서는 axt, sekt로 되어 語末에 [t]가 添加됨을 알 수 있다. 이는 休止로 끝나기 前에 혀끝을 윗잇몸에 붙인 結果다.

'거루우'가 '거울'로 되어 語末의 母音이 省略되는데, 이를 語末母音省略(apocope)이라 한다. '기르마'가 '길마'가 되는 것은 語中

母音省略(syncope)이다. '수볼>수을>술'의 例는 母音이 서로 이웃해 있을 때 그 중 하나가 省略되는 例다. '엱다>얹다, 과자>가자' 등의 例는 滑音(glide)이 省略되는 例다. '간난ᄒ다>가난하다9), 목과>모과' 등의 例는 同音省略(hapology)이고, 두 개의 隣接해 있는 소리를 합쳐서 그 어느 쪽도 아닌 다른 音 하나로 變化되는 것은 縮約(Contraction)이라 한다. '사이~새, 오이~외, 가이~개' 등, '하아~하야, 소아지~송아지, 버워리~벙어리'들의 音添加는 聽覺印象 强化와 縮約을 防止하기 爲해 새로운 소리를 挿入한 것이다.

異化는 한 單語 안에 같은 소리가 重複되는 경우 그 중 하나를 다른 소리로 바꾸는 作用을 말하는 바, 同化作用만큼 흔하지 않다. '붑>북10), 처엄>처음'과 같은 例다.

2.4 言語變化의 類型

한 言語의 構造는 規則의 體系로 說明된다. 주어진 言語에 있어서 그 言語에 史的으로 어떤 變化가 일어났다면 그것은 그 言語의 規則體系에 變化가 일어난 것이다. 時代의 흐름 가운데 앞선 한 時代와 뒤의 어느 時點 사이에 言語構造上의 變化는 一般的으로 規則의 添加(rule addition), 喪失(rule loss), 再配列(rule reordering), 簡易化(simplification) 등에 依하여 說明된다. 이들에

---

9) ① ᄒ녁>ᄒ녁 : ᄒ녀ᄀ론분별ᄒ시고ᄒ녀ᄀ론깃거(석六18)
   ② ᄒ낫>ᄒ낫 : ᄒ낫재ᄂ글온효도 아니ᄒᄂ형벌이오(一日不孝而刑, 小언一13)
   ③ 전년>저년 : 내전년에(我年時, 老上12)
                 나도 저년에(我年時, 老上10)
   ④ 쉰냥>쉬냥 : 대되헤니쉬냥이로다(老하53) 들도 모두 동음생략의 例들이다.
10) 붑 : 鼓 부피라(석十三21), 붑 : 붑을 보희둘고티니(新續孝一1), 북 : 북티다
    (譯語上20).

대해서 簡略히 알아 본다.

2.4.1 規則의 添加

국어의 規則 添加의 例로서 umlaut 現象을 들 수 있다. 龍飛御天歌에 보면, '   ~   '(蛇)11)의 兩形이 共存해 있고, 杜詩諺解初刊本 한 책 안에서도 '버혀~베혀'12)의 兩形이 함께 쓰이고 있음을 볼 때, 이는 分明히 鮮初 이른 時期에 나타난 umlaut의 反映이라 보겠다. 그러나 국어의 umlaut 現象은 現代國語에 이르러 豊富하게 나타나는 現象으로서 이는 곧 umlaut 規則의 添加라 하겠다. 이 umlaut 現象은 많은 言語에 一般化된 規則으로서 대개는 後代에 이르러 나타난 音韻現象이다. 一例로 게르만語族들을 보면,13) 가장 오래된 古代 Gothic語에는 이 umlaut 現象이 없었다. (gasts:gasteis). 한편, 古代高地 獨逸語, 고대 Saxon語에는 短音 [a]에 限하여 umlaut 現象이 나타나고 있음을 記錄文獻이 보여주고 있다.(gast:gesti) 또, 庶民層이 使用하는 라틴어에서도 長母音 [ū]가 [ü]로 變하는 umlaut 現象이 存在했다. 古代英語에는 umlaut 規則에 依해 나타난 [ö] 前舌圓唇母音이 또 다시 平唇母音이 되어 [ē]로 變하는 規則이 添加된다.

국어에서 보면 李朝初期의 'ay(ㅐ), əy(ㅔ), oy(ㅚ)'의 二重母音이 現代語의 單母音 '[æ], [e], [ø]'로 되는 것은 單母音化 規則이 添加된 것이다.14)

---

11) 비야미(大蛇, 용七), 비얌개(蛇浦, 용三13)
　　비얌골(蛇洞, 용六43), 蛇논비야미오(月釋21·42).
12) 버혀金露盤을 바티면(截承金露盤, 杜초十八19)
　　베혀가몰 말오져흐디못흐놋다(剪伐欲無辭, 杜초十八11).
13) King, Robert D(1969b), Push Chains and Drag Chains, Glossa (forthcoming), p.40.
14) 이들이 複母音이었다는 證據는 ① 訓民正音에서 'ㅛ, ㅑ, ㅠ, ㅕ'는 單母音視

古代高地獨逸語에는 名詞의 主格形, 所有格形, 複數形 들이 아
래와 같았다.

lob lobəs veg vegə graz grazəs[15]

그 후 10世紀頃 中世高地獨逸語에 이르러서는

lop lobəs vek vegə gras grazəs[16]

로 나타나는데, 이것은 語末障碍音이 無聲音으로 되는 規則이 添
加된 것이다. 다시 14世紀頃에 이르러서는 또 다시 다음과 같이
바뀌고 있다.

lop loːbəs vek veːgə gras graːzəs[17]

여기서 우리는 有聲障碍音 앞의 母音이 長音化되는 規則이 添加
되고 있음을 본다. 現代獨逸語에 이르러서는

loːp loːbəs veːk veːgə graːs graːzəs[18]

와 같은 表面形을 나타내고 있는데, 우리는 이같은 表面形을 얻

하여 11單母音에 包含시켰으나 '·ㅣ, ㅐ, ㅔ, ㅚ, ㅟ'는 포함시키지 않은 점, ②
同音省略에서 'ㅐ, ㅚ, ㅟ' 등은 딴이가 脫落하는 점을 들 수 있다. ; 해예>화
예, 벼개예>벼가에, 뫼시다>모시다.
15) King, Robert D(1969a), Ibid. p.53.
16) King, Robert D(1969a), Ibid. p.53.
17) King, Robert D(1969a), Ibid. p.53.
18) King, Robert D(1969a), Ibid. p.54.

기 위하여는 歷史的 順序인 語末無聲音化 規則과 長母音化 規則
의 適用順位를 逆으로 바꾸지 않으면 안 된다.

2.4.2 規則喪失

우리는 앞 2.4.1에서 10世紀頃 中世獨逸語에 語末無聲音化 規
則이 添加됨을 보았다. 그런데, 이 中世高地獨逸語로부터 派生되
어 나온 yiddish系 言語에는 이와 같은 規則이 存在하지 않는다.

    hob(I have) : hobm(we have)
    lid(song)   : lider(songs)
    tog(day)   : teg(days)
    noz(nose)   : nezer(noses)[19]

와 같이 障碍音이 語末에 올 때 無聲音으로 변하지 않고 있다.
그러면 yiddish語에는 본래부터 이 規則이 없었는가 하면 그렇지
는 않다. 적어도 前에 한 때는 語末障碍音 無聲音化 規則이 存在
했다고 보는 것이 合理的이다. 'avek(away), hant(hand),
gelt(money)[20]' 등의 말이 있는 것으로서 그 證據를 삼을 수가
있다. 이렇게 語末障碍音 無聲音化 規則은 yiddish語에서는 後에
喪失된 것이다.

2.4.3 規則再配列

우리는 2.4.2에서 獨逸語는 10世紀頃에 語末障碍音 無聲音化
規則이 일어나고 14世紀頃에 이르러 長母音化 現象이 있음을 보

---

19) King, Robert D(1969a), Ibid. p.74.
20) King, Robert D(1969a), Ibid. p.47.

왔다. 그리하여 다음과 같이 基底形으로부터 두 規則의 適用을
거쳐 音聲的 實現이 誘導된다.

기   저   형 [lob] [lobəs] [veg] [vegə]˙[graz] [grazəs]
무성음화규칙 [lop]   [vek]   [gras]
장모음화규칙   [loːbəs]   [veːgə]   [graːzəs]
표   면   형 [lop] [loːbəs] [vek] [veːgə][gras] [graːzəs][21]

그런데, 후에 다시 格·數에 따른 變動形에 있어서는 無聲障礙
音 앞의 短母音도 長母音化된다. 그래서 現代獨逸語에 있어서는
'[lop]>[loːp], [vek]>[veːk], [gras]>[graːs]'로 되는 것을 共時的으
로 說明하려면 規則 適用 順位가 바뀌는 規則再配列을 適用해야
한다.

기   저   형 [lob] [lobəs][veg][vegə][graz] [grazəs]
장모음화규칙 [loːb][loːbəs][veːg][veːgə][graːz][graːzəs]
무성음화규칙 [loːp]   [veːk]   [graːs]
표   면   형 [loːp][loːbəs][veːk][veːgə][graːs][graːzəs][22]

2.4.3.1 中世國語의 規則再配列

그러면, 中世國語의 規則再配列에 대한 論議들을 알아보기로
한다. 田相範(1975)은 中世國語 段階에서의 母音調和 崩壞는 規
則再配列에 의하여 설명될 수 있다고 보고 다음과 같이 言及한
다.

---

21) King, Robert D(1969a), Ibid. p.53.
22) King, Robert D(1969a), Ibid. p.52~58.

알려진 바와 같이 訓民正音의 創制에 依해서 照射된 後期中世
國語는 상당히 엄격한 母音調和를 보여주고 있었으나 이는 곧
이지러지기 시작하여 中世語末期까지는 거의 初期의 엄격한 모
습을 찾아볼 수 없게 되었다. 母音調和의 消失의 方向과 過程은
그 自體로서 하나의 독립한 研究對象이 될 것이며 그 가운데에
서도 특히 規則再配列과 關聯되어 재미있는 것은 重刊杜詩諺解
(1632)에 나타나는 다음과 같은 現象이다. 즉 여기서는 主題格과
對格의 陰陽 對應形이 語幹이 子音으로 끝나는 경우에는 여전히
'-온/은, -올/을'로 對應하고 있으나 語幹이 母音으로 끝나는 경
우에는 그 母音의 性格에는 상관없이 從來의 '-ᄂᆞᆫ/는, -롤/를'이
'-는, -롤'로 통일되어 있다.23)

이렇게 말하면서 다음과 같은 例들을 들고 있다.

(7) a. B+ʌn   tal+ʌn   (다론)
    b. B+ʌl   salʌm+ʌl   (사ᄅᆞᆷ몰)
    c. NB+ən   kɯlɯmən   (구루믄)
    d. NB+əl   kɯlɯməl   (구루믈)
    e. B+nʌn   kətʌɣ+nʌn   (그더ᄂᆞᆫ)
    f. B+lʌl   pyʒkaɣ+lʌl   (벼개롤)
    g. NB+nʌn   nyʒɣ+nʌn   (네논)
    h. NB+lʌl   paykkɯ+lʌl   (백구롤)

   B=back vowel, NB=nonback vowel24)

여기서 (7g)와 (7h)는 母音調和 規則에 의하면 [nyʒɣnən]과
[paykkɯləl]이 되어야 하는데, 이렇게 되지 않고 위와 같이 나타나는

23) 田相範(1975), 規則 再配列과 自由交替, 語學研究 11-2, pp.140~141.
24) 田相範(1975), Ibid. p.141.
   전상범이 提示한 후기중세국어의 7모음자질 모형은 아래와 같다.

現象을 說明할 수 있는 可能한 方法으로 그는 다음 세 가지 規則을 提示한다.

(8) 重母音化規則(Diphthongization Rule)

$$i \rightarrow y \ / \ \left[\begin{array}{c} v \\ -front \end{array} \right] \text{——} \quad \text{25)}$$

規則 (8)에 의하여 母音 뒤에 나타나는 /i/는 半母音化하여 앞의 母音과 합쳐 重母音이 된다.

(9) 母音調和規則(Vowel Harmony Rule)

$$\left[\begin{array}{c} v \\ -front \end{array} \right] \rightarrow [\alpha\,back] \ / \ \left[\begin{array}{c} v \\ \alpha\,back \\ \{ \begin{array}{c} [-front](a) \\ [+front](b) \end{array} \end{array} \right] [-syl] + \text{——}$$

(b) = optional   26)

規則 (9)에 의하면 語尾가 母音으로 시작되며 그 母音이 /i/가 아닌 경우 그 母音은 語幹의 마지막 母音(重母音인 경우에는 y 앞의 母音)에 따라 陰陽의 어느 하나의 形態를 取한다.

	이	우	으	어	오	ᄋ	아
	i	ᄇ	ə	ɜ	u	ʌ	a
high	+	+	−	−	+	−	−
back	−	−	−	−	+	+	+
front	+	−	−	−	−	−	−
low	−	−	−	+	−	−	+
round	−	+	−	−	+	−	−

25) 田相範(1975), Ibid., p.141.
26) 田相範(1975), Ibid. p.141.

(10) ㄹ/ㄴ 反復規則(Sonorant Reduplicatioin Rule)

$$\text{ø} \rightarrow \begin{bmatrix} +\text{son} \\ +\text{cons} \\ +\text{cor} \\ \alpha\,\text{nas} \end{bmatrix} [-\text{cons}] + - \Lambda \begin{bmatrix} +\text{son} \\ +\text{cons} \\ +\text{cor} \\ \alpha\,\text{nas} \end{bmatrix} \#$$ 27)

규칙 (10)은 語尾 /-ʌl/이 母音으로 끝나는 語幹 뒤에 올 때 語尾의 마지막 子音 /n/이나 /l/을 그 語尾 첫머리에 다시 한 번 反復하는 規則이다.

杜詩諺解初刊本에서는 규칙 (9)→(10)의 順으로 적용되고 있던 것이 重刊本에 이르러서는 (10)→(9)의 順으로 再配列되고 있다고 지적한다.

(13) (a) /tal+ʌn/   /kɨlɨm+ʌn/   /kətʌi+ʌn/   /nyɜi+ʌn/

　　　　　　　　　　　　　　　kətʌy+ʌn   nyɜy+ʌn   Diph

　　　　　　　　kɨlɨmən　　　　　　　　nyəy ən   VH

　　　　　　　　　　　　　　　kətʌynʌn   nyɜnən   SR

　　　　[talʌn]   [kɨlɨm+ən]   [kətʌynʌn]   [nyɜynən]   OPT

　(b) /tal+ʌn/   /kɨlɨm+ʌn/   /kətʌi+ʌn/   /nyɜi+ʌn/

　　　　　　　　　　　　　　　kətʌyʌn   nyɜy ʌn   Diph

　　　　　　　　　　　　　　　kətʌy nʌn   nyɜynʌn   SR

　　　　　　　　kɨlɨm ən　　　　　　　　　　　　　V.H.   28)

　　　　[talʌn]   [kɨlɨmən]   [kətʌynʌn]   [nyɜynʌn]   OPT

또, 中世國語의 處格形은 그 앞의 語幹이 中性이나 下降二重母音으로 끝날 때 [yɜy](예)가 되고, 副詞形은 語幹이 陽性이면

---

27) 田相範(1975), Ibid. p.142.
28) 田相範(1975), Ibid. p.143.

[ya](야)와 [yɜ](여)로 交替되고 陰性·中性일 때는[yɜ](여) 하나
로만 나타나며, 動名詞語尾는 副詞形과는 반대로 陽性의 二重母
音 뒤에는 [yum](윰) 하나로만 나타나고 陰性의 二重母音 뒤에는
[yum](윰)과 [yɯm](윰)으로 交替된다.

　이 交替形들의 表面形을 導出해내는 데는 半母音 形成規則
(glide formation rule)과 半母音揷入規則(glide insertion rule)을
設定하여 각 경우에 이들 規則의 適用順位를 달리함으로써 所期
의 表面形을 얻을 수 있다. 일례로 '드외여'와 '드외야'의 導出過
程을 보면,

/tʌui+ɜ/			/tʌui+ɜ/		
tʌuy	ɜ	Diph	tʌuy	ɜ	Diph
/tʌuy	yɜ	G.I	tʌuy	a	V.H
		V.H	tʌuy	ya	G.I
[tʌuy	yɜ]	OPT	[tʌuyya]		OPT

와 같아서 G.I→V.H 順으로 規則을 適用하면 [yɜ](여)形이 導出
되고 逆으로 V.H→G.I 順으로 適用하면 [ya](야)形을 얻게 된다.

　金鎭宇·都守熙(1980)도 中世國語 段階에서 舌側音(l)이 舌顫音
(r)으로 實現되는 過程(l→r)을 規則再配列에 依하여 合理的으로
說明할 수 있다고 보고 있는데, 이 때 音節境界(Ṡ)가 달라진다고
한다. 中世國語後期(16世紀末頃) 以來 現代國語에 이르러서는 舌
側音은 音節末이나 子音 앞에 놓일 때 實現되고 舌顫音은 有聲
音 사이나 母音 앞의 頭子音으로 쓰일 때 實現되고 있는 바, 이
같은 現象은 音韻史的으로 볼 때 늦어도 17世紀初에 完成된 것
으로 보고 있다.29) 具體的인 實例를 들어 보면,

---

29) 金鎭宇·都守熙(1980), Rule Reordering in Middle Korean Phonology, 어학

現 代 國 語 : tar+i (tal, 月)
　　　　　　　 kir+ɨ (kɨl, 文)
初期中世國語 : nalȿay
　　　　　　　 ilȿəȿnil
　　　　　　　 talȿayȿsya　　　30)

과 같이 實現되어 初期中世國語 段階에서는 위의 單語들이 有聲音 사이에 놓여 있으면서도 舌顫音(r)化하지 않고 舌側音을 固守하고 있으므로 자연 音節境界(ȿ)는 위와 같은 위치에 있다고 볼 수 있는 것이다. 이렇던 것이 16世紀末 늦어도 17世紀初에 이르러서는 'l→r'로 變했다고 보는 것이다. 이런 變化過程을 說明하기 위하여서 다음과 같은 規則을 設定하고 있다.

ø → ȿ / - (C) V 31)

이 規則은 音節境界는 (C)V앞에 놓이는 것을 意味하는 것으로 결국 VȿCV, CȿCV, VȿV와 같은 位置에 있게 된다.
그러면 音節境界를 달리함에 따라 서로 다른 表面形이 導出되는 具體的인 例를 들어보기로 한다.

날개(nalgay)>날애(nalay)>나래(naray)

이 變化過程에는 'ㄱ' 脫落과 'l→r'의 現象이 있음을 보게 되는

연구 16-1, p.80.
30) 金鎭宇・都守熙(1980), Ibid. p.75.
31) 金鎭宇・都守熙(1980), Ibid. p.79.

데, 이 때 音節境界가 'ㄱ'脫落보다 우선 適用되느냐 아니냐에
따라 表面形이 서로 다른 '날애'(nalay)形과 '나래'(naray)形이 導
出된다.

기저형	nalgay	기저형	nalgay
Ṡ삽입	nalṡgay	ㄱ탈락	nalay
ㄱ탈락	nalṡay	Ṡ삽입	naṡlay
l → r		l → r	naray
표면형	[nalay](날애)	표면형	[naray](나래)

과 같이 되는 바, 여기서 우리는 '나래'形이 導出될 때, 'ㄱ'脫落→
Ṡ揷入 順으로 規則再配列이 있음을 보겠다.

2.5 規則의 簡易化

독일어 諸方言의 語末障碍音 無聲音化 規則은 障碍音이 閉鎖
音이든지 摩擦音이든지 不問하고 適用된다.

  (a) [+obstruent] → [-voice] / ──── # 32)

그런데, Alsace 地方語는 오직 摩擦音에 限해서만 이 規則이
有效해서 아래와 같이 規則化된다.

  (b) $\begin{bmatrix} +\text{obstruent} \\ +\text{continuent} \end{bmatrix}$ → [-voice] / ──── # 33)

---

32) King, Robert D(1969a), Ibid. p.58.
33) King, Robert D(1969a), Ibid. p.58.

이 두 規則을 比較하여 보면 규칙 (a)가 더 一般性을 가진 簡
易化된 規則이다. 規則 (b)는 摩擦音의 自然部類를 이루는 音들
에만 適用되는데 反하여 規則 (a)는 閉鎖音이든 摩擦音이든 모든
障碍音에 두루 適用되므로 보다 簡易化된 規則으로서 一般性을
띠고 있다. 이런 式으로 地域方言들은 흔히 分化된다.

Becker(1967)는 文法規則이 어느 方言에는 보다 一般的인데 反
하여 他方言에서는 一般性이 보다 缺如됨으로써 文法이 서로 달
라진다고 하였다.

우리는 辨別資質에 의하여 音韻 /t/, /p, t/, /p, t, k/를 각각 아
래와 같이 表示할 수가 있다.

$$
/t/ \quad\quad /p, t/ \quad\quad /p, t, k/
$$

$$
\begin{bmatrix} +obstruent \\ -continuent \\ -voice \\ +coronal \\ +anterior \end{bmatrix}
\begin{bmatrix} +obstruent \\ -continuent \\ -voice \\ +anterior \end{bmatrix}
\begin{bmatrix} +obstruent \\ -continuent \\ -voice \end{bmatrix}
$$

34)

여기서 資質數를 計算하면 /t/, /p, t/, /p, t, k/는 각각 5개, 4
개, 3개로 된다. 資質數가 적을수록 一般性이 커서 簡易化된 規
則이다. 大部分의 言語에서 /p, t, k/가 自然部類를 이루고 있음이
보다 一般的이다.

---

34) King, Robert D(1969a), Ibid. p.59.

3. 中世國語 單母音體系와 母音混記

3.1 問題의 提起

알타이諸語의 母音體系는 口蓋體系에서 開閉體系로 바뀌었다.[35] 中世國語의 母音體系를 再構함에 있어 中世 以前 段階의 母音體系를 고찰해야 한다. 이렇게 하여 再構된 體系는 中世 以後 母音體系를 說明할 수 있어야 한다. 中世國語 母音體系 再構에 있어 그 根據는 訓民正音制字解는 勿論 外國語를 中世國語로, 中世國語를 外國語(主로 漢字)로 轉寫한 資料가 根據가 된다. 이런 根據에 依해 再構된 中世國語는 開閉體系가 아니라 口蓋體系로 理解하게 되었는데, 이는 곧 訓民正音 制定 當時 우리 國語의 母音體系는 알타이諸語의 口蓋體系를 反映하는 것으로 보게 된다. 그러나 古代國語 當時 漢字音을 分析한 結果는 古代國語의 母音體系가 口蓋體系가 아니라 開閉體系이었을 公算이 크다는 데 問題가 있다. 果然 古代國語의 母音體系가 그러하였다면 國語의 口蓋體系는 古代國語 以前으로 遡及되는 것이라 보아야 할 것이다.

3.2 古代國語의 單母音體系

本章에서는 中世國語의 單母音體系에 대하여 旣往의 論議들을 살피고자 한다. 中世國語의 母音體系는 이보다 앞선 古代國語의 母音體系와 脈絡이 이어지는 한편, 近代・現代國語의 母音體系에

---

35) 服部四郎(1974), p.208.
　　Poppe, N(1965), Introduction to Altaic Linguistics, Wiesbaden.

까지 連結지어 주는 體系라야 한다. 古代國語의 母音體系는 古代 當時의 表記資料와 漢字音(東音)을 分析하여 얻은 結果와 中世國 語의 母音體系로부터 遡及하여 推定되는 體系가 合致되는 점에 서 樹立되어야 한다. 이런 意味에서 이제까지 여러 學者들에 의 하여 再構된 古代國語의 母音體系를 一瞥하여 보고 中世國語의 母音體系를 考察하여 봄이 順序일 듯하다.

古代國語의 資料가 워낙 零星하여 깊은 硏究는 매우 어려운 實情이다. 主로 三國遺事에 記錄된 固有名詞 表記를 中心으로 하 고 古代 當時의 漢字音 分析을 通하여 硏究된다. 그러나 古代國 語 當時 漢字音을 中國 어느 時代 어느 地域音을 基準으로 하여 읽어야 할지 問題다. 韓國 漢字音의 母胎에 關한 理論으로는 첫 째, 有坂秀世의 說로 10世紀 開封音 母胎說이다. 有坂秀世는 韓 國 漢字音의 세 가지 近代的 特色을 들어 具體的으로 提示하면 서 韓國 漢字音의 基礎가 된 中國 原音은 당대의 長安音과는 달 리 別途의 것이라고 斷定하고 高麗初期의 文化的 背景을 重視하 여 開封音 母胎說을 主張한다. 둘째, Karlgren의 說로 6~7世紀 北方中原音 母胎說이다. Karlgren은 韓國 漢字音의 基源에 대한 Maspero의 南方系 吳音說을 논박하고 切韻音系의 北方中原音 母 胎說을 主張한다. 셋째, 河野 說로 慧琳의 당대 長安音 母胎說이 다. 河野 說은 韓國 漢字音에 對한 體系的인 內部構造의 分析에 依하여 나온 설이다. 넷째, 朴炳采 說로 吳方言이 가미된 江東音 이 그 속에 깔려 있는 6~7世紀 切韻音系의 北方中原音 母胎說 인데, 韓國 漢字音의 內部構造 分析에 의하여 歸納된 結論이라 한다.36) 本稿에서는 河野 說을 주로 하여 살피고자 한다.

---

36) 朴炳采(1987), 한국한자음의 모태와 변천, 국어생활 8호, 국어연구소, p.10 참 조.

그러면 이제까지 여러 學者들이 再構한 古代國語의 母音體系를 母音圖를 통하여 簡略히 살피기로 한다.

兪昌均(1960)은 三國史記의 古代 地名 表記 資料를 뽑아 互用하는 漢字들의 共通點을 찾아서 古代國語의 母音體系를 아래와 같이 再構하고 있는데, 이 6母音體系는 兪昌均(1970)에서도 그대로 維持되고 있다.

[그림1] 古代國語 母音圖1

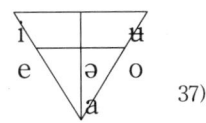
37)

한편, 李基文(1961)과 金完鎭(1965)은 각각 다음과 같이 7母音體系를 보여주고 있다.

[그림2] 古代國語 母音圖2   [그림3] 古代國語 母音圖3

i	ü	u		i	ü	u
ŏ		ɔ			ö	o
ä		a			e	a

(李基文 1961)   (金完鎭 1965)

從來 알타이諸語와의 比較에서 국어도 어느 먼 段階에 두 개의 i(i와 ï)를 가졌을 可能性이 있다고 보았다.(Ramstdet 1957, 金完鎭 1965) 中世國語의 先語末語尾 '-시-'가 恒常 副詞形語尾 '-아-'를 가지는 것으로 보아 이것이 고대에 *-sï가 아닐까 하는 推測도 하였다.(河野六郎 1968:207) 또, 處容歌의 "明期"의 '期'의 使

---

37) 兪昌均(1960), 古代地名表記의 母音體系, 語文學 6.

用은 *ï 再構의 可能性이 있는 것으로 보았다. 이런 몇몇 事實을 根據하여 *ï 再構를 試圖하나 이것은 너무나 微弱한 듯하다. 그리하여 국어는 알타이諸語의 8母音體系와는 다른 7母音體系를 設定하는 것이다.

金完鎭(1965)은 '아:a, 어:e(ä), 이:i, 오:u, 우:ü, ᄋᆞ:ʌ(ą), 으:ə(ë)'와 같이 나름대로의 轉寫體系를 提案하고 古代國語는 'ö>a, o>ʌ'로 각각 圓脣母音이 張脣母音化하게 되어 近代國語 段階에 이르러 一大 母音推移가 이루어진 것으로 보고 있다.

河野六郞(1968)도 統一新羅時代 韓國漢字音의 母胎는 中國 長安音으로 看做하고 慧琳의 一切經音義가 보이는 漢字音을 基準으로 하여 再構한 母音圖는 아래와 같이 7母音體系를 보이고 있다.

[그림4] 古代國語 母音圖4

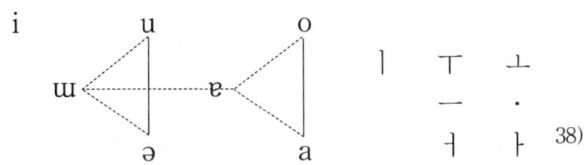

朴炳采(1971)는 傳統的 漢字音을 分析하여 古代國語의 8母音體系를 樹立한다.

---

38) 河野六郞(1968), 朝鮮漢字音の 硏究, 天理時報.

[그림5] 古代國語 母音圖5

前舌母音 : ä ə ü i
後舌母音 : a ɛ u ï

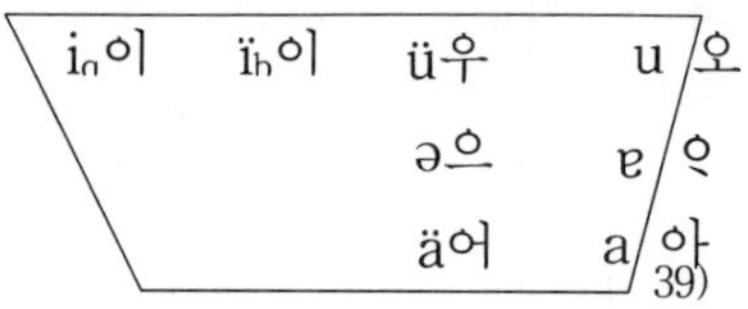

　이같은 古代國語의 母音體系는 'i, i>i'의 合流를 除外한다면 中世國語 母音體系와 極히 類似할 뿐 아니라 音價面에서도 거의 同一하다고 보겠는데, 이 體系는 알타이 共通語의 8母音體系와도 매우 類似한 바, 알타이諸語에서와 같이 국어에서도 母音體系와 母音調和가 表裏關係를 이루고 있음을 알 수 있다.

　金永鎭(1976)도 亦是 古代國語의 母音體系를 樹立함에 있어 三國史記와 三國遺事 등 古文獻에 記錄된 固有名詞 表記와 古代漢字音을 根據로 하고 있다. 그는 이들 文獻에 記錄된 音讀字와 釋讀字의 對置音을 分析하여 中國 中古音을 基準으로 읽을 때 一定한 傾向을 띤 音類를 推定할 수 있음을 말한다. 이같은 方法으로 그가 推定한 音類의 性格을 아래와 같이 要約하고 있다. 첫째, 一定한 共通點을 抽出할 수 있다. 둘째, 抽出된 音類의 異音域을 斟酌할 수 있어 音素 推定이 可能하다. 셋째, 前舌性 介母가 있는 u는 /ü/로, 後舌性의 o는 그 異音域으로 보아 /ə/로 定立시킬 수가 있다. 넷째, 異音域으로 보아 /a/는 中舌的인 音으로 그렇게 低音은 아니다. /ɛ/는 異音域이 넓은 前舌中位의 母音으로 본다. 또, /i/, /ə/는 그 異音域이 넓다. 다섯째, 前舌性 介母 j의 影響으로 因해 ju가 /ü/로, jo가 /ə/로 定立됨으로 母音體系는 前舌性의 對立을 가진다고 본다. /ɛ/와 /a/는 中和된 것으로 본다. 이런 論

---

39) 朴炳采(1971), 古代國語의 硏究, p.332.

議에 根據하여 그의 母音推定圖는 아래와 같다. 여기서도 역시 7
母音體系를 設定하고 있다.

[그림6] 古代國語 母音圖6

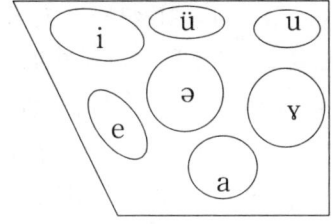
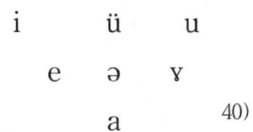

40)

以上에서 簡略히 살펴 본 바와 같이 古代國語의 母音體系를 7
母音體系로 定立하는 것이 支配的이다.

筆者의 見解로는 알타이 共通祖語의 母音體系를 *⁄ieöü⁄,
*⁄iaou⁄로 된 8母音體系라 볼 때 *⁄i⁄와 *⁄ï⁄는 別個의 母音으로서
前後對立을 이루게 된다. 이같은 對立이 蒙古語를 爲始한 諸알타
이어에서 發見된다. 이런 對立이 後代 어느 時期에 이르러 'i, ï>i'
로 合流된다. 이 合流 時期는 알타이諸語 사이 서로 다르다. 우
리 국어의 中性母音 i도 이 合流에 의해 형성된 것으로 본다.41)
그런데 국어에서 이 合流가 어느 時期에 이루어진 것인지 알 수
없다. 萬若 우리 古代國語가 8母音體系였다면 이는 곧 古代 當時
'i, ï>i'의 合流는 아직 이루어지지 않은 것이 된다. 그러다가 中
世國語에 이르러 7母音體系가 되었다면 'i, ï>i'의 合流 時期는 古
代語에서 中世語로 넘어오는 時期에 나타난 것으로 解釋된다. 우
리는 이 時期에 이같은 合流現象이 나타난 事實을 證據하기는

---

40) 金永鎭(1971), 古代國語의 母音體系 硏究, p.55.
41) 金芳漢(1968), 中性母音 '이'에 關하여, 李崇寧博士頌壽紀念論叢.

매우 어려워 보인다. 이렇게 볼 때 古代語 段階에도 中世語와 같
은 7母音體系가 아니었던가 한다. 勿論 각 母音의 音價와 位置가
完全 一致를 보여주지는 않았을 것으로 推測된다.

다음 問題는 前期中世語도 마찬가지지만 古代語 當時 ü(우)의
母音圖上 位置가 果然 어디냐 하는 점이다. 이제까지 大部分의
學者들은 ü의 位置를 中舌高母音으로 圓脣性을 띤 것으로 보았
지만, 一部 學者들은 古代 當時 우리나라 漢字音 分析을 通해 얻
은 結果는 오히려 ü의 位置가 現代語와 거의 같은 後舌高母音이
었을 可能性이 높다는 것이다. 이와 같은 見解의 妥當性을 認定
한다면 ü를 中舌高母音으로만 보아 온 一方的인 見解는 再考되
어야 할 것이다. ü의 정확한 位置와 u(오)의 位置가 確定될 때
국어의 母音體系의 變遷, 推移, 母音調和 등 여러 難問題가 解決
되리라고 본다.

3.3 中世國語의 單母音體系

3.3.1 ·의 音價推定으로 본 母音體系

後期中世國語의 母音體系 樹立은 ·의 音價를 어떻게 볼 것인
가 하는 問題로부터 시작된다. 崔鉉培(1940, 1982)는 ·의 소리값
을 'ㅡ, ㅏ'의 사이소리 또는 복판홀소리로 斷定한다. 이에 대해
李崇寧(1947)은 복판홀소리설을 否認하고 ·는 'ㅏ, ㅗ'의 사이소
리임을 主張한다. 李崇寧은 母音調和의 根本原理는 그 發音位置
가 서로 가까운 소리끼리 連結되는 것이라 하여 '·ㅗㅏ'는 陽性
母音(强母音, 喉部母音)으로 서로 가깝고, 'ㅡㅜㅓ'는 陰性母音(弱
母音, 口蓋母音)으로서 서로 가깝기 때문에 각각 서로끼리의 調
和를 이루는 것이라 한다. 그래서 아래와 같은 母音圖로서 訓民

正音의 母音位置를 決定하고 있다.

[그림7] 後期 中世國語 母音圖1

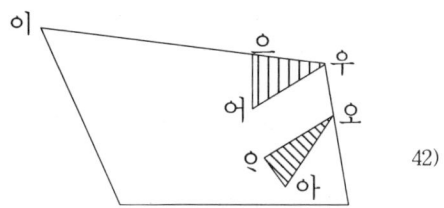

42)

또, 母音調和는 低部母音과 高部母音이 각각 서로끼리 어울려서 音價論과 母音調和 原理가 一致되는 것으로 보고 있다. 따라서 陽性母音과 陰性母音의 兩系列의 母音이 서로 가깝다는 原理는 成立할 수 없는 것으로 생각하여 ·와 一는 절대로 서로 가까울 수 없다고 본다.

이에 反하여 崔鉉培(1982)는 李崇寧(1947)의 母音圖에 대한 問題點을 아래와 같이 들어 그 妥當하지 못한 점을 指摘하고 있는 바, 첫째는 ㅏ의 位置와 아울러 ㅡ의 위치가 適合하지 않다는 것이다. '·舌縮而聲深'에 根據하여 ·를 後舌母音으로 보아서 ㅏ도 後舌母音으로 보았다면 (ㅏ與·同이니까) ·와 같다는 ㅡ, ㅏ도 同一線上에 位置하여야 함이 마땅한데 그렇지 아니하고 적당히 三角形으로 벌여놓은 것은 制字解의 說明에만 忠實히 依支함이 아니고 오늘날의 實際 發音을 참작하였기 때문이라고 한다. ㅏ는 後舌母音이 아니라 中舌母音으로 봄이 마땅하다고 한다. 世界 各國의 母音組織을 볼 때, 대개 ㅏ는 中舌母音에 屬한다. 참고로 각국의 母音組織을 알아 보면 아래와 같다.43)

---

42) 李崇寧(1947), 母音調和 研究, 震檀學報 16, 音韻論研究所收, p.16.

[그림8] 世界 各國의 母音圖

```
① i     u        ② i      u        ③ i      u
                     e     o           e      o
     a                   a              ε      ɔ
                                             a
  (아라비아말)          (일본말)         (이탈리아말)


④ i  ü  u       ⑤ i      u        ⑥ i  ü  u
     e  o            e     o           e  ö  o
       a              a    ɔ           ε  ɔ̈  ɔ
                                          a  ɑ
  (알메니아말)          (영  어)        (프랑스말)
```

이렇게 世界 各國 大部分의 言語들이 a를 中舌母音으로 보고 있음에 비추어 보더라도 국어의 ㅏ(a)도 中舌母音으로 봄이 온당하다는 것이다.

둘째, ㅓ의 位置가 잘못 되었다는 것이다. 李崇寧(1947)의 主張은 오늘날 서울말에는 짧은 소리 ㅓ(ɔ)와 긴소리 ㅓ(ʌ)의 두 種類가 있어 短音 ㅓ는 '서리(霜), 머리(頭髮), 털(毛髮), 경(京), 성(城)' 등의 單語에서 찾아볼 수 있다고 하고, 長音의 ㅓ는 '벌(蜂), 별(星), 멀다(遠), 慶, 鏡(경), 聖(성)' 등에서 볼 수 있는데, 制字解에 'ㅓ與ㅡ同'이니까 鮮初의 ㅓ母音은 ㅡ母音과 가까운 長音의 ㅓ임이 分明하다고 본다. 오늘날 短音의 ㅓ(ɔ)는 地域方言(西北方言)이 侵入한 결과라고 본다.

이런 主張에 대하여 崔鉉培(1982)는 贊同할 수 없다고 한다.44)

---

43) 崔鉉培(1982), 개정판 한글갈, 正音社, p.436.
44) 崔鉉培(1982), Ibid. pp.416~419.

그 理由는 첫째 言語地理學的으로 보아 妥當하지 않고, 둘째 ㅡ
와 ㅓ가 가까이 位置한다면 옛말에 이들이 서로 交替되는 現象
이 나타나야겠는데 그런 例는 全然 없고 도리혀 ㅡ와 ㆍ의 交替
는 龍飛御天歌에서부터 볼 수 있으니 ㅡ와 ㅓ가 가까운 位置에
있다 할 수 없다는 것이다. 또, ㅓ와 ㆍ의 交替는 극히 드물고
ㅓ와 ㅏ의 交替는 많으니,45) 이는 곧 ㅓ와 ㅏ는 가깝고 ㅓ와 ㆍ
는 덜 가까움을 나타내는 것이라 본다.

셋째, ㅗ의 위치가 後舌母音으로서 母音圖上의 뒷줄 1/3 자리
에 位置하다가 ㅓ의 後舌 低母音化로 ㅗ모음이 뒷줄 2/3 자리 上
半部 位置로 移動하였다는 主張은 根據가 薄弱하므로 首肯이 가
지 않는다는 것이다.

넷째, 李崇寧(1954)은 訓民正音 制字解 規定에 根據하여 母音
體系는 곧,

    ㆍ   ㅗ   ㅏ   (後低母音, 喉部母音)
    │   │   │
    ㅡ   ㅜ   ㅓ   (後高母音, 口蓋母音)

와 같이 相關束을 이루므로 'ㆍㅗㅏ'의 세 소리끼리는 서로 連結
되고, 'ㅡㅜㅓ'의 세 소리끼리는 또한 서로 連結되어 各 系列은
位置的으로, 音價로도 서로 가깝다고 본다. 따라서 ㆍ와 ㅡ, ㅗ와
ㅜ, ㅏ와 ㅓ는 各各 서로 가까울 수 없다. 이러한 根據에서 李崇
寧(1947)은 特히 ㆍ와 ㅡ의 相近性과 相通性을 전적으로 否認하
는 입장을 취한다. 또, 訓民正音 制字解의 主要 著者인 申叔舟의
漢音의 重深感의 表記法으로서 'ㆍ則ㆍㅡ, ㅡ則ㅡㆍ'의 語句를 母

---

45) 벗다~밧다(용), 막아~막어, 지어~지아, 어구~아구(口) 등.

音調和 곧 音價 見地에서 說明하지 못하고 그것은 다만 餘音의
빈자리를 메꾸지 아니할 수 없어서 하는 '一貫된 使用例'라고만
설명한다. 이런 見解에 대하여 崔鉉培(1982)는 이는 通巧의 참뜻
을 밝히지 못하였을 뿐 아니라 中世國語에서의 'ㆍㅡ'의 相通 問
題와 'ㆍ>ㅡ'의 發達의 本質을 밝히지 못하였다고 主張한다.[46]
  中世國語에서 'ㆍㅡ'의 相通 事例를 몇 들어 적어보면,

    龍飛御天歌
    ① 히다~희다(白)
      o 힌무지게(白虹) (용50)
      o 흰바회(白岩) (용7)
    禪宗永嘉集
    ② 니ᄅᆞ다~니르다
      o 니ᄅᆞ샤ᄃᆡ(曰) (永嘉上57)
      o 니르샤ᄃᆡ(曰) (永嘉上57)
    杜詩諺解初刊本
    ③ 그ᄃᆡ~그듸(君)
      o 그ᄃᆡ (杜초二十五51)
      o 그듸 (杜초七19)
    ④ 봇다~븟다
      o 모미봇샤ᄃᆞᆯ혜아료ᄆᆞᆯ먹디말라(体懷粉念) (杜초十八2)
      o 平日에사던듸를브스왠後에(平居喪亂後) (杜초七19)
    訓蒙字會
    ⑤ 마ᄉᆞᆯ~마슬
      o 署 마ᄉᆞᆯ 셔

---

46) 崔鉉培(1982), Ibid. p.420.

o 府 마슬 부

月印釋譜, 訓蒙字會

⑥ <u>ᄀ</u>원 根源 (月釋), 불휘 근(根) (字會)

와 같이 同一 文獻에서 'ㆍ ㅡ'의 交替를 보이고 있음은 이들이 音
價面이나 位置面에서 서로 가까움을 認定하지 않을 수 없다고
보는 것이다. 이 'ㆍ ㅡ'의 交替現象에 대하여는 다음 節에서 다시
言及하기로 한다.

以上과 같이 李崇寧(1947)의 母音圖에 대한 不合理性을 指摘하
면서 崔鉉培(1982)는 아래 그림과 같이 中世國語의 母音體系를
설명한다.

[그림9] 後期 中世國語 母音圖2

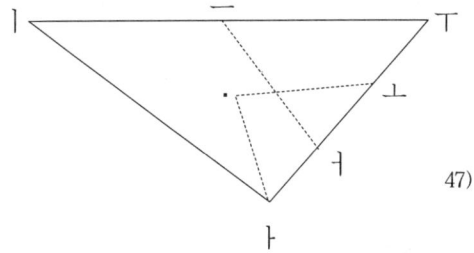

47)

이 母音圖에서 보면, ① ㆍ는 'ㅗ, ㅏ'의 사이소리이고(ㅗ與ㆍ
同, ㅏ與ㆍ同), ② ㅡ는 'ㅜ, ㅓ'의 사이소리이다(ㅜ與ㅡ同, ㅓ與ㅡ
同), ③ 'ㆍ ㅡ ㅏ'는 中舌母音이고, 'ㅜ ㅗ ㅓ'는 後舌母音이다. ㅣ만
이 前舌母音이다. ④ 'ㅣ, ㅏ'의 사이에는 單母音을 나타낸 글자가
位置하지 않는다. ⑤ ㆍ는 中舌母音으로서 가장 ㅏ와 ㅡ에 가깝

---

47) 崔鉉培(1982), Ibid. p.434.

다. 그런데, ·의 자리는 ㅏ와 ㅡ의 中間에 있지만 ·가 'ㅗ, ㅏ'
로 더불어 陽性母音系列을 이루는 點에서 ㅏ와 더 가깝고 또 ·
가 ㅡ와 더불어 모든 모음 가운데 不分明하고 微弱한 소리인 點
에서 ㅡ와 가깝다. ⑥ ·는 母音圖의 한 中央에 位置한 中舌中央
母音(복판홀소리)으로서 모든 母音에 두루 가깝다. 音價는 [ə]에
근사하다.

이와 같이 崔鉉培(1982)는 '·~ㅡ', 'ㅏ~ㅓ', 'ㅗ~ㅜ'가 各各
서로 相關을 이루게 되는 理由를 같으면서도 다르고 다르면서도
가까운 性質이 있음을 깊이 깨쳐야 한다(崔鉉培 1982:434)고 설
명하고 있는데 이런 對立的인 意味가 母音體系에서 어떻게 說明
되어야 할지 의문이다. 또, 母音調和를 開閉調和로 區別한다면
이 母音圖는 이들 調和를 설명할 길이 漠然하다.

許雄(1965:376)은 中世國語의 母音 位置를 아래와 같이 提示한
다. 이는 變異音들의 領域을 고려한 母音圖라 한다.

[그림10] 後期 中世國語 母音圖3

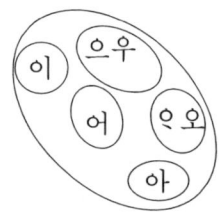

이 母音圖는 'ㅡㅜㅓ'는 中舌, '·ㅗㅏ'는 後舌母音으로서 두 系
列의 母音은 口蓋的 對立을 이루고 있음을 본다. 또, 'ㅣㅡㅜ'는
高母音, 'ㅓ·ㅗ'는 中母音, ㅏ는 低母音으로 이해된다.

以上에서 우리는 訓民正音 制字解에 根據한 李崇寧(1947)과 崔

鉉培(1982)의 主張을 一瞥하였다. 이 論議는 中世國語 7母音體系
의 樹立에 있어 주로 ·의 音價 推定을 중심으로 한 論議였다.
여기서 우리가 특히 留念해야 할 點은 이들이 母音圖를 設定함
에 있어 다 같이 現代國語의 母音體系를 念頭에 두고 있는 點이
다. 이는 現代國語 母音의 音價를 그대로 15世紀 當時에, 나아가
서는 그 以前 段階까지 同一한 것으로 看做하려는 傾向이라고
본다. 그러나 우리는 前期, 後期 中世國語 段階의 母音體系를 推
定하여 볼 때 母音 音價의 變化를 斟酌해 볼 수 있음직도 하다.
이런 問題를 究明하기 爲하여 古代 및 前期 中世國語의 母音體
系를 推定, 比較해 볼 必要가 있다. 이와 關聯하여 中世國語 母
音體系의 再構를 위한 必須的인 基本條件으로 金芳漢(1968)이 든
다음과 같은 것들은 우리에게 示唆하는 바 크다고 본다.

　　① 어느 한 段階의 再構된 音韻體系는 그 前段階의 再構된
　　體系에서 變化한 結果로서 合理的으로 說明되어야 하고 同
　　時에 다음 段階의 體系로서의 變遷을 合理的으로 說明할 수
　　있는 出發點이 되어야 한다.
　　②「訓民正音制字解」의 母音에 關한 說明의 재검토 ③ 母音
　　體系와 母音調和의 體系 ④ 外國語音 表記 및 外國語에 依
　　한 中世國語 表記 ⑤ ‘·’音의 消滅原因의 解明48)

　우리가 앞에서 본 바와 같이 1940年代 學者들은 現代國語 母
音 音價와 中世國語 母音 音價가 같은 것으로 생각하고 母音體
系를 樹立하였다. 그러나 1960年代에 이르러서 이런 見解에 疑問
을 提起하게 되었다. 그리하여 訓民正音 創制 前後한 時期의 母

---

48) 金芳漢(1968), Ibid. p.57.

音의 音價가 現代 母音의 音價와 完全히 一致하지 않는다는 重
大한 事實을 알게 된 것이다(金完鎭 1963, 李基文 1968, 金芳漢
1964). 이런 事實을 알기 前에는 漠然히 現代母音의 音價가 正音
創制 當時의 音價와 一致하는 것으로 看做하여 왔던 것이다. 所
謂 文字의 幻影에 사로 잡혔던 것이다.

3.3.2 朝鮮館譯語에 根據한 母音體系

李朝 初期 母音의 音價 推定은 訓民正音 以後의 譯書類를 위
시하여 外國語音 表記 資料와 訓民正音 制定 즈음한 時期의 中
國語音 表記 資料가 有利한 資料로서 많이 研究되었다. 또, 訓民
正音과 가까운 時期의 中國韻書類에 依한 考證도 有利하다고 보
겠지만 中國語 自體의 音韻史 研究가 未盡한 狀態에서 實際 研
究에 어려움이 있다. 그러나 訓民正音 制定 當時의 母音의 音價
를 알아보기 위하여는 訓民正音보다 不過 20~40年(1392~1443?)
앞서 記錄된 것으로 推定되는 朝鮮館譯語를 利用하는 것이 效果
的이다.49) 勿論 朝鮮館譯語의 表記는 極히 粗雜한 편이어서 그것
을 全的으로 믿을 수는 없다고 본다. 實際로 相異한 音을 表記하
기 爲하여 同一한 字를 使用하였거나 또 그 反對의 例가 많다.
그렇지만 朝鮮館譯語에는 母音 表記의 統一性을 찾아 볼 수도
있다. 特히 'ㅣㅏㅗㅜ'의 表記는 比較的 統一性을 强하게 나타내
고 있다. 다만 'ㅡ·ㅓ'에 대하여는 상당한 混亂을 보여주고 있다.
朝鮮館譯語는 '中原音韻'을 反映한다.

---

49) 朝鮮館譯語의 成立年代에 대하여 아직도 確實한 年代를 推定할 수는 없는
   段階다. 이 年代推定에는 ① 朝鮮館譯語의 年代를 明末로 보는 見解, ② 1389
   年 成立되었다고 보는 見解, ③ 高麗末期로 보는 見解 등이 있으나 信憑性이
   없어 보인다. 李基文(1968c)은 "朝鮮館譯語의 成立年代를 15世紀 中葉 以前이
   될 것이요, 그 以後에도 部分的인 교정을 받았다고 推論할 수 있을 것이다"
   라고 證言한다.

그러므로 朝鮮館譯語의 編纂 當時의 中原音韻을 어떻게 正確히 再構할 수 있는가도 큰 問題다. '韃靼譯語'와 '元朝秘史'도 中原音韻에 依하여 寫音되었기 때문에 이들과 比較研究하여 보다 正確한 漢字音을 抽出해 낼 수 있을 것이다. 그러면 朝鮮館譯語에서 7母音 表記를 어떤 漢字에 依하여 寫音되고 있는지 具體的인 語例를 몇 들어보기로 한다.

漢字의 推定音은 金芳漢(1964)이 中原音韻을 音聲記號로 표기한 것과 15世紀 中國 北方音을 나타내 주고 있는 音略易通(1442)을 基準으로 하여 陸志韋가 推定한 音에 準하여 姜信沆(1972)이 音聲記號로 보여 준 音을 對比하여 적어 보고 아울러 金芳漢(1964)에 依한 中世國語 表記를 竝記하여 比較하여 본다.

(1) ㅏ
哈嫩二：ha~nul [天, 하눌] (xa-nu~r)
妸蓋：an~kai [露, 안개] (an-kai)
(別二)哈多：(piɛ~l)ha~ta [星多, (별)하다] (piɛ-r-xa-ta)
把：pa [田, 밭] (pa)
阿必：a-pi [父, 아비] (a-pi)
把三：pa-l [脚, 발] (pa-r) 등50)

이 語例들에서 보면 漢字音 a는 국어의 ㅏ에 뚜렷이 對應하고 있다. 여기 관해서는 아무런 問題될 것이 없다.

---

50) 金芳漢(1964), 國語母音體系에 관한 考察, 東亞文化 2, p.51.
　　姜信沆(1972), 朝鮮館譯語의 寫音에 대하여, 어학연구 8-1, 서울대 어학연구소, 附表 참조.
　　姜信沆(1980), 鷄林類事 '高麗方言' 研究, 成大出版部, pp.207~214.

(2) ㅣ

必 : pi [雨, 비] (pi)

(害)吉大 : (hai-)ki-ta [日長, (히)기다] (ki-ta)

(故論)以思大 : (ku~lun-)is-ta [有雲, (구름)잇다] (i-sï-ta)

吉二 : ki-ㅣ [路, 길] (ki)

以 : i [口, 입] (i)

你 : ni [齒, 니] (ni)

必 : pi [血, 피] (pi)[51]

以上 諸語例에서 ㅣ는 正確히 i로 表記하고 있다.

(3) ㅜ

故論 : ku-lun [雲, 구름] (ku-lu(a)n)

嫩 : nun [雪, 눈] (nu(ə)n)

(哈嫩)五會 : (ha-nun)u-huəi [天上, (하늘)우에] (u)

努論(故論) : nu-lun(ku-lun) [黃雲, 노른(구름)] (nu-lu(ə)n)

五悶 :u-mun [井, 우물] (u-mu(ə)n)

杜路迷 : tu-lu-mi [仙鶴, 두로미] (tu-lu-mi)

速二 : su-l [酒, 술] (siu-r)

(課)谷母 : (k'uə-)ku-mu [鼻孔, (코)구무] (ku-mu)[52]

여기서도 ㅜ는 u에 正確히 對應되고 있음을 본다. 以上과 같이 'ㅏㅣㅜ'는 各各 現代國語에서와 같은 音價를 가지고 있음을 알 수 있다.

---

51) 金芳漢(1964), Ibid. p.52.
52) 姜信沆(1972), Ibid. 附表 참조.

(4) ㅓ
(害)得大 : (hai-)təi-ta [日暖, (히)덥다] (təi-ta)
(故論)額大 : (ku-lun)ʌi-ta [無雲, (구름)없다] (ə-ta)
格悶(故論) : kʌi-mun(-ku-run) [黑雲, 검은 (구름)]
(kə-mun(ə)n)
(吉)墨大 : (ki-)mei-ta [路遠, (길)멀다] (mə-ta)
吉勒吉 : ki-ləi-ki [鷹, 기러기] (ki-lə-ki)[53]

위의 例들에서 보는 바와 같이 ㅓ를 나타내기 爲해서 主로 使
用된 漢字는 '得, 額, 格, 墨 勒' 字들인데, 이들 字는 中原音韻으
로는 各各 'təi, ʌi, kəi, məi, ləi'의 音價를 가진 것으로 推定된다.
그리고 元朝秘史나 韃靼譯語를 보아도 '額, 格' 字는 蒙古語의 e
를 表記하는 데 使用된다고 한다. 한편 '別二' piɛ-l[星별]의 用例
에서 ㅓ를 表記하기 爲하여 iɛ로 나타내고 있는 점을 考慮해 볼
때 ㅓ의 異音域은 前舌 e~ɛ에서 中舌 ə에까지 廣域을 點하고 있
는 것으로 看做된다는 것이다.

(5) ㅗ
(哈嫩)那大 : (ha-nu-)nuə-ta [天高, (하늘)높다] (nu-ta)
麿 : mau-i [山, 뫼] (muɔ)
朶二 : tuə-l[石, 돌] (tɔ)
果把 : kuə-pa [花園, 곳받] (kuə-pa)
那莫 : na-mu [樹, 나모] (na-mə)
臥思 : wo-s [衣服, 옷] (uɔ-s)[54]

---

53) 姜信沆(1972), Ibid. pp.207~214 참조.

ㅗ를 나타내고 있는 漢字音을 推定하여 보면 '那[nuə], 磨[mau], 朶[tuə], 果[kuə], 莫[mau]'와 같이 되는데, 이들은 各各 二重母音으로 實現되는 點이 特徵이라 한다.(金芳漢 1964) 그러나 이들 漢字들은 韃靼譯語나 元朝秘史에서는 各各 '[no], [mo], [do], [go], [mo]' 音을 表記하는 데 使用되고 있으므로 대체로 母音 ㅗ로 보아도 좋다는 것이다. 한편 韻略易通에 依한 姜信沆의 推定音은 '磨[muɔ], 果[kuɔ]'로서 이들은 각기 二重母音을 보여주지만 '那[na], 朶[tɔ], 莫[mɐ]'는 單母音이어서 相互 差異를 나타내고 있다.

(6) 一
故論：ku-lun [雲, 구름] (ku-lu(ə)n)
格悶(故論) ： kʌi-mun(ku-lum) [黑雲, 거믄(구름)] (kə-mu(ə)n)
母勒：mu-lə [悶, 므러] (mu-lə) (mu(悶)-lə)
(別二)得莫大 ： (piɛ-l)təi-mau-ta [星稀, (별)드므다] (tə-mu-ta)
色悶二：sai-mun-l [二十, 스믈] (ṣə-mu-r)[55]

一를 나타내는 데 使用한 漢字 中 '論, 悶, 母'들은 u 母音을 가지고 있으며 '得' 字는 əi, 심지어 '色' 字의 ai 音을 가진 字들까지도 使用하고 있으니 朝鮮館譯語의 表記上으로 볼 때 '一' 母

54) 金芳漢(1964), Ibid. pp.54~55.
　　姜信沆(1972), Ibid. 附表 참조.
　　姜信沆(1980), Ibid. pp.207~214 참조.
55) 金芳漢(1964), Ibid. pp.56~57.

音의 表記는 一貫性이 없어 매우 流動的이다.

(7) ·
把論 : pa-lun [風, ᄇᆞᄅᆞᆷ] (pa-lu(ə)n)
(哈嫩)格自 : (ha-nun)kʌi-tzw [天邊, (하ᄂᆞᆯ)ᄀᆞᇫ] (kə)
哈嫩二 : ha-nun-l [天, 하ᄂᆞᆯ] (xa-nu-r)
墨二 : mei-l [馬, ᄆᆞᆯ] (mu(ə)n)[56)]

· 音을 表記하기 爲한 漢字들의 音價는 '把[pa], 格[kʌi], 嫩[nun], 墨[mei]'로 나타나 'a, ʌi, u, e' 등 여러 가지 中國語音이 使用되고 있어 · 母音도 一母音과 같이 매우 混亂된 表記를 보여 주어 音價 推定을 어렵게 한다. 심지어 '得(드~ᄃᆞ), 色(스~ᄉᆞ), 墨(흐~ᄒᆞ)'와 같이 同一字에 依하여 경우에 따라 一와 ·를 表寫하고 있어 一와 ·가 뚜렷이 區別되지 않고 있음을 본다.[57)]

以上과 같이 이들 母音의 音價를 推定한다면 'ㅏㅣㅜㅓㅗ' 音들은 각기 母音圖上의 位置가 아래와 같이 想定된다. (姜信沆은 여기 ㅓ를 ə로 봄)

[그림11] 朝鮮館譯語의 母音圖1

i (ㅣ)　　　　　u (ㅜ)
　e (ㅓ)　o (ㅗ)
　　a (ㅏ)

'一, ·'는 音價가 不確實하나 아무래도 中舌 쪽에 位置할 可能

56) 姜信沆(1972), Ibid. 附表 참조.
姜信沆(1980), Ibid. pp.207~214.
57) 李基文(1961), op.cit. p.110.

性이 크다. 後舌에는 ㅜ~ㅗ가 相關雙을 이루고 있고, 前舌에는
ㅓ~ㅏ가 相關雙을 이루고 있어 母音調和 時 서로 交替되는 雙
을 이룬다. 그러나 中央에는 構造上의 구멍이 생기므로 아무래도
ㅡ와 ·가 相關雙을 이루고 나타나게 될 것으로 생각된다. 이 때
ㅡ의 음이 [ɨ]라면, (姜信沆은 [ə]로 봄) 그의 相關雙인 ·音도 後
舌에서 中舌 쪽으로 기운 音일 可能性이 높다. 이리하여 金芳漢
은 朝鮮館譯語에 依하여 推定되는 母音圖를 아래와 같이 그린다.

[그림12] 朝鮮館譯語의 母音圖2

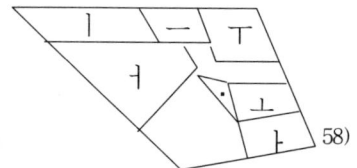

58)

李基文(1968c:65~68)도 朝鮮館譯語의 ㅗ와 ㅜ 母音 表記 漢字
音들을 調査하여 이들 漢字들의 該當音을 蒙古韻略(漢字音을 파
스파 文字로 表記)과 四聲通解音(漢音을 正音文字로 表記)을 아
래와 같이 對比시키고 있다.

---

58) 金芳漢(1964), Ibid. p.68.

		蒙古字音		四聲通解
(a)	오	我	ŋo	어
		臥	o	어
	고	果	guo	궈
	노	努	nu	누
		那	no	너
	도	朶	duo	더
	로	落	law	랗
	모	莫	maw	맒
	모	磨	muo	뭐
	보	播	buo	붜
	소	所	su	수(今俗音 소)
	조	左	jo	저
	토	吐	t'u	투
	코	課	k'uo	궈
(b)	우	五	u	우
	구	谷	gu	구
		故	gu	구
	누	餒	nué	뉘
		努	nu	누
	두	覩	du	두
		杜	tu	뚜
	루	路	lu	루
	무	母	muw	무
	부	卜	bu	부
	수	速	su	수(心)
		數	šu	수(審)

59)

(a)에서는 正音文字 ‘오’를 나타내기 위하여 주로 中國語의 歌韻, 蕭韻字들로 記錄하고 있는 바, 歌韻은 ‘o, uo’, 蕭韻은 aw의

---

59) 李基文(1968c), 朝鮮館譯語의 綜合的 檢討, 서울大 論文集 14, pp.67~68.

音을 가진다. 이 사실은 '오'의 音價가 [o]였다는 것을 말해 준
다.(姜信沆은 [ɤ]로 봄.) 위의 對當에는 약간의 例外가 보이나 이
는 別 問題가 없다고 보고 있다. 그런데, 問題는 蒙古字韻은 歌
韻字로 八思巴 文字의 o를 表記했음에 대하여 四聲通解는 '어'로
表記한 點이다.(姜信沆은 o=어[ɤ]로 봄.) 이에 대하여는 四聲通解
著者 自身의 證言이 있다. 同書 歌韻 첫머리에 다음과 같은 記錄
을 볼 수 있다.

諸字中聲蒙韻皆讀如ㅗ今俗呼或ㅗ或ㅓ故今乃逐字各著時音

이 記錄은 大部分의 文字에 대하여 '오'로도 發音됨을 註記하고
있다.

(b)는 국어의 '우'와 中國語의 u의 對當을 드러내준다. 여기는
例外가 거의 없다. '우'를 위하여 使用된 漢字들은 거의가 魚韻
(~u, -ü)에 屬하는 漢字들이다.

3.3.3 歌韻의 表音을 根據로 한 '어'의 音價

그러면 여기서 잠시 歌韻의 表音을 根據로 한 '어'의 音價를 推
定한 종래 見解를 一瞥하여 그 眞僞를 알아 보기로 한다. 李基文
(1972:105)은 이에 대해 다음과 같이 言及한다.

歌韻字들은 中元音韻에서 o로 推定된다. 그런데 이것이 蒙古
字韻(蒙古韻略에도)에는 o로 되어 있음에 대하여 四聲通解에는
(洪武正韻譯訓에도) 'ㅓ'로 되어 있다. 이 結果 四聲通解에서
(洪武正韻에도) 'ㅗ'는 原則的으로 使用되지 않았다. 이것은 매
우 奇異한 느낌을 주는데, 이에 관해서 四聲通解는 歌韻의 첫

머리에 　"諸字中聲蒙韻皆讀如ㅗ今俗呼ㅗ或ㅓ故今乃逐字各著時
音"(下24)이라 註記하고 있다. 그리고 實際로 四聲通解는 歌韻
의 많은 文字에 對하여 'ㅗ'로도 發音된다고 註하고 있다. 한편
飜譯朴通事의 左右音을 보면 이들이 모두 'ㅗ'로 되어 있다. 이
러한 사실은 15世紀의 'ㅓ'가 [o](ㅗ)와 매우 가깝게, 주로 中舌
의 [ə]로 때로는 後舌의 [ɔ]의 音域까지 걸쳐 實現되었다고 보
지 않고는 合理的으로 說明될 수 없다.

이 말은 다시 다음과 같이 要約할 수 있다. ① 中元音韻의 歌
韻字들은 o로 推定된다. ② 蒙古字韻(蒙古韻略)에서도 o였다. ③
洪武正韻譯訓과 四聲通解에서는 ㅓ다. ④ 通解 歌韻條의 註는 蒙
韻에서 ㅗ로 發音된다고 註記하고 많은 歌韻字가 ㅗ로도 發音된
다고 註하고 있다. ⑤ 飜譯朴通事 左右音이 ㅗ다. ⑥ 이런 사실
은 15世紀의 ㅓ는 주로 中舌의 [ə]로, 때로는 後舌의 [ɔ]의 音域
까지 걸쳐 [o]와 매우 가까운 音이다.
　또, 李基文(1968c:69)에서도 다음과 같은 見解를 表明한다.

　洪武正韻譯訓을 비롯한 四聲通解 등의 우리나라 中國音 資
料에서 歌韻이 '어'로 表記되었다는 사실은 15世紀 '어'의 音價
를 推定하는 데 중요한 資料가 되는 것으로 생각된다. 歌韻의
中國音은 위에서 본 바에 依하면 [o] 또는 이보다 圓脣性이 조
금 약한 音이었던 것으로 推定되는데 이것을 '어'로 表記했다는
것은 '어'의 音價가 低母音(ä)이나 前舌母音(e)일 수 없음을 말
해주는 것이라고 하지 않을 수 없다. '어'는 이미 15世紀에 적
어도 中舌의 [ə] 또는 이보다 더 後舌로 치우친 [ɔ]의 音域에
걸쳐 實現되었던 것으로 보지 않고는 이 사실을 合理的으로

說明할 수 없을 것으로 생각된다.

여기서 歌韻의 中國音이 [o]였고 우리 국어에 [o]가 있었다면 어찌하여 중국어의 [o]를 국어의 'ㅓ'로 표기했을까가 의문이다. 왜냐하면 15세기의 'ㅓ'의 音價를 [o]로 보는 結果가 되기 때문이다.

이런 견해들에 대하여 姜信沆(1985)은 歌韻 所屬字들을 'ㅓ'와 'ㅗ'로 表音한 것은 歌韻 所屬字 자체들의 異音으로 보아야지 한글의 'ㅓ' 자체의 音價가 [ə]로부터 [ɔ]의 音域에 걸쳐 실현되었던 것으로 해석할 수 없다는 것이다.60)

이같은 사실을 立證하기 爲해 通解에서 歌韻字들을 한글로 어떻게 表音하고 있는지 調査해 볼 必要가 있다고 한다. 歌韻字들을 喉牙音 開口字, 合口字, 舌齒音 開口字, 合口字로 分類하여 各各 聲調, 反切, 正音, 今俗音, 蒙音 別로 區分하고 아울러 中元音 韻音(董同龢 推定音), 韻略易通音(1442, 陸志韋 推定音), 韻略匯通音(1642, 陸志韋 推定音)을 竝記해 보이고 있다. 다음에 姜信沆(1985:50)이 보인 歌韻 喉牙音 開口字의 例만을 들어 본다.

---

60) 姜信沆(1985), 洪武正韻譯訓 '歌韻'의 한글 表音字에 대하여, 羨烏堂金炯基先生八耋紀念 國語學論叢, 語文研究會, p.50.

喉牙音開口字

字　母	見			溪			疑			影		曉			匣		
例　字	歌	哿	箇	珂	可	軻	莪	我	餓	阿	妸	訶	呵	何	荷	賀	和
聲　調	平	上	去	平	上	去	平	上	去	平	上	平	去	平	上	去	去
反　切	居何	嘉我	古荷	丘何	口我	口	牛何	五可	五箇	於何	烏可	虎何	呼	寒歌	下可	胡臥	胡臥
正　音	거	거	거	커	커	커	어	어	어	허	허	허	허	혀	혀	혀	혀
俗　音										어	어	어	하				
今俗音	ㅓ	ㅓ	ㅓ	ㅓ	ㅓ	ㅓ	ㅗ	ㅗ	ㅗ			ㅗ	ㅓ	ㅓ	ㅓ	ㅓ	ㅗ
蒙　音										외	외	외		ㅓ	ㅓ	ㅓ	ㅓ
																	거

```
T    ko ko ko  k'o k'o k'o  uo uo o   o o o    xo    xo xo xo xo
                                ŋo
E    kɔ kɔ kɔ        kɔ kɔ   ɔ ɔ ɔ    ɔ ɔ ɣɔ   xɔ xɔ xɔ ɣɔ
H    kɔ kɔ kɔ  k'ɔ k'ɔ k'ɔ  ɔ ɔ ɔ    ɔ ɔ ɣɔ   xɔ    xɔ ɣɔ
```

T는 中原音韻音 董同龢 推定音, E는 韻略易通 陸志韋 推定音, H는 韻略匯通 陸志韋 推定音.

　　이와 같은 方法에 依해 調査한 通解의 歌韻字들을 喉牙音의 開口音, 合口音과 舌齒音의 開口音, 合口音으로 區別하여 각기 反切下字의 한글 表音例를 살펴 보면 아래와 같다고 한다.

喉牙音反切下字한글表音

開口			
聲調	平	上	去
下字	何歌	我可	荷个箇臥
正	ㅓ	ㅓ	ㅓ
俗	ㅓ	ㅓ	ㅓ
今	ㅓㅗㆉ	ㅓㅗㆉ	ㅓㅗ
蒙	ㆉ	ㆉ	ㆉ㆓
合口			
聲調	平	上	去
下字	禾戈	火果	臥
正	㆓	㆓	㆓
俗	㆓	㆓	
今	ㅗ	ㅗ	ㅗ
蒙	ㅓ	ㅓ	

61)

喉牙音의 反切下字를 中心으로 해서 한글 表音例를 검토해보면, 正俗音은 모두 다 開口字와 合口字의 差異에 의하여 'ㅓ'와 '㆓'로 區別 表音하고 있으나 今俗音에 있어서는

開口	ㅓ	ㅗ	ㆉ
合口		ㅗ	

로 表音하고 있음을, 그리고 蒙音은 오히려 開口字를 'ㆉ'로, 合口字를 'ㅓ'로 表音하고 있음을 알 수 있다.

---

61) 姜信沆(1985), Ibid. p.52.

舌齒音反切下字한글表音

開口			
聲調	平	上	去
下字	何	火可果	佐臥个賀箇
正	ㅓ	ㅓ	ㅓ
今	ㅗ	ㅗ	ㅗ
蒙	ㅝ	ㅝㅓ	ㅝㅓ

62)

여기서도 今俗音과 蒙音이 'ㅗ=ㅝㅓ'임을 보여주고 있으며, 舌齒音 合口字의 反切下字는 모두 合口字인 禾火過波果臥 字들로 正音이 'ㅓ', 董同龢 推定音이 uo, 陸志韋 推定音이 uɔ여서 一致를 보여주고 있다.

以上의 表音例들을 根據로 하여 볼 때 歌韻字들의 音價가 [ɣ] 또는 [uə]([uo])와 相近해서 한글의 'ㅗ'로 이를 表音한 것이지, 'ㅓ'라는 한글 자체의 音價와는 相關이 없다는 것이다. 姜信沆 (1985)은 다음과 같이 結論한다.

中世國語를 表記하기 위하여 마련된 한글이 漢音表記에 利用되었다고 하여, 그것이 곧 한글 個別字의 音價대고 漢音을 정확하게 表記하였다는 뜻은 아니다. 더군다나 漢音을 정확하게 表音하였는지 세밀히 검토도 안해 본 상태에서, 한글로 표기된 漢音의 자료를 근거로 하여 15世紀 中世國語 母音의 音價를 推定한다는 것은 매우 위험한 일이다.

① 漢語 中古音의 歌韻(ɑ)과 戈韻(uɑ)은 中古音으로부터 現代北方語에 이르는 사이 喉牙音이 ə로 변하고 舌齒音은 uo가 되었다. 脣音 뒤에서는 o(音價는 ɣ)가 되었다.

---

62) 姜信沆(1985), Ibid. p.55.

② 이러한 變化過程에서 14세기경에는 歌戈韻이 ɔ, uɔ의 상태였다.

③ 그런데 洪武正韻 反切 表示에 따라 開合을 구별하여, 開口字를 'ㅓ'로, 合口字를 'ㅝ'로 表音한 譯訓 및 通解 편찬자는, 歌韻의 北方現實音 [ɔ]를 看過할 수 없었다.

그리하여 譯訓의 歌韻條에서는 "ㅓ…讀如ㅓㅗ之間故其聲近於ㅗ"라고 註記하고, 通解 今俗音에서는 'ㅗ'로 表音한 것으로 보인다.[63]

3.3.4 朝鮮館譯語의 母音推定圖

다시 本論으로 돌아가서 朝鮮館譯語의 音價를 李基文(1968c:67-68)과 같이 推定한다면, 이 때 이미 다음과 같은 母音推移가 이루어진 것으로 看做된다는 것이다.

$$ü > u \qquad e > ə$$
$$u > o$$

한편, 得(드~득), 色(스~ᄉ), 黑(흐~흑)과 같이 同一字에 의하여 ·와 ㅡ가 표기되어 區別이 없고 또 이들 漢字는 ㅓ 表記에도 使用되어, 결국 朝鮮館譯語에는 'ㅓㅡ·'를 구별 表記하지 못하고 있다. 그러나 ㅡ表記는 대개 ㅓ 表記와 混同되고 '銀~ᅙᅵᆫ, 陰~ᅙᅵᆷ'과 같은 對照에서 'ᅙᅵ'의 音을 [yin](蒙古字韻), 「인」(四聲通解)으로 나타내고 있으며, '므'와 '무'가 混記되는 것으로 볼 때 ㅡ는 'ㅜ, ㅓ'와 가까운 母音으로서 現代國語의 'ㅡ'의 位置를 생각하게 된다는 것이다.[64]

---

63) 姜信沆(1985), Ibid. p.59.

이와 같은 音價推定下에 李基文(1968)은 朝鮮館譯語의 母音圖를 아래와 같이 재구한다.

[그림13] 朝鮮館譯語의 母音圖3

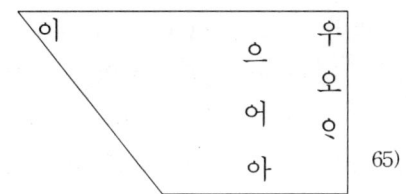

65)

姜信沆(1980:192-194)은 朝鮮館譯語는 明初에 編纂되어 明末에 修正이 加해진 것으로서(李基文 1968c) 이 책의 編纂者들이 明初의 中國 北方音을 가지고 15세기 中世國語를 記寫한 것이라 보았다. 明初 中國 北方音系를 表示한 韻書로는 韻略易通(1442)이 있는데, 이 易通의 音系를 推定한 陸志韋의 記蘭茂韻略易通(1947)의 音을 가지고 朝鮮館譯語內 中世國語 語彙를 解釋하고 그 母音間의 對應關係를 아래와 같이 보이고 있다.(姜信沆 1972a 및 b) 韻尾를 省略하고 主母音 中心으로 비교하고 있다.

	〈中韓〉		〈朝鮮館譯語韻母音〉			
i	ㅣ	i			
ɨ	ㅡ	ə	u(ə)		
ə	ㅓ	ə			
a	ㅏ	ɑ	ɒ	ɐ	
u	ㅜ	u	u(ə)		
o	ㅗ	ɔ	ɔu	u	u(ə) 66)
ʌ	·	ə	u(ə)	ɒ	

---

64) 李基文(1968c), Ibid. p.71.
65) 李基文(1968c), Ibid. p.71.

이 對應關係를 보면 다른 母音은 대개 우리가 가정하고 있는
中世國語의 母音位置와 一致하고 o(ㅗ), ʌ(·)의 位置만 問題가
된다고 한다. o(ㅗ)는 ɔ, uɔ, u, u(ə) 등으로 表音하여 u, u(ə)만으
로 表音하고 있는 u(ㅜ)와 구별하고 있다. o(ㅗ)를 u, u(ə) 등으로
표음하고 있는 것은 漢語에는 音韻論上 /o/와 /u/의 區別이 없어
서 /u/로 意識하고 있는 字音으로 中世國語의 o(ㅗ)를 表音하느
라고 u, u(ə) 母音을 가진 字音을 利用한 것으로 본다는 것이다.
그러나 o(ㅗ)는 亦是 u(ㅜ)하고는 開口度가 다르므로 이를 나타
내기 위해 ɔ, uɔ 母音을 가진 字音으로 表音한 것이라 한다.

ʌ(·)는 i(ㅡ)와 똑같이 ə, u(ə)로 表音된 것처럼 보이나 i(ㅡ)
母音 表音 時에 쓰이지 않은 ɑ 母音을 가진 字音이 이용되고 있
고, ʌi(·ㅣ)의 경우에는 ai 母音을 가진 字音으로 記寫되고 있는
것으로 보아 a(ㅏ) 母音과 가까운 位置에서 發音된 母音이었던
것 같다고 보았다. ə(ㅓ)는 中舌母音으로 분명히 表音되어 있고
ʌ(·) 母音도 역시 中舌母音에 가까운 母音이었던 것으로 推測하
고 있다.

3.3.5 口蓋的 對立으로 본 母音體系

金完鎭(1963)은 '舌縮'을 舌의 位置와 一致하는 것으로 보고 15
世紀 母音體系를 樹立함으로써 高母音 對 低母音 對立으로 본
견해를 止揚했다. 아래 母音圖에서 보는 바와 같이 그는 '우으어'
와 '오ᄋ아'를 口蓋的 對立으로 보고 있다.

---

66) 姜信沆(1980), Ibid. p.193.

[그림14] 後期 中世國語 母音圖4

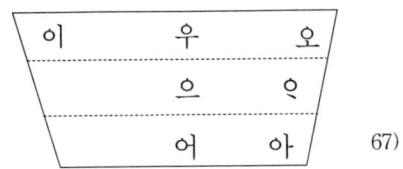

67)

이같은 體系는 制字解의 說明을 充分히 따른 것으로 正當한 體系로 看做되었다. 그러나 앞서 본 바와 같이 李基文(1968c)에 의하여 朝鮮館譯語를 中心으로 한 15世紀 母音의 音價를 推定한 結果는 이 母音體系와 一致하지 않음을 보여 주었다. 또, 李基文 (1968a)은 이 母音體系는 母音調和와 不一致하므로 "構造的 體系"와 "調和的 체계"를 별도로 認定해야 한다고 주장하였다.

그러나 金完鎭(1978)의 論文에 이르러 '縮'의 槪念을 從來와 다른 角度로 解釋함으로써 이 口蓋的 體系의 合理性을 再確認하고 있다. 勿論 圓脣母音의 位置를 再調整하고 있기는 하지마는…. 이 論文에서는 이제까지의 縮의 槪念을 舌의 位置와 一致시켜 본 立場과는 달리 縮의 程度는 後舌 쪽으로 갈수록 增大될 뿐 아니라, 開口度의 增大에 따라서도 정도가 比例的으로 늘어난다고 보기에 이르렀다. 이렇게 解釋할 때, 前舌 '이'는 不縮, 中舌 '우으어'는 小縮, 後舌 '오ᄋ아'는 縮이 되니 口蓋的 對立과 一致하게 된다고 보는 것이다.

한편, '으'와 '우'의 관계, 'ᄋ'와 '오'의 관계는 각각 張脣母音과 圓脣母音의 差異로 이들의 辨別的 資質을 '圓脣性'이 主가 되고 開口度는 剩餘的 資質에 不過하므로 이들 張脣母音과 圓脣母音의 差異를 넓게 잡지 않아도 充分히 圓脣性에 依해 區別된다고

---

67) 金完鎭(1963), 國語母音體系新考察, 國語音韻體系研究所收, p.12.

보아서 아래 그림과 같이 모음도를 재조정하고 있다.

[그림15] 後期 中世國語 母音圖5

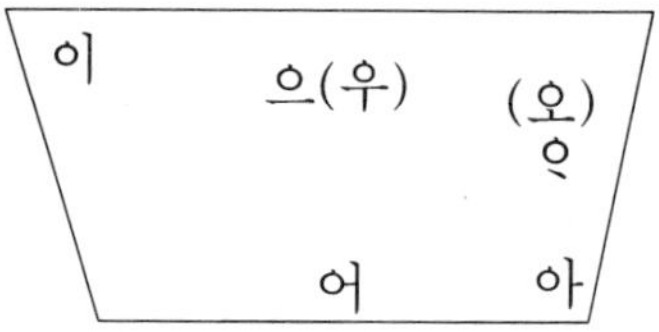

이 으(우) (오)
     오
   어 아 68)

 뿐만 아니라 원순모음 '오, 우'는 'w+ㅇ→오', 'w+으→우'와 같이 再音素化함으로써 音素目錄에서 除外할 수 있다고 보고 있다. 이렇게 되면 15世紀 母音體系는 5母音體系로도 理解된다고 한다.
 앞서 살핀 바와 같이 舌縮에 대한 從來 解釋은 主로 '혓바닥의 모양과 자리'에만 視線이 집중되어 있었다. '혀가 오물어 든다'(崔鉉培 1959), '舌面의 屈曲狀' (許雄 1965), '혀가 오므라진…'(李崇寧 1948), '혀를 옴추리는…'(崔 1959) 등은 혓바닥의 모양을 보고 말한 것이고, '혀의 뒷바닥이 얼마큼 높아짐'(崔 1940), 'i 前舌, ɯ 中舌, u 後舌'(李 1948), 'ㅣ 앞혀소리, ― 가온혀소리, · 뒤혀소리'(崔 1959) 등은 혀의 자리를 말한 것이다. 이들 解釋의 共通點은 舌縮이란 혓바닥이 뒤로 오므라진 모양, 舌不縮이란 反對로 혓바이 앞으로 퍼진 모양, 舌小縮은 그 中間으로 解釋한 것이다. 따라서 縮은 後舌, 小縮은 中舌, 不縮은 前舌이라 본 것이다. 이렇게 보게 되면 現代語에서 혓바닥이 가장 뒤로 오므라지는 母音 'ㅜ'가 小縮이 되고 'ㅗ'는 後舌(縮)이 되어 있으니 中世國語의 ㅜ, ㅗ의 音價가 現代語에서 크게 달라졌다는 解釋이 된다.

---

68) 金完鎭(1978), 母音體系와 母音調和에 대한 反省, 語學硏究 14-2, p.131.

3.4 調音音聲學上으로 본 舌縮資質

15世紀 母音體系의 關鍵은 이 舌縮의 資質을 어떻게 보느냐에 달려 있으므로 여기서 잠깐 調音音聲學上의 母音分類 方法 2가지를 생각해 보기로 한다. 母音分類 方法에는 古典型(ancient model) 分類法과 arch型(tongue arch model) 分類法이 있다. 古典型 分類法은 紀元前 5·6世紀 파니니(pānini) 文法에서 母音을 ① [i-e]類, ② [u-o]類, ③ [a]類의 셋으로 나누었는데, 이들 分類 基準은 혀와 입술, 턱의 運動으로 혀가 그와 맞서는 ① 硬口蓋 ② 軟口蓋 ③ 咽頭에 近接함을 말한 것이다.

아치型 分類法은 혓바닥이 이루는 아치 모양의 자리를 보고 定하는 것으로 D. Jones의 母音四角圖에 反映되어 있다. 아치형 分類는 단지 舌位를 基準으로 하여 前舌(硬口蓋), 中舌, 後舌(軟口蓋)로 나눈다. 아치형에는 혀의 最高點이 어디에 있느냐 하는 點이 基準이 되고 있다. 다시 말하면 古典型과 아치型의 分類法의 差異는 調音部로서 咽頭를 觀察의 範圍에 포함시키느냐 않느냐의 差異가 있고, 혀의 運動에 혀뿌리를 考慮하느냐 않느냐의 差異가 있다.

그런데, 위에서 본 바와 같이 이제까지의 訓民正音의 舌縮에 대한 解釋은 아치型 分類法에만 依存하였기에 滿足할 만한 說明을 할 수가 없었다고 본다.

舌不縮 …… ㅣ   …… 前舌
舌小縮 …… ㅡㅜㅓ …… 中舌
舌　縮 …… ·ㅗㅏ   …… 後舌

과 같이 現代語에서 後舌이어야 할 'ㅜ'가 中舌이 되고, 中舌이어
야 할 'ㅏ'가 後舌이 되는 矛盾이 생긴다.

이에 反하여 古典型 分類法은 發音器官의 좁힘이 硬口蓋(i), 軟
口蓋(ㅡㅓㅜ)에, 그리고 혀뿌리의 運動으로 因하여 咽頭가 좁아
짐으로 이 咽頭에 좁힘이 생긴다고 보기 때문에 각각 舌不縮, 舌
小縮, 舌縮에 符合되는 것이다.

金永松(1977a:165)은 訓民正音의 '舌縮'을 '좁힘'으로 解釋하여 3
類型으로 나누어 보이고 있다. 그의 體系는 現代語와 거의 符合
되고 있음을 알 수 있다.

<표1> 현대어, 중세어의 홀소리 3유형 비교

유 형	I	II	III
높/낮	+	+	−
앞/뒤	−	+	+
현대어	ㅣ	ㅡ(ㅜ)	ㅏ(ㅗ, ㅓ)
중세어	ㅣ	ㅡ(ㅜ, ㅓ)	·(ㅗ, ㅏ)

이어 그는 다음과 같이 主張한다.

훈민정음의 설축분류는 평면적으로 해석할 것이 아니라, 입
체적으로 보아야 한다. 종래의 설축해석은 그것을 혓자리(최고

69) 金永松(1977a), 훈민정음 '舌縮' 자질, 언어학 5, p.165.

점)를 기준으로 하였기 때문에 그 시야가 입천장과 맞보는 혓
바닥(Ⅰ, Ⅱ류에 해당하는 자리)에 국한되었다. 그 때문에 설축
분류(설불축-소축-축)와 혓자리분류(전설-중설-후설)을 맞추어
도 그 내용이 맞지 않았던 것이다. 설축을 '좁힘'으로 해석함은
그 시야를 입천장과 목머리로 확대하는 것이다. 그래야만 설축
의 내용이 합리적으로 설명될 수 있는 것이다.70)

以上으로써 古代國語 以來 中世國語에 이르기까지 여러 學者
들의 母音體系를 母音圖를 中心으로 하여 簡略히 考察하여 보았
다. 中世國語를 對象으로 한 1940年代 論議는 주로 ·音의 音價
를 둘러싼 母音體系의 設定이었던 바, 이 때 學者들은 現代 母音
의 音價를 그대로 中世國語 段階까지 遡及 適用함으로써 母音體
系 樹立의 正鵠을 찌르지 못하였다고 본다. 1960年代에 이르러
15世紀 母音 音價를 正確히 究明하려는 努力에 依하여 這間의
音價變動을 把握하게 되어 국어의 一大 母音推移現象이 있었음
을 主張하게 되었다. 다음 節에서는 母音體系와 關聯이 있는 中
世國語 段階의 母音混記現象에 대하여 一瞥하기로 하겠다.

3.5 中世國語의 母音混記

音韻變化를 흔히 自生的 變化(無條件 變化)와 結合的 變化로
區別한다. 結合的 變化는 서로 結合되는 音韻 사이의 變化로 그
要因을 쉽게 알 수 있지만, 無條件 變化의 本質은 直接 外的 要
因에 依하여 左右되지 않는 또는 音連鎖內에 있어서의 隣接音의
影響을 받지 않는 순수히 內的 要因에 依하여 變化하는 데 있다.

---

70) 金永松(1977a), Ibid. p.165.

이 無條件 變化는 어떠한 條件에도 구속되지 않고 철저하게 行해지기 때문에 다만 그 한 音韻의 變化에 그치는 것이 아니라 全音韻體系에 심각한 影響을 미치게 되는 것이다. 즉 "A>B"라는 音韻變化에서 音韻 /A/는 完全 消滅하기 때문에 그 體系의 一部가 構造上의 구멍이 생겨 /A/와 相關關係에 있던 音韻 /B/가 變動을 일으키는 것이다. 이 때 相關關係에 依하여 結合되어 있지 않은 音韻은 結合되어 있는 音韻보다 더 變하기 쉬운 것이다.[71] 그러므로 無條件 變化의 가장 根本的인 特色은 音韻體系의 變動을 가져오는 것이다. 이런 견지에서 볼 때 一例로 국어의 ·의 變化는 無條件 變化로서 그 變化段階와 消滅時期에 이르기까지 세밀히 硏究되었으나 그 變化의 原因을 밝히려는 努力을 소홀히 한 감이 없지 않다. 우리는 中世國語 段階에서 나타나는 일부 混記된 例들을 검토함으로써 混記에 使用된 母音들 간의 音價의 相近性을 어느 정도 파악할 수 있을 뿐 아니라 後代에 表記法上에 나타나는 混記에 對해서도 미흡하나마 예견할 수 있다고 본다. 우리는 印歐語에서 母音交替(ablaut)의 一定한 方式을 발견함으로써 組織的으로 體系를 설명할 수 있었던 것을 알고 있다. 그러면 中世國語의 單語를 中心으로 母音混記의 樣相을 살피기로 한다.

(1) '· ~ ㅏ'의 混記

中世國語 初期 文獻인 龍飛御天歌, 訓民正音解例, 訓民正音諺解에서 ·로 表記된 다음과 같은 單語들을 찾아볼 수 있다.

---

71) 金芳漢(1964), 國語母音體系에 관한 考察, 東亞文化 2.

ⓐ ᄀᆞ(際, 용5), 늠(他, 용24), 눛(顔, 용40), ᄆᆞᆯ(馬, 용34), 숨 (源, 용2), ᄯᆞᆯ(女, 용96), ᄒᆞᆫ(一, 용22), ᄇᆡ(舟, 용20), ᄒᆡ(日, 용 50), ᄇᆞᆯ(臂, 解例), ᄑᆞᆯ(蠅, 解例), ᄑᆞᆺ(小豆, 解例), ᄃᆞᆰ(酉, 解例), ᄆᆞᆺ(最, 解例).

ⓑ ᄀᆞᄆᆞᆯ(旱, 용2), ᄀᆞᆯ다(改, 용85), ᄀᆞ득ᄒᆞ다(滿, 용41), ᄂᆞ리다 (下, 용32), ᄂᆞᆯ다(飛, 용125), ᄃᆞ리(橋, 용34), ᄆᆞ슴(心, 용72), ᄇᆞᄅᆞᆷ(風, 용2), ᄇᆞ리다(棄, 용72), ᄇᆞᆰ다(明, 용30), ᄇᆞ얌(蛇, 용 7), ᄉᆞ랑ᄒᆞ다(思, 용72), ᄉᆞᆲ다(白, 용87), ᄎᆞ다(佩, 용55), ᄐᆞ다 (乘, 용34), ᄆᆡᇰᄀᆞᆯ다(築, 용40), ᄒᆞ마(旣, 용42), ᄒᆞᄆᆞᆯ며(況, 용 121), ᄉᆞ이(間, 용31), ᄆᆞᆽ다(終命, 용51), ᄃᆞ리다(率, 용58), ᄌᆞᆷ 다(沒, 용67), ᄀᆞᄅᆞ치다(敎, 용105), ᄉᆞᄆᆞᆾ다(通, 解例), ᄀᆞᆮ다(如, 解例), ᄀᆞᆲ다(並, 解例), ᄂᆞᆾ갑다(低, 解例), ᄲᆞᆯ리(促急, 訓諺), ᄃᆞᆮ 다(閉, 訓諺), ᄆᆞᄎᆞᆷ내(終, 訓諺), ᄯᆞᄅᆞᆷ(而已, 訓諺).

ⓐ는 單音節로 된 單語이고, ⓑ는 多音節로 된 單語인데, 이들 은 第1音節의 ᆞ가 現代에 이르러서는 모두 ㅏ로 바뀐 것들이다. 第1音節의 ᆞ>ㅏ는 周知된 事實인 바, 中世 當時 이미 'ᆞ~ㅏ'의 混記를 보여주고 있다. 몇 例를 들어보면,

① ᄀᆞ락~가락
o 다슷밧ᄀᆞ락가진ᄲᅢ업슨죵을 (杜초上14)
o 손ᄀᆞ라고로 (四解下82)
o ᄀᆞᄅᆞ치논손가라ᄅᆞᆯ지스라 (능十42)
o 발흔가라개니르러 (月釋十八44)
o 시혹가락토ᄇᆞ로그려 (法화一219)
o 가락ᄩᅦ며 (金삼二11)

② ᄀᄆ니~ᄀ마니

o ᄀᄆ니이서면 虛空이 ᄃ외ᄂ니라 (능四17)

o ᄀᄆ니 두사ᄅ미 양지시들오 威德 업스닐 보내요디
(法화二206)

o ᄀ마니몯이셔 自然히니러 (석六30)

③ ᄆ즈~ᄆ자

o 일ᄆ즈일우ᅀᆞ보 몰몬져홇디니 (月釋序17)

o 글ᄆ좌비호더니 (二倫重60)

④ 바ᄅ~바라

o 바ᄅ우희들구를 좃놋다 (隨海上槎) (杜초十五52)

o 산과바라ᄀ톤 (誡初9)

⑤ ᄃ리~다리

o 鶴橋학ᄃ리 (용46)

o 碧潤渡俗稱白達힌다리 (용22)

例를 더 列擧할 必要도 없겠다. 15世紀 同一文獻에서 'ㆍ~ㅏ'
의 混記를 보이는 것은 이들 母音 사이 音價上 相近性이 있기
때문이라고 본다. 자연 母音圖上의 位置도 서로 가까울 것이다.
여기서 우리는 서로 混記되는 母音끼리는 音價上 位置上 相近性
이 있음을 생각하게 된다.

(2) 'ㆍ~ㅡ'의 混記

15世紀 中世文獻의 例

① ᄀ늘ㅎ~그늘(陰)

o 慈悲ㅅ그늘 微妙혼구루믄 (능八50)

o 그늘음(陰) (字會上1)(類合上4)(杜초卄三8)(小언六109)(法
화二108)(救簡六8)(法화三45)

o 그늘서느러운듸 (杜초上21)

o 그늘음(陰) (類合上)(石千11)

② ᄀᆞᆮ브다~ᄀᆞᆮ브다(가쁘다)

o ᄀᆞᆮ브거든ᄌᆞ올오 (南明上59)

o ᄀᆞᆮ보미업서 (法화三41)

o ᄀᆞᆮ봄업손돌 (月釋十四79)

o ᄀᆞᆮ불로(勞) (類合下7)

o 빅셩이ᄀᆞᆮ브면싱각ᄒᆞᄂ니 (번小四44)

o ᄀᆞᆮ블피(渡) (石千17)

③ 가ᄆᆞ기~가그기(갑자기)

o 가그기주거 (救方上24)

o 가그기브레뻐면 (救簡一77)

④ 거슬다~거슬다

o 엇예거슬ᄇᆞ리잇고 (三綱重烈30)

o 귀예거스ᄂ니 (金삼三62)

o 댱이아지벌에술위뻐거스ᄂᆞᆫ둘 (曲167)

⑤ 거츨다~거츨다

o 그거츨고기우러진이롤(荒頓者) (小언六20)

o 거츨황(荒) (類合下55)

⑥ 겨르로이~겨르로이

o 겨르로이걷디아니ᄒᆞ니 (金삼五32)

o 괴외히겨르로이사라 (法화二143)

o 겨르로이드로미 (金삼四42)

⑦ 견디다～견듸다

　o 견듸내(耐) (類合下10)

　o ᄇ리와견듸디몬ᄒ애라(痒的當不得) (朴초上13)

⑧ 고올～고을

　o 고올군(郡) (石千26)

　o 고을군(郡) (類合下10)

⑨ 기르마～기르마

　o 기르말밧기시니 (용58)

　o 기르마지흔ᄆ롤 (杜초十五1)

⑩ 기춤～기츰

　o 기춤ᄒ며(咳) (小언二17)

　o 기츰ᄒ시고 (法화六102)

⑪ 나ᄀ내～나그내

　o 나ᄀ내사ᄅ미 (능四77)

　o 몰곤ᄀᄅ미나그내시르믈ᄉ로미잇도다 (杜초七2)

⑫ 낟ᄇ다～낟브다

　o 다낟본줄업긔호리라 (석九6)

　o 그리면줌낟브디아닐거시라 (杜초上21)

⑬ 녀느～녀ᄂ

　o 녀느일란(餘) (救方下72)

　o 녀느쉰아히도다出家ᄒ니라 (석六10)

⑭ 니르～니르(이루)

　o 니르다ᄋ디몯홀쪈치라 (法화六107)

　o 몯니르헬씨라 (석十三8)

⑮ 니르다～니르다(謂)

　o 니르거나쓰거나 (月釋七41)

o 니르고져홇배이셔도 (訓諺)

⑯ 니르다~니르다(至)

　　o 니르신줄올싱각ᄒᆞ야(念至) (小언五9)

　　o 梵世예니르게ᄒᆞ시고 (석十九38)

⑰ 다르다~다르다(異)

　　o ᄂᆞ민ᄠᅳᆮ다ᄅᆞ거늘 (용24)

　　o 寬이神色이다르디아니ᄒᆞ야 (小언六102)

⑱ 다ᄋᆞ다~다ᄋᆞ다(盡)

　　o 正法滅ᄒᆞ야다ᄋᆞ거든 (法화二44)

　　o 滅ᄒᆞ야다ᄋᆞ게호디 (능一4)

⑲ 더ᄋᆞ다~더ᄋᆞ다

　　o 順에더옴과(順益) (능十80)

　　o 너희一心ᄋᆞ로法을流布ᄒᆞ야너비더ᄋᆞ게ᄒᆞ라 (月釋十八15)

⑳ 더르다~더르다

　　o 더르고더럽고 (法화二168)

　　o 더르고더럽고 (法화二16)

㉑ 디~듸

　　o 헌딕는암그디 (三綱)

　　o 님계신듸사롭브려 (三綱)

㉒ 고시~고싀

　　o 고시원芫 (字會上13)

　　o 園菜고싀 (朴언)

㉓ 여ᅀᅮ~여스

　　o 여ᅀᅮ狐 (四解下41)

　　o 여스狐 (字會上19)

㉔ 모기~모긔(蚊)

o 모긔 (月釋九26)(능四3)

o 모긔문(蚊) (字會上22)

㉕ 션비～션븨

o 션빈를 (용八58)

o 션븨슈(儒) (字會上34)

㉖ 시룸～시름

o 시료ᄒᆞᄂᆞ (杜초二十五2)

o 시름 (용-102)(月釋八101)

㉗ ᄀᆞᆫ～근(根)

o ᄀᆞᆫ根 (東國목록1)

o ᄀᆞᆫ원根源 (月釋八68)

o 불휘근根 (字會下3)

o 근根 (四解上61)

㉘ 희다～희다

o 힌므지게(白虹) (용50)

o 흰바회(白岩) (용7)

㉙ 그딕～그듸

o 그딕 (杜초卄五51)

o 그듸 (杜초十五15)

㉚ 고비～구븨(曲)

o ᄀᆞ롬고빈오 (杜초七4)

o 江人구븨예 (杜초十八5)

㉛ 붓다～붓다

o 모미보ᄋᆞ듈헤아료믈먹디마라(體壞粉身念) (杜重十八2)

o 平日에사던디롤브스왠後에(平居喪亂後) (杜초七19)

㉜ 흐르다～흐르다

o 衽席에흐르나다(下流衽席) (杜초七25)

o 흐르는수를(涓酒) (杜초七8)

㉝ 프르다~프르다

o 프른시미(碧泉) (杜초七36)

o 프른시내해 (杜초七8)

㉞ 딕흐다~딕희다

o 房올딕흐라흐시니 (曲177)(月釋七6)

o 受苦ᄅ비딕희여이셔 (석九12)

o 各各혼쁴나딕휜神靈이잇느니라 (석九30)

㉟ 밍ᄀᆞᆯ다~밍글다

o 스믈여듦字ᄅᆞᆯ밍ᄀᆞ노니 (訓諺)

o 갈잘밍글쟝신이어듸잇느뇨 (杜초上2)

㊱ 마ᅀᆞᆯ~마을

o 마ᅀᆞᆶ관원들홀오늘다쳥흐야 (杜초上65)

o 마을부(府) (字會中7)

㊲ 며ᄂᆞ리~며느리

o 며ᄂᆞ리부(婦) (類合上29)

o 夫人이며느리어드샤몬…子孫이니ᅀᅥᄀᆞ몰위흐시니 (석六7)

㊳ 모ᄃᆞᆫ~모든

o 모ᄃᆞᆫ하놀히엳ᄌᆞᄫᅡ (曲91)

o 모든벗들히일후믈 (杜초上24)

㊴ 바ᄂᆞᆯ~바늘

o 바ᄂᆞᆯ와芥子왜 (月釋69)

o 바늘도실도어쎄 (처용)

㊵ 아독아독흐다~아득아득흐다

o 末學이예니르러다아도아도ᄒᆞᄂᆞ니라 (능二26)

o 아득아득ᄒᆞ사ᄅᆞ몰 (번小八41)

㉛ 여둛~여듧

o 몃셤투실고여둛션토리라 (杜초上11)

o 陰界예여들비다非애ᄆ촛 (능十34)

㉜ 이술~이슬

o 이술로(露) (石千2)

o 곳이슬저즈리라 (曲42)

　17世紀 以後의 文獻에서도 ᄀᆞ못~신ᄀᆞ못(韘鞋), ᄀᆞ술~ᄀᆞ을, ᄀᆞ
숨알다~ᄀᆞ음알다(주관하다), ᄀᆞ족이~가즉이, 가솜~가슴, 가시~
가싀, 가시다~가싀다, 거둛~거듧, 거롬~거름(步), 겨ᄃ랑~겨드
랑, 겨올~겨울, 과줄~과즐, 기솖~기슭, ᄂᆞ즉기~ᄂᆞ즈기, 나ᄅᆞ
다~나르다, ᄂᆞᄅᆞ~나ᄅ(津), 남즉기~남즈기, 노롯~노룻, 마춤
내~마츰내, 마눌~마늘, 말솜~말슴, ᄇᆞ투기춤~ᄇᆞ튼기춤, 벼술~
벼슬, 브르다~브르다(呼), 스나희~스나희, 세츠다~세츠다, 아름
답다~아름답다, 암굴다~암글다, ᄌᆞ녹ᄌᆞ녹~ᄌᆞ늑ᄌᆞ늑, 쟝ᄉᆞ~쟝
ᄉᆞ, 젼츠~젼츠, 지ᄅᆞ다~지르다, ᄒᆞ몰며~ᄒᆞ믈며와 같은 發達을
찾아볼 수 있다.

　위의 例들에서 보는 바와 같이 ‘·~ㅡ’의 混記가 第2音節에서
가장 많이 나타나고 있는데, 이는 국어에서 第1音節을 强하게 發
音하고 第2音節 以下를 弱하게 發音하는 傾向 때문에 第2音節에
서는 사실상 ·와 ㅡ의 소리가 不分明하게 되기가 쉽다. 게다가
말을 빠르게 allegro style로 하게 되면 이들은 더욱 不分明하게
되는 것이다.[72] 이처럼 국어에서는 第2音節 以下를 弱하게 發音

---

72)　Greenberg, Joseph(1966), Synchronic and diachronic universals in

하는 習慣에서 第2音節의 ‘·～ㅡ’가 不分明하게 되어 ‘·～ㅡ’의 混記現象이 强하게 되니 이는 곧 이들 ·와 ㅡ音이 서로 가까운 音이라는 것을 말해 준다고 생각한다. 앞節 3.3.2에서 朝鮮館譯語의 表音을 考察할 때도 ‘得(ᄃᆞ～드), 色(ᄉᆞ～스), 黑(ᄒᆞ～흐)’와 같이 同一한 漢字에 依하여 ·와 ㅡ의 兩母音을 나타내고 있음을 보았는데, 이것도 이 兩母音이 서로 가까운 音이라는 것을 傍證해 준다고 생각한다.

(3) ‘·～ㅗ’의 混記

15～6世紀 文獻의 例

① ᄀᆞ로～갓고로
  o 갓ᄀᆞ로아ᄂᆞᆫ種에나리라(生倒知種) (능十55)
  o 오ᄉᆞᆯ갓ᄀᆞ로닙놋다 (杜초卄四48)
  o 雅曲을信ᄒᆞ야갓고로볼씨 (月釋九57)
  o 吹毛ᄅᆞᆯ갓고로자바(倒握吹毛) (金삼三54)
② 겨르ᄅᆞ이～겨르로이(겨르롭게)
  o 헌돗ᄀᆞᆯ겨르ᄅᆞ이긋어 (南明上18)
  o 겨르로이것디아니ᄒᆞ고 (金삼五32)
③ ᄆᆞᄅᆞ다～모로다
  o 구즌이룰모ᄅᆞ고(석九11)
  o 어딘남진과어딘겨지비수모로게큰ᄌᆞ비심내여 (번박上75)
④ 애야ᄅᆞ시～애야로시(겨우)
  o ᄀᆞ숲므른애야ᄅᆞ시너덧자ᄒᆞ깁고 (杜초七22)

_____

Phonology, Language 46.2, p.516 참조.

o 애야로시子로더브러ᄒᆞᆫ가지로歸호리라 (四언七11)

⑤ 오ᄋ로~오오로

o 오ᄋ로섯근거시업서淸白ᄒᆞ고 (석十三28)

o 오오로이ᄒᆞᆫ덩이화ᄒᆞᆫ긔운이러시다 (小언六122)

⑥ ᄌᆞᄆ~ᄌᆞ모

o ᄌᆞᄆ쓰거늘(頻張) (번小十17)

o 이제로녜롤보건댄ᄌᆞ모해어긔니 (능一22)

17世紀 以後에 광ᄌᆞ리~광조리, 만ᄃᆞ라미~만도라미, ᄇᆞ야ᄒᆞ로~ᄇᆞ야호로, 밧줍다~밧좁다, 새롭다~새롭다, 사향노ᄅᆞ~사향노로, 아ᄆᆞ리~아모리, 아오ᄅᆞ~아오로(아울러), 애돌다~애돌다, 오ᄉᆞ리~오소리, ᄌᆞᄆ다~자모다, ᄒᆞᄅᆞ~ᄒᆞ로 등의 發達例들을 들 수가 있다.

이 語例들을 基準으로 하여 볼 때 '·~ㅗ'의 混記는 이들 母音의 前後 音韻環境이 'ㄹ, ㅁ'인 경우에 주로 나타나는 경향이 있지 않나 한다. ㄹ은 母音性이 强한 子音이기에 이 位置에는 强子音이 오는 것을 꺼리는 傾向이 있는 것으로 생각된다. 한편 ㅁ 子音은 脣音인 고로 圓脣母音 ㅗ가 같은 脣的 資質에 依하여 쉽게 混記되는 것으로 看做된다.

(4) '·~ㅓ'의 混記

이 混記는 드물게 나타나는 現象으로서 우선 實例를 들어 본다.

① 도족~도적

　o 쐬한도즈굴모르샤 (용-19)

　o 도적적 (類合下21)

② 여슷~여섯

　o 여숫히롤 (續三孝10)

　o 여섯륙(六) (類合上1)

　o 여섯쌍(六對) (譯語類解補36)

③ 못フ지~못거지

　o 못フ지ᄒ야(會) (警民編20)

　o 큰못거지ᄒ리라 (靑大149)

④ 져근둧~져근덧

　o 져근도시曹操의게알외다 (三譯總解八15)

　o 져근덧밤이드러 (松江一9)

⑤ 튁>턱, 볼(重)>벌, 일쿨->일컫-(稱)

　①의 例는 中世文獻에서 'ㆍ~ㅓ'의 混記가 있음을 보이는 例이고, ②③④는 近世語에 이르러 'ㆍ>ㅓ'의 발달을 보여준다. 우리는 이 例를 通하여 中世國語 以來 계속 'ㆍ>ㅓ'의 發達 傾向이 微弱하게나마 있다는 사실을 알 수 있다.

　金完鎭(1978:133)은 方言에 따라 '남(他人)>넘, 날애(翼)>널개'와 같은 例가 있고,

　하-/허-(爲) < ᄒ-

　같-/겉-(如) < ᄀᆮᄒ-

　내리-/네리-(降) < ᄂᆞ리-

　대리-/데리-(率) < ᄃᆞ리-

와 같이 現代國語에서 同一話者에 의해 公式的인 表現을 하느냐
아니면 私的이며 親熟한 사이에 쓰느냐에 따라 話體가 交替되는
現象이 있음을 指摘하고 있는 바, 이들 모든 例들도 역시 ·와
ㅓ가 가까운 音이라는 것을 말해 준다고 생각한다.

　以上 中世文獻들을 通하여 간단히 알아 본 바와 같이 · 母音
은 'ㅏㅡㅗ'의 母音들과의 混記가 가장 强하게 나타나고 있음을
본다. 이로 미루어 보건대 ·의 母音圖上의 位置를 너무 後舌低
母音位置에 잡을 것이 아니라 中舌中母音 쪽으로 많이 기울어진
位置로 잡음이 옳겠다.[73]

　(5) 'ㅗ~ㅜ'의 混記

15~6世紀 文獻의 例

　① 거도(卷)~거두
　　o 노폰ㅂ라몰施旐을거도부놋다(高風卷施旐) (杜초十三1)
　　o 衆生올다비취샤거도자바 (月釋八27)
　　o 짜홀거도부ᄂᆞᆫㅂᄅᆞ몰(括地風) (金삼三31)
　② 거우로~거우루
　　o 불ᄀᆞᆫ거우로애 (杜초十一41)
　　o 몰ᄀᆞᆫ거우루ᄀᆞᆮᄒᆞ야 (月釋一34)
　③ 견호다~견후다
　　o 견홀교(校) (類合下37)
　　o 견홀비(比) (類合下27)
　④ 결오다~결우다

---

73) 崔鉉培(1982)는 ·는 [ə]의 音價를 가진다고 한다.

o 글지이로결오단말이라 (小언六14)

o 침노ᄒ여도결우디아니홈을 (小언四40)

⑤ 계오~계우

o 계오열설에 (小언六2)

o 계우안잣는거셔(剛坐的) (번박上41)

⑥ 구모~구무

o 윈녁곳구모 (救간一48)

o 구무바회 (용13)

o 터럭구무마다 (석十九38)

⑦ 길오다~길우다

o ᄯ롤하나길오니 (석十一29)

o 길온공이 (능六41)

o 罪業을길워 (석九17)

o 聖胎길오미니 (능八27)

⑧ 나괴~나귀

o 뎌나괴어러나ᄒ노미 (번박上34)

o 나귀릴말히라 (蒙山14)

⑨ 너고리~너구리

o 너고릐고기나 (牛方1)

o 너구릐고기논 (分온24)

⑩ 닐곱~닙굽

o 닐곱번쳔거홈애 (小언六24)

o 숪바올닐굽과 (용89)

⑪ 더옥~더욱

o 더옥혜튜리라 (杜초卄30)

o 더욱구드시리이다 (용125)

⑫ 두로미~두루미

o 鶖鶬두로미 (四解下23)

o 두로미조 (鶖) (字會上18)

⑬ 딕희오다~딕희우다

o 　그어미이쩌니몰東山딕희오고스스로가밥어더스싀로먹고 (석十一10)

o 門올군이ᄒ야고쟈로딕희워 (小언二50)

⑭ 몃고다~몃구다(메우다)

o 그모술몃고니 (六祖序23)

o 杯酒롤몃구라 (杜초八55)

⑮ 샹토~샹투

o 샹토믿틀 (小언二2)

o 샹토계(髻) (字會中25)

⑯ 어로~어루

o 어로…後에外物보리이시려 (능一51)

o 可ᄂ어로ᄒᄂ마리오 (月釋序9)

⑰ 업시오다~업시우다

o 慕敬ᄒ야업시오돌아니ᄒ노니 (석十九29)

o 눔업시오ᄆ일후미我慢이오 (능九78)

o 너희돌홀업시우디아니ᄒ노니 (석十九30)

o 업시오몰아디못ᄒ야妙行이ᄀ드기나 (月釋十七75)

⑱ 일오다~일우다

o 잠간도절로일오ᄂ배업스니라 (內一85)

o 三十年天字ㅣ어시니모딘쇠롤일우릿가 (용31)

⑲ 지즈로~지즈루

o 지즈로버믈시름ᄒ야 (杜초七10)

o 여러히롤지즈루머리여희여쇼니 (杜초卄八42)

⑳ 횟두로~횟두루

o ᄀ쇠횟두로ᄶ라 (救간一48)

o 횟두로圓滿ᄒ샤미 (法화二13)

17世紀 以後 近世國語 段階의 發達은 다음과 같은 單語들에서 발견된다.

감초다~감추다, 가족~가죽, 개고리~개구리, 거복~거북, 거호로다~거후르다, 견조다~견주다, 구롬~구룸, 나모~나무, 나봇기다~나붓기다, 널오다~널우다(넓히다), 누고~누구, 다리오리~다리우리, 다복쑥~다북쑥, 달고질~달구질, 데오다~데우다, 뎌고리~뎌구리, 도곤~두곤, 뒤쵹~뒤츅, 듯보다~듯부다, 마고~마구, 망올~망울, 며조~며주, 벼록~벼룩, 별오다~별우다, 브리오다~브리우다, 셔보ᄌ~셔부ᄌ(살촉), 셔올~셔울, 셰오다~셰우다, 싯고다~싯구다, 얼골~얼굴, 에오다~에우다(두르다), 져봄~져붐, 졀고~졀구, 주롬~주룸, 통가족~통가죽, 뛰오다~뛰우다, 하야로비~하야루비, 휘오다~휘우다, 휘초리~휘추리.

또, 中世 初期 諺解文獻의 漢字音 表記에도 'ㅗ~ㅜ'混記例가 보이는 바, 圓覺經諺解에 다음과 같은 例가 보인다.

門:몬

o 三昧門삼밍몬 (圓一128)

o 門몬ㅅ겨틔서셔머리셔본디 (圓一32)

o 波빵羅랑門몬 (圓一32)

o 陁땅羅랑尼닝門몬 (圓一35)

o 門몬밧긔 (內一364)

o 家門강몬 (內三435)

문

o 南印門남힌문 (圓一12)

o 寢침室싏ㅅ門문밧긔 (內一348)

이처럼 'ㅗ~ㅜ'의 混記가 廣範圍하고 빈번하게 나타나고 있음은 이들 母音들이 서로 가까운 位置에 놓여 있음을 證據한다고 볼 수 있다. 또, 'ㅗ~ㅜ' 混記는 中世國語 段階에서 母音推移가 있었다는 說과 關聯지어 생각할 때 깊이 吟味하여 볼 問題라 생각한다.

　　(6) 'ㅏ~ㅓ'의 混記

15~6世紀 文獻의 例

① 건나다~건너다

o 可히건나가리로다 (杜十六37)

o 바ᄅ래건나믈 (法화一109)

o 건너디나다ᄒᆞ야ᄂᆞᆯ (圓二45)

② 갗~겇

o 가치니써그려긔발ᄀᆞᄐᆞ시며 (月釋二40)

o 쩍ᄀᆞ톤짝거치나니 (月釋一42)

③ 넙갑다~넙겁다

o 功이넏<u>가</u>ᄫ며기푸믈조차 (月釋七44)

o 세흔녇<u>거</u>오니기픈더나ᅀ감어려우믈나토샤미오 (圓三14)

④ 마리~머리

o 太子ㅅ<u>마리</u>를塔애ᄀ초ᅀᄫ니 (曲56)

o 이바디예<u>머리</u>롤좃ᄉᄫ니 (용95)

⑤ 밧기다~벗기다(밧다~벗다)

o 기ᄅ말<u>밧</u>기시니 (용58)

o <u>벗</u>겨내시ᄂ니 (月釋十5)

⑥ 언마~언머

o 深谷深山애<u>언마</u>저프거시니뇨 (曲123)

o <u>언맛</u>福올어드리잇고 (法화六3)

o <u>언머</u>의흔판식ᄒᆞ다 (번박上10)

o ᄆᆞ슴과相괘서르벙으로ᄆᆞ<u>언머</u>고 (金삼三32)

⑦ 처ᅀᆞᆷ~처엄

o 처<u>ᅀᆞᆷ</u>ᄉ적ᄀᆞᆮ더니 (三綱烈21)

o 嚴威로처<u>엄</u>보샤 (용78)

역시 中世 初期文獻에 다음과 같은 漢字音 表記가 보인다. 이
漢字 表音들이 現實音을 反映한다고 보기에는 어려움이 있지만
참고로 적어 본다.

① 萬 : 먼

o 數萬숭<u>먼</u>말ᄉᆞᆷ (圓一13)

o 萬行<u>먼</u>ᅘᅴᆼ (圓一14)

o 萬物<u>먼</u>믏 (圓一17)

o 萬法<u>먼</u>법 (圓一28)

o 萬像먼썅 (圓一27)

o 千萬쳔먼 (圓一41)

o 萬品먼품 (圓一48)

o 萬里먼링 (曲二)

o 萬死먼숭 (觀音上55)

o 萬生먼싱 (觀音上55)

o 八萬밦먼 (金강54)

　萬 : 만

o 萬만世셰

o 萬만曆역 (神宗皇帝御製女誡序42)

o 萬만物물 (御製女四書序473)

② 發 : 벓

o 唯윙識식을發벓明명호니 (圓一47)

o 發벓願원ᄒᆞ샤딕 (圓二54)

o 方방便뼌으로發벓心심케ᄒᆞ샨젼ᄎᆞ라ᄒᆞ니 (圓二74)

　發 : 밣

o 曲곡ᄒᆞᆫ發밣明명티아니ᄒᆞ몰몯ᄒᆞᄂᆞ니 (內一375)

　(發밣明명홈과득토몰ᄒᆞ마펴면…) (內一375)

　特히 內訓 一卷은 같은 책 같은 面 1行과 2行에서 '밣~벓'의 混記를 發見하게 됨은 興味있는 사실이거니와 이것도 ㅏ와 ㅓ의 相近性에 基因된 混記라 생각된다.

　近世文獻에 갑플~겁플, ᄭᅮ지람~ᄭᅮ지럼, 구ᄐᆞ야~구ᄐᆞ여, 맛~멋, 맛갓다~맛것다(마땅하다), 사괴다~서괴다, 아금니~어금니, 아바님~아버님 등과 같은 混記形들을 찾아볼 수 있다.

(7) 'ㅜ~ㅡ'의 混記

① 그뭄~그믐
   o 그뭈바민 (圓上一56)
   o 그믈나래쏘시르믈더을리랏다 (杜초十五31)
② 님굼~님금
   o 님굼끠진실ᄒᆞ샤셤기ᅀᆞ오며 (번박上50)
   o 님그미울어시ᄂᆞᆯ (용33)

이 語例는 中世文獻에서 찾아볼 수 있는 'ㅜ~ㅡ'의 混記로 이는 主로 脣音 'ㅁ' 環境에서 찾아볼 수 있는 바, 近世文獻에 이르러서 이같은 傾向이 더욱 濃厚하게 나타나고 있음을 볼 수 있다. 다음에 몇 語例를 들어보기로 한다.

거풀~거플, 계죽만~계즉만(지난 때), 니ᄉ무음~니ᄉ므음, 비둘기~비들기, 새품~새픔(도깨비바늘), 수풀~수플, 시무다~시므다, 얼풋~얼픗, 여물~여믈, 즛무르다~즛므르다, 코풀다~코플다, 푸르다~프르다, 항문~항믄 등.

이같이 中世 以後에도 例外가 없지는 않지만, 'ㅜ~ㅡ'의 混記는 主로 脣音 'ㅁㅂㅍ' 環境에서 支配的으로 나타나고 있다.

(8) 'ㅗ~ㅡ'의 混記

中世文獻에 '소곰~소금'(소곰염鹽, 字會中22, 類合上30. 초와 소금과…, 朴언中6)과 같은 語例가 보이는 한편, 中世 以後에도 구돌~구들, 구렛나롯~구레나룻, 누로다~누르다, ᄯ로다~ᄯ르다, 아모~아므, 조올다~조을다, 쥐무로다~쥐므르다 등의 語例들을 볼 때 'ㅗ~ㅡ'의 混記도 역시 지속적으로 나타나는 現象으로 생각한다. (7), (8)의 混記로 미루어 볼 때 ㅡ는 ㅜ로, 혹은 ㅗ로도 混記되어 어느 母音과 더 相近性이 있는지 판단하기가 어렵다.

끝으로 漢字音에 나타나는 'ㅡ~ㅓ'의 混記 一例를 添加한다.

德 : 득
 o 信신은겨지븨德득이니라 (內一365)
 o 德득을굴힐쑤니언뎡… (內一365)
德 : 덕
 o 겨지븨德덕은구틔여시로와聰총明명이… (內一336)
 o 겨지븨큰德덕이라 (內一337)
 o 딛딛한德덕을모로매구디자ᄫ며 (內一342)

以上 主로 中世文獻을 中心으로 母音體系와 關聯하여 母音混記 傾向을 調査하여 보았다. 同時代의 母音混記는 混記되는 母音 相互間 音價나 母音圖上의 位置面에서 다른 母音들에 比하여 相近性이 있기에 서로 混記된다고 보았다. 또 母音混記가 일어나는 原因을 音韻環境과 關聯지어 說明하고자 했다. 中世의 母音混記 傾向은 다음 時期 국어의 母音 發達을 豫見할 수 있는 것으로 생각한다. 특히 'ㆍ~ㅏ'의 混記가 中世國語 段階에서 많이 나타나고 있음은 이를 證據한다고 생각한다.

4. 母音調和와 母音體系

4.1 問題의 提起

알타이諸語의 母音調和는 通時的으로 口蓋調和에서 開閉調和로 바뀐 것으로 본다. Poppe(1965:186)도 알타이어의 母音調和가 대개 口蓋調和임을 밝힌 바 있다. 그러나 中世國語 以來 母音調和는 어느 쪽인가 하는 데 問題가 있다. 국어의 母音調和는 特異하게도 對角線調和를 이루고 있다. 이는 正常的 體系일 수는 없다.

中世國語 段階의 母音調和의 例外들을 從來와 같이 崩壞過程에서 나타나는 現象으로만 보지 않고 生成, 崩壞의 두 過程에서 나타나는 現象으로 본 見解는 母音調和를 이루는 接尾辭(助詞, 語尾 包含)의 基本形이 陽性母音 單一形이었다는 證據가 보다 確實視되어야 한다고 본다.

本章에서는 母音調和와 母音體系의 關聯性에 대하여 旣往의 業績들을 一瞥키로 한다.74) 특히 알타이어의 母音調和의 類型을 알아 보고 또 국어의 母音調和가 그것과 어떻게 다른가 하는 점을 살피고자 한다. 아울러 15세기 母音調和의 實相과 그 消長過程을 簡略히 考察키로 한다.

---

74) 金芳漢(1964), 國語母音體系의 變動에 關한 考察, 東亞文化 2.
金完鎭(1978), 母音體系와 母音調和에 대한 反省, 語文研究 14-2.
服部四郎(1974), 中世韓國語의 母音調和와 母音體系, 講演論文集.
Chin-w, Kim(1976), Diagonal vowel harmony? : Some implications for historical phonology, 국어학 7, p.23~45.
李基文(1968), 母音調和와 母音體系, 李崇寧博士頌壽紀念論叢.

4.2 古代 蒙古語의 母音體系

音韻史에서 母音研究는 子音研究보다 뒤떨어져 있다. 그 理由
는 子音變化는 一定한 變化 傾向을 比較的 容易하게 捕捉할 수
있는 反面, 母音變化는 그것을 發見하기가 困難하다는 점이고 또
한 가지는 母音研究는 母音體系를 통해서만 滿足할만한 結果를
얻을 수 있는 바, 우리는 印歐語에서 母音交替(ablaut)의 一定한
方向을 發見함으로써 組織的인 體系를 說明할 수 있었던 것이다.
이러한 事實은 알타이어에서도 찾아 볼 수 있는 것이다. 一例로
알타이어에서 初期 語彙 比較를 通하여 母音對應現象을 理解하
였고 나아가 母音調和現象을 通하여 Ural~Altai語의 親近性을
立證하기에 이르렀다. 母音調和는 母音體系를 充實히 反映한다.
이것이 알타이어의 特徵이다. 모든 알타이어에서도 찾아볼 수 있
는 母音調和는 국어의 母音調和와 같다. 알타이어 研究에 있어
母音調和를 通하여 古代語의 母音體系를 再構하게 된다. 一例로
古代 蒙古語의 母音體系는 /ieüöaou/ 7母音으로 3+3+1型이다. 母
音調和에서 볼 때 /eüö/와 /aou/의 2群으로 엄격히 區別된다. 이
것을 그림으로 나타내면 아래와 같다.

[그림16] 古代 蒙古語의 母音圖

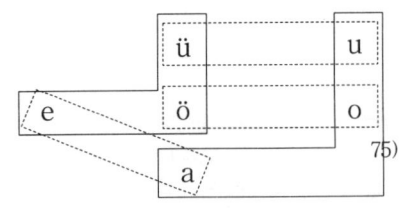

75)

---

75) 金芳漢(1964), Ibid. p.40.

여기서 혀의 位置가 같은 母音을 系列, 혀의 높이가 같은 모음을 序列이라 하면, 母音調和의 共通 可能한 2群은 各各 系列을 이루고 交替 可能한 3群은 各各 序列을 이루고 있어 母音調和와 母音體系가 表裏一體의 關係가 되어 있음을 알 수 있다. 이와 같이 古代 蒙古語와 터어키어는 각각 原始母音體系를 比較的 充實히 維持하고 있으나 中世國語의 母音體系는 3+3+1型의 母音體系로는 되어 있으나 母音調和의 母音體系 反映 樣式은 알타이어와의 사이에 差異가 있음을 알게 된다.

4.3 母音調和의 原因

母音調和의 原因은 무엇인가? 그것은 形態論上의 現象인가 아니면 音韻論上 또는 音聲學上의 現象인가? 이와 같이 여러 角度에서 그 原因을 규명하고자 試圖한 바, 音聲學的으로 接近하려는 努力이 支配的이었다고 본다. 服部四郎(1974)은 "母音調和는 一種의 發音上의 强力한 發音 習慣이다"라고 보고 있으며, 金鎭宇(1976:38)도 "母音調和는 우무라우트(umlaut), 變聲音(metaphony)과 같은 同化過程들은 母音調和의 先祖가 된다"라고 보면서 母音調和는 순전히 音聲現象의 問題임을 指摘하고 있다.76)

---

76) ① Bothlink, Radlof의 硏究에서 證明된 바, 母音調和란 곧 母音의 位置에서 가까운 소리군끼리의 연결되는 법칙이다.
② 李崇寧(1947)은 母音硏究所收(p.41)에서 이 문제에 대하여 다음과 같이 언급하고 있다. "그러나 이것이 主로 語幹母音과 接尾辭 母音과의 關係에 있으니 '法은, 山오'에서 音聲的 調和가 보이어 調聲部位置(stellung des Ansatzrohres)에서 解釋할 수 있는 一面과 文法에서 卽 形態論에서 보아야 되므로 여기 音聲環境과 그 形態論의 適用을 맞붙인 것이라 봄이 라들로프의 견해이니 當然한 解釋이라 할 것이다."

4.4 母音調和의 種類

母音調和는 母音體系와 密接한 關聯이 있음은 周知의 사실이다. 특히 알타이어에 있어서는 그러하다. 알타이 同系語인 터어키諸語, 퉁쿠스諸語, 그리고 국어에서 調和와 체계의 密着性을 考察할 수 있는 바, 터어키어·몽고어는 共通祖語의 8母音體系를 維持하면서 調和와 體系가 서로 表裏를 이루고 있음을 본다. 우리 국어의 母音調和를 考察하기 위하여는 自然 알타이 祖語의 母音體系와 同系語들의 母音體系를 一瞥하여 보아야 한다. 알타이 共通祖語의 母音體系는 다음과 같이 再構된다.

Vokale Illabial	Vordere Labial	Vokale Illabial	Hintale Labial	
i	ü	y(i)	u	
e(ä, ẹ)	ö	a	o	77)

터어키어에서는 이들 8母音體系가 그대로 維持되고 있는데, 그들의 正書法으로는 e a i ı ö o ü u로 表記되고 있다. 이들 8母音은 前後, 圓脣 非圓脣, 開閉의 對立을 이루고 있다. 이에 反하여 국어의 母音對立은 後期 中世國語 以來 上記 터어키어의 母音對立과 比較할 때 매우 다른 對立을 가지고 있음을 본다.

4.4.1 口蓋調和

그러면 母音體系와 母音調和의 關聯下에서 調和의 類型

---

77) Ramstedt(1957), Einfürung in die altzische Sprachwissenschaft I Lautlehre, Helsinki, p.136.

(typology)을 考察해 본다. Aoki(1968)는 母音調和의 類型을 垂直的 調和(Vertical VH)와 水平的 調和(Horizontal VH)의 2種으로 大別하고 있는데, 前者를 口蓋調和(Palatal VH), 後者를 開閉調和 라고도 한다. 口蓋調和는 前(硬口蓋)~後(軟口蓋) 대립을 이루는 바, 主로 핀랜드어·헝가리어·터어키어·몽고어 등에서 나타나고 開閉調和는 母音의 높이(高~低, 緊張~弛緩)의 對立을 이루어 比較的 드물게 나타난다. 티베트어(Miller:1966)와 몇몇 言語에서 이 類型이 考察된 바 있다.

이들 類型보다 늦게 對角線調和(Diagonal VH)를 論議하게 되었는데, 이 特異한 調和의 生成·原因·性格 등에 關하여는 깊이 研究된 바가 많다고 할 수 없다.

그러면, 우선 口蓋調和를 알아 보기 爲하여 터어키어를 一例로 들어 보자. 터어키어의 母音對立은 다음과 같다.

前舌 陰 : e ö i ü
後舌 陽 : a o ı u

터어키어의 母音調和는 한 單語 안에서 後舌母音은 後舌母音(들)에 依해서만 後行될 수 있다. 이 調和는 엄격히 지켜지고 있는 反面, 開閉母音들 사이와 圓脣·非圓脣(張脣) 母音들 사이에는 各各 서로 섞여 竝存할 수 있음을 본다. 그러므로 터어키어의 母音調和는 口蓋調和가 基本的이다. 이 調和는 터어키어뿐만 아니라 蒙古語, 퉁구스어에도 一貫性있게 나타나지만 터어키어만큼 엄격하지 못하다고 한다. 다음에 터어키어의 母音을 母音圖로 보이면 아래와 같다.

[그림17] 터어키어의 母音圖

i ü ı u ········· 高
   e ö o ········· 中
      a   ········· 低 78)

우리는 여기서 前舌母音(e ö i ü) 後舌母音(a o ı u)의 對立을 볼 수 있다. 또 이 母音들은 아래와 같이 compact(開)~diffuse (閉), grave(後舌)~acute(前舌) 및 flat(圓脣)~nonflat(張脣)이라 는 音響資質로 묶을 수가 있다.

	a	e	o	ö	i	ı	u	ü
[compact	+	±	±	±	−	−	−	−
diffuse								
[grave								
acute		−	+	−	+	−	+	−
[flat							79)	
nonflat		−	+	+	−	−	+	+

a는 中舌母音으로 non-grave, non-acute이며 圓脣性도 中立的 이다. 이렇게 音響資質에 依해 分類하고 보면 各 音聲들의 音響 差異가 母音의 高低 前後에 따라 뚜렷이 나타나고 있음을 알 수 있다. 特히 前後에 따라 音響差가 더욱 현격함을 알겠다.

4.4.2 開閉調和

蒙古諸方言인 Buryat Khalkha, Chakhar, bargha어들의 母音調

---

78) 服部四郎(1974), Ibid. p.202.
79) 服部四郎(1974), Ibid. p.203.

和는 [high] 資質에 依하여 區別되는 開閉調和로 나타난다고 한
다. 그런데, 같은 蒙古諸語에 속하는 Kalmuck어에는 이런 開閉
調和가 아닌 口蓋調和를 이루고 있어[80] 蒙古諸語에는 두 類型의
調和가 共存하고 있음을 알 수 있다. 우리는 通時的으로 이 두
調和의 先後關係를 생각하게 된다. 服部四郎(1974)은 口蓋調和가
開閉調和보다 더 오랜 것이라고 생각한다. 그 理由로는 첫째 口
蓋調和에 있어 母音間의 音響間隙이 開閉調和에 있어 그것보다
크다는 것을 그 理由로 삼는 바, 開閉調和에 있어서 몇몇 母音들
은 서로 잘 區別될 수 있는 分明한 母音들이 못된다는 점이다.[81]

또 하나의 理由는 開閉調和가 母音圖上 앞쪽 領域에 더 많은
空白을 가지고 있어서 口蓋調和보다는 덜 經濟的인 體系라는 點
이다.[82]

그러면 무엇 때문에 口蓋調和에서 開閉調和로의 通時的 變化
가 일어나게 되었는가 하는 問題인데, 이것은 口蓋調和에 있어서
는 a와 ä의 機能負擔力이 o와 ö의 그것보다 월등히 커서 音韻
相互間에 不均衡을 이루게 되어 이 不均衡을 줄이려는 傾向이
나타나게 되는 바, 이 傾向을 두 가지로 생각할 수 있다. 하나는
非第 1音節에서의 單母音들의 數와 母音으로서의 弱化[83]이고, 또
다른 하나는 長短의 a와 ä가 圓脣化되어 各各 o와 ö로 變하게
되는 傾向이다. a와 ä의 이런 機能變化는 連鎖作用을 일으켜 이
들과 같은 혀의 位置를 가진 ö까지도 中舌母音(ɜ)化시켜 이 中舌
化 結果는 o로 하여금 ö와 보다 뚜렷이 區別되기 위하여 더 큰

---

80) 服部四郎(1974), Ibid. p.206.
81) 一例로 Buryat어와 Bargha어에 있어서 ö와 ü가 한 音素로 合流되고 있음을
    든다.
82) 服部四郎(1974), Ibid. pp.206~207.
83) 대개 개폐조화를 이루는 언어는 제2음절 이하에 stress가 없다.

開口度와 後舌性을 가지지 않으면 안되게 하고 u와 o는 각각 보
다 低舌化의 方向을 잡게 된다. 이렇게 되어 결국 口蓋調和가
[high] 資質에 依한 開閉調和로 바뀌게 된다고 생각된다. 이 口蓋
調和에서 開閉調和로 바뀌는 過程에서 나타나는 母音推移의 想
像圖를 服部四郎(1974)은 아래와 같이 그리고 있다.

[그림18] 몽고어·母音推移圖

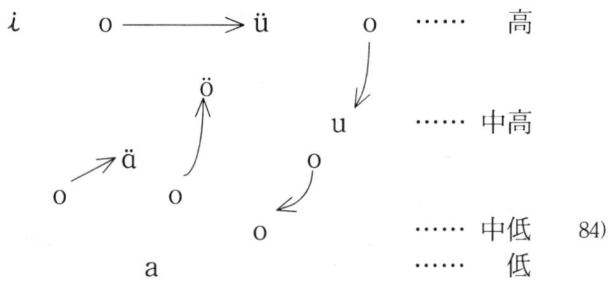

이렇게 하여서 알타이어에는 통시적으로 口蓋調和로부터 開閉
調和로 바뀌게 되었다고 服部는 생각한다.

4.4.3 對角線調和

그러면 이번에는 국어의 母音調和에 對하여 考察할 段階다. 周
知하는 바와 같이 中世國語를 中心으로 한 母音調和에 對해서
最初로 論議한 글은 小倉의 '母音調和에 關한 研究(1929)'고 이에
對한 李崇寧(1949)의 批判에서 'ㅣ, ㅡ' 母音이 中性母音이라는 小
倉說을 배격하고 中世國語의 母音調和體系를 다음과 같이 樹立
하였다.

---

84) 服部四郎(1974), Ibid. p.208.

(陰) : ㅓ ㅡ ㅜ
(陽) : ㅏ · ㅗ

이 體系로부터 ·[ʌ] 母音이 二段階에 걸쳐 消滅되므로 국어의 母音調和는 크게 混亂되어 현대국어에 이르러서는 極히 部分的으로 存在할 뿐 거의 崩壞되고 말았다. 현대국어에서 一部 語幹과 語尾 사이와 擬聲·擬態語에 殘存하고 있는 實例를 몇 들어 보면 다음과 같다.

(용언)	보아	먹어
	가아	걸어
	좁아	푸어(퍼)
	놓아	들어
	⋮	⋮
(의성의태어)	촐랑~	출렁~
	가랑~	어정~
	간당~	글썽~
	⋮	⋮

이런 語例들을 基準으로 보면, 副詞形語尾 '-아(a)/어(ə)'에 있어 '-아(a)'에 先行되는 語幹母音은 '아(a), 오(o)'이고, '-어(ə)'에 先行되는 語幹母音은 '어(ə), 우(u), 으(ɨ)'가 되어 母音調和가 지켜지고 있음을 본다. 이같이 現代國語의 母音調和를 이루는 母音의 部類는 'ㅏㅗ(陽)'와 'ㅓㅜㅡ(陰)'로 兩別된다. ㅣ 母音이 두 部類의 母音들과 어울릴 수 있음은 勿論이다. 이 두 部類의 母音들이 母音圖上에 位置하고 있는 것을 보면 다음과 같이 對角線을

基準으로 區別되는 바, 이같은 調和를 對角線調和라 부른다.

　　Aoki(1966), Zwicky(1970)에 依하면 Nez perce語에서도 아래와 같은 對角線調和를 想定할 수 있다고 한다.[85]

　　[그림19] 對角線調和의 母音圖

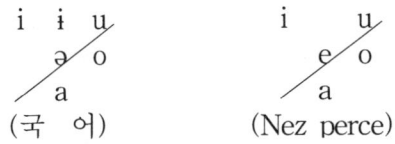

　　　　　(국　어)　　　　　　(Nez perce)

　　現代國語나 Nez perce어에서 볼 수 있는 이 對角線調和에 있어서는 하나의 資質을 基準으로 하여 이 두 部類의 母音들을 辨別할 수 있는 資質을 찾을 수가 없다. [high] 資質이나 [back] 資質과 같은 그 어느 資質에 依하여도 兩分되지 않는다. 우리가 앞서 論議한 口蓋調和는 [back] 資質에 依하여 中舌母音과 後舌母音으로 兩分되고, 開閉調和는 [high] 資質에 依하여 高低對立으로 兩分되는 反面에 이 對角線調和는 그 어느 하나의 資質로도 兩分되지 않는다. 어느 한 資質에 依하여 두 部類의 母音이 自然部類를 이룰 때 音韻論的으로 合理性을 찾아 볼 수 있는 것이다. 이 合理性을 찾기 爲하여 많은 學者들이 노력하였다.(Lightner 1965, Lyons 1962)

　　Moon(1974)은 對角線調和를 이루는 母音들을 한 辨別資質에 依하여 구분하기 위하여 中世國語 7母音을 아래와 같은 基準으로 分類하고 있다.

---

85) Chin-w, Kim(1976), Ibid. p.24.

[그림20] 資質基準에 따른 後期中世國語의 母音圖

	−back	+back	
−mid	i	ɨ　　u	+high
+mid		ə	
		ɐ　　o	−high
−mid		a	
	−round	+round	

86)

이렇게 分類하면 이들 母音은 [high], [back], [round], [mid] 資質에 依하여 각각 兩分될 수 있어 매우 理想的인 것 같지만, 問題는 果然 後期中世國語의 母音體系가 이렇게 되어 있는지 疑問이다.

金完鎭(1963), 李基文(1972)을 비롯한 대부분의 學者들은 ɐ에 해당하는 ·[ʌ] 母音을 결코 中舌母音에 設定하지 않는다. ɐ는 o 아래에 位置하여 若干의 圓脣性을 띠는 것으로 보고 있다.(李基文). 勿論 이런 說과는 對照的으로 崔鉉培(1940)는 ·를 中舌母音으로 母音圖上 正中央에 位置한다고 보아 오늘날의 [ə]와 똑같은 소리라고 主張하기도 한다. 어쨌든 단 한 資質에 依하여 母音調和의 두 部類의 母音을 區別하려는 從來의 試圖는 成功하였다고 볼 수 없다.

이제까지 우리는 母音調和의 3가지 類型을 簡單히 考察하였다. 通時的으로 볼 때 口蓋調和가 먼저이고 그 다음이 開閉調和로서 이들에 있어서는 母音體系와 母音調和가 一致되고 있음을 보는 동시에 이 때 母音體系는 比較的 均衡잡힌 8母音體系를 指向하려는 것으로 看做된다.

---

86) Chin-w, Kim(1976), Ibid. p.29.

그런데, 現代國語나 Nez perce어에서 볼 수 있는 對角線調和는 母音體系와 母音調和가 不一致할뿐만 아니라 母音體系도 不安全한 體系로 나타나는 바, 이같이 되는 原因이 어디에 있는지 糾明되어야 한다. 이제까지 學者들은 (eg. Aoki 1966, Zimmer 1967, Zwicky 1970) 이 特異한 母音調和를 어떻게 記述할까 하는 데만 主로 關心을 기울였기 때문에 그 原因 糾明에는 滿足할 만한 合理的인 說明을 찾지 못하였다고 본다. 우리는 이 特異한 調和가 왜 나타나게 되었는가 그 原因과 性格은 어떠한 것인가에 대하여 考察해야만 된다. 이 問題에 대하여 깊이 들어가기 前에 우선 母音體系와 母音調和의 不一致에 대하여 생각해 보기로 한다.

李基文(1968)은 現代國語나 에벤키어에서는 母音體系와 母音調和가 不合致됨을 指摘한다. 이것은 母音調和가 보여주는 또 다른 하나의 體系가 存在함을 말해 주는 것이라 한다. 이를 "구조적체계"에 대하여 "조화적체계"라 부르고 이 두 體系는 서로 遊離되어 있는 體系로서 認定함이 좋을 듯하다고 보고 있다. 이 두 體系의 不合致를 칼묵어와 부리아트어에서도 찾아볼 수 있다고 한다. 一例로 ō(수풀)라는 單語를 든다. 蒙古語에서는 *aị, *oị 등이 각각 ä, ō와 같은 前舌母音으로 變하고 있는데, 이같은 母音體系 變化가 반드시 同一하게 母音調和의 變化를 가져 오는 것이 아니라 한다.

칼묵어에서 ō는 원래 oị라는 後舌母音語로부터 發達인데, 이제는 前舌母音으로서 接辭도 前舌母音型을 가진다 한다. ō r ä s (탈격). 그러나 부리아트어는 同一한 變化를 입었음에도 ō는 여전히 後舌母音으로 行勢한다. ō r o r (조격). 이 一例로 보더라도 母音體系가 바뀐다고 하여 그에 따라 반드시 母音調和 體系도 바뀌는 것이 아니라는 점을 든다.[87]

그러면 後期中世國語 以來 現代國語에 이르기까지 維持되고 있는 對角線調和가 나타나게 된 原因을 생각하여 보기로 한다. 먼저 結論的으로 말한다면 이 特異한 調和는 前期中世語로부터 後期中世語로 넘어오는 段階에서 一大 母音推移가 일어남으로 因하여 나타나게 된 一時的이고 過渡的인 現象으로서 보여진다는 것이다.

李基文(1961), 金鎭宇(1976)의 母音圖에서 보는 바와 같이 前期中世國語에서는 'ㅜㅡㅓ'가 中舌, 'ㅗ·ㅏ'가 後舌 系列로서 前後 對立을 보여 주고 있어 母音調和의 두 系列과 一致하고 있는 反面에 後期中世國語 母音體系는 中舌母音 系列이 'ㅡㅓㅏ', 後舌母音 系列이 'ㅜㅗ·'로 바뀌게 되어 母音調和의 두 系列인 'ㅓㅡㅜ~ㅏ·ㅗ'와 不合致가 되어 있으며 [high] 資質이나 [back] 資質 그 어느 한 資質에 依해서도 각각 自然部類를 이루지 못하고 있다.

[그림21] 前期中世國語母音圖 [그림22] 後期中世國語母音圖6

```
  ㅣ ㅜ ㅗ            ㅣ ㅡ ㅜ
    ㅡ  ·              ㅓ ㅗ
  ㅓ ㅏ               ㅏ  ·
  (전  기)            (후  기)
```

이 不合致로 母音體系와 母音調和體系가 서로 遊離되고 이로 말미암아 母音調和는 對角線調和를 보이게 되는 것이다. 그러니까 이 特異한 調和는 母音推移가 나타난 후에 口蓋調和로부터 變形된 一時的 過渡的 段階의 現象으로서 자연스런 調和가 되지

---

87) 李基文(1968a), Ibid. p.5.

못하는 것이라 본다.

金鎭宇(1976:37)는 通時的 音韻論의 見地에서 이 對角線調和를
다음과 같이 要約한다.

對角線調和와 같은 그런 것은 存在하지 않는다. 그것은 한
體系일 수도 없다. 一種의 過渡的인 現象에 不過하다. 즉 理想
的인 母音調和 體系의 한 變形이며 歷史的인 자취일 뿐이다.
對角線調和를 發見하게 될 때 우리들은 그보다 앞선 段階의
母音體系를 再構할 수가 있는데 그 再構된 體系에서 母音調和
의 두 部類의 母音들은 音韻論的으로 自然部類에 따라 理想的
으로 整理된다. 또, 再構된 母音體系는 規則的인 母音調和를
維持하고 있음을 알 수 있고, 母音調和는 對角線調和로부터 崩
壞 消滅된다는 사실을 우리들은 또한 알 수 있다.
對角線調和는 歷史上 理想的 調和로부터 가장 뒤에 變化된
것이기에 만약에 系統的으로 關聯된 言語들 중에서 大部分의
言語들이 正常的인 調和를 維持하고 있는 反面에 그 중 어느
한 言語가 對角線調和를 이루고 있다면 그 言語는 그들 系統
言語들 중에서 가장 變化된 言語라고 말할 수 있다. 알타이어
에서 볼 때 국어가 다른 동계언어에서는 찾아볼 수 없는 對角
線調和를 가지고 있는 점은 국어가 가장 變化된 言語라는 점
을 暗示해 주고 있다.88)

그런데, 金完鎭(1978)은 制字解의 舌縮에 대한 意味를 새롭게
解釋함으로써 中世國語의 母音體系와 母音調和體系가 一致하는
것이라고 主張한다.

---

88) Chin-w, Kim(1976), Ibid. p.37.

金完鎭(1968)의 論文에서는 '舌不縮=前舌, 舌小縮=中舌, 舌縮=
後舌'로 解釋했기 때문에 곧 '이'는 前舌, '우으어'는 中舌, '오ᄋ
아'는 後舌母音으로 解釋한 바, 舌縮資質과 一致點을 찾을 수 없
었던 것을 認識하고 '縮'에 대한 解釋을 새롭게 하고 있다. 즉, 縮
의 程度는 後舌 쪽으로 옮아가면서 增大될 뿐 아니라 開口度의
增大에 따라서도 增大된다는 사실을 알게 된 것이다.89) 이는 縮
이라는 資質이 母音圖를 斜線的으로 달리며 作用하는 것을 意味
한다. 따라서 訓民正音 制字解의 敍述에 依하여 區分될 세 系列
의 母音들 즉 'A=이, B=우, 으, 어, C=오, ᄋ, 아' 들은 아래 그림
에서의 A, B, C 領域에 配定된다는 것이다.

[그림23] 舌縮配定圖

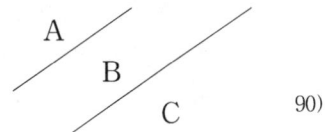

90)

現代的 觀點에서 '舌不縮', '舌小縮', '舌縮'을 解釋하면 A는 +伸
(extension=E), -縮(retraction=R)의 系列, B는 -E, -R 系列, C는
-E, +R 系列로서 母音調和의 體系와 表裏의 關係에 있음을 確認
할 수 있다고 主張한다. 이어 金完鎭(1978:135)은 아래와 같이 母
音體系와 母音調和의 遊離는 認定할 수 없다고 한다.

그러나 舌縮의 問題를 새롭게 認識한 筆者에게 있어서는 그

---

89) 許雄(1965)도 "舌縮은 [i]에서 멀어질수록 그 程度가 甚해감을 볼 수 있다.
即 後舌로 갈수록 低母音이 될수록 舌縮의 程度는 甚해진다."라고 말하고 있
다. 國語音韻學, p.305.

90) 金完鎭(1978), Ibid. p.130.

것이 곧 15世紀의 母音體系의 主軸이 되며, 동시에 母音調和의
등뼈로 認識된다. 金鎭宇(1976)에 依하여 提起된 對角體系는
母音體系를 벗어나서의 母音調和의 特性으로 머무는 것이 아
니라 母音體系의 基本性格이기도 한 것이다. 筆者에게 있어서
는 母音體系를 떠난 母音調和는 存在하지 않는다. 이른바 母音
推移에 依해서 識別되는 前後 두 段階의 母音體系間의 差異는
그 脊柱가 口蓋性에서 舌縮性으로 變質된 것이 差異라고 할
수 있는 것이다.[91]

또, 現代國語의 母音調和를 '舌縮'이라는 資質의 存在에 依支한
것으로 理解하고 '舌縮'의 認識은 그것이 口蓋性의 한 變種이 아
니라 그와는 다른 價値를 가지고 同一한 體系 안에 共存할 수
있는 것으로 본다. 즉, 現代國語에서 口蓋的 對立이 '이:으', '에:
어', '애:아'와 같이 따로 存在하면서 '어:아', '우:오'의 縮에 依한
對立이 따로 같은 體系 안에 共存하고 있는 것으로 보는 것이다.

4.4.4 訓民正音의 母音 說明과 母音調和

다음 訓民正音의 母音 說明의 根據를 簡略히 알아보면, 制字解
의 說明은 音聲的 音韻論的 說明이라기보다는 母音調和에 根據
한 說明이라고 봄이 더 妥當하다. 그 理由로는 說明 方法이 'ㅣㅡ
·' 三才를 미리 定해 놓고 다음에 ㅡ를 基準으로 하여 ㅓ, ㅏ를
만들고 또 ·를 基準으로 하여 ㅗ, ㅏ를 區別하여 相對的 對立
觀念을 가지고 規定하고 있는 것이다. 이 說明 分類로 보면, 그
出發點이 音聲 音韻論的인 것이 아니라 母音調和에 基準을 둔
것이 確實하다. 母音體系가 속에 隱在되어 있는 體系라면 母音調

---

91) 金完鎭(1978), Ibid. pp.135~136.

和는 겉으로 나타나서 存在하는 것으로 認識되는 顯在的인 體系
라 생각된다. 이들 兩體系는 서로 表裏가 되어있는 體系로서 裏
面에 存在하는 母音體系보다 表面에 認識되는 母音調和를 생각
할 수 있다. 보다 强하게 認識되는 母音調和에 基準을 두어 解例
者들이 母音을 說明하고 있다고 본다. 그러니까 母音의 發音에
대한 說明은 二次的인 것으로 생각된다.

또, 'ㅗ與·同而口蹙 ㅏ與·同而口張'에서 'ㅗㅏ與·同'이라 하
여 'ㅗㅏ·'가 ·를 中心으로 하여 分類된 것은 母音調和에서 共
存 可能한 母音으로 分類한 것이다. 'ㅜ與一同而口蹙 ㅓ與一同而
口張'에서도 특히 ㅜ가 ㅡ와 같다고 한 것은 다분히 母音調和를
意識해서 한 것이라 생각한다.

四聲通巧에서 申叔舟는 中國音은 무겁고 깊은 소리고 국어음
은 가볍고 얕은 音이라 規定하고 訓民正音의 母音은 우리 국어
음을 基準으로 하여 創制되었기 때문에 中國音과는 符合되지 않
으므로 中國音에 어울리게 소리내기 위하여서는 ·와 ㅡ音을 붙
여 길게 늘어지게 읽어야 한다고 설명하고 있다. 이 때 ·는 ㅗ
ㅛㅏㅑ 뒤에, ㅡ는 ㅜㅠㅓㅕ 뒤에 붙여 읽도록 規定되어 있는 바,
이 規定도 역시 母音調和를 意識한 說明임을 알 수 있겠다.[92]

---

92) 大抵本國之音輕而淺中國之音重而深今訓民正音出於本國之音若用於漢音則必變
而通之乃得無礙…故中聲爲ㅏ之字讀如ㅏ·之間爲ㅑ之字則讀如ㅑ·之間ㅓ則ㅓ
一之間ㅗ則ㅗ·之間ㅛ則ㅛ·之間ㅜ則ㅜㅡ之間ㅠ則ㅠㅡ之間·則·一之間ㅡ則
ㅡ·之間然後庶合中國之音矣….

4.5 15世紀 국어의 母音調和

국어의 母音調和를 最初로 論議한 小倉의 「모음조화」는 原理論이나 실제 母音 分類 結果에서 信憑할 수 없다. 訓民正音創制 以來 국어는 500餘年 동안 母音調和의 崩壞過程을 如實히 보여준다. 訓民正音創制 以後 資料들을 通하여 李朝初期의 母音調和의 본래 모습을 찾아볼 수 있다. 母音調和는 각 母音의 發音 位置와 密接한 關係가 있으므로 正確한 音價糾明을 통한 母音分類는 母音調和의 實相을 把握하는 데 基礎가 된다.

訓民正音의 說明을 보면 母音分類는 陽母音(아ᄋᆞ오), 陰母音(어으우), 中性母音(이)로 區分된다. 中性母音에 '으'를 附加한 것이 小倉의 過誤였다. 母音調和는 主로 語幹母音과 接尾辭母音과의 關係에서 諧調를 爲한 一種의 母音配列의 規則으로서 母音同化의 一種이다. 同化作用은 發音上 努力을 節約하려는 原理인데, 국어의 母音調和를 보면, 第1音節을 基準으로 하여 後續音節母音이 '아ᄋᆞ오'와 '어으우'의 두 系列로 나누어져 각기 자기들끼리 서로 어울리고 있음을 본다.

龍飛御天歌(1445) 以前 新羅 三國時代의 母音調和가 어떠했던가 하는 問題는 흥미거리지만 資料와 文字記錄의 制約性으로 因하여 充分한 研究가 不可能하다. 龍飛御天歌 以來 국어의 母音調和의 發展相을 살펴보면, 李朝初期에는 母音調和 規則이 엄격히 지켜지다가 後代로 나려올수록 混亂하여졌는데, 'ᄋᆞ'의 消失은 이 混亂을 더욱 極甚하게 하였다.

李崇寧(1947)은 母音調和의 發達過程을 다음과 같이 추측하고 있다.

(1)

(a) 古代로부터의 그 母音調和가 今日까지 維持되었는가

(b) 古代로부터의 그 母音調和가 中期에 衰退하여 아주 없어
졌든지 微弱하게 되었는지 하였는가

(2) 母音調和는 古代부터 發達된 것이 아니고 言語 分岐 以
後 卽 中期의 發達인가(印歐語의 umlaut現象과 같이) 그리하
여

(a) 中期의 發達인 그 母音調和가 今日까지 維持되었는가

(b) 中期發達인 그 母音調和가 다시 後代에 衰退하여 없어졌
든지 微弱하게 되었든지 하였는가93)

Kellgren(1847)은 핀란드어의 母音調和 法則을 아래와 같이 말
하고 있다.

　語幹母音과 語尾 사이에서 語幹母音이 陽母音이면 語尾母音
도 陽母音이 오고, 語幹母音이 陰母音이면 語尾母音도 陰母音
이 온다. 또 語幹이 陽性과 中性母音을 함께 가지고 있으면 語
尾는 陽性母音이 오며, 語幹이 陰性母音과 中性母音을 保有하
면 語尾는 陰性母音이 되고, 語幹이 中性母音이면 語尾는 陰性
母音이다.94)

　中世國語 初期 母音調和를 이루는 母音系列을 小倉과 李崇寧
은 다음과 같이 분류한다.

---

93) 李崇寧(1947), 母音調和의 硏究, 音韻論硏究所收, p.35.
94) Kellgren(1847), Die Grundzüge der Finnischen sprache mit Rücksicht auf
　　den Ural-Altaischen sprachstamn, Berlin, p.22.

이숭녕(母音調和硏究)

强母音	아	오	ᄋᆞ(애외인와)
弱母音	어	우	으(에위의워)
中性母音	이		

여기서 李崇寧(1947)은 中性母音으로 小倉이 '으'를 設定한 것은 큰 過誤였다고 主張한다. 이것은 小倉이 中世國語 文獻資料를 취급함에 있어서 初期文獻과 中期 以後의 文獻 사이 時代性을 감안하지 않고 同一하게 다룸으로써 빚어진 過誤였다고 보고 初期의 代表 文獻인 龍飛御天歌의 資料를 土臺로 하여 'ᄋᆞ~으'의 交替를 보여주는 絶對格(ᄋᆞᆫ/은, ᄂᆞᆫ/는), 對格(ᄋᆞᆯ/을, ᄅᆞᆯ/를), 造格(ᄋᆞ로/으로)과 副詞形語尾(-아/-어), 名詞形(옴/움) 들의 각 形態들을 分類하여 出現頻度를 統計 處理한 結果에 依하면 中世國語 初期의 母音調和는 위와 같은 母音系列에 의해 이루어지고 있음을 알 수 있고, 中性母音은 陰陽 어느 母音에나 어울리고 있지만 陰性母音과 더 잘 어울린다.

母音調和를 살핌에 있어 助詞나 語尾 等屬을 便宜上 接尾辭라 하면 母音調和는 이 接尾辭가 母音으로 시작될 때 주로 나타난다. 국어의 助詞의 數는 無數히 많아 그 種類를 어떻게 나누어야 할지 대단히 어려운 問題로 남아 있는데, 여기서는 單一形態의 助詞와 複合形態의 助詞로 나누어 보기로 한다. 'ᄋᆞᆫ/은, ᄂᆞᆫ/는'과 같은 助詞는 單一形態이고 '에게'는 '의+그+ᅌᅵ+에'의 結合으로 된 複合形態의 助詞다. 다음 몇 개의 接尾辭들의 母音調和를 살피기로 한다.

4.5.1 絶對格助詞(ᄋᆞᆫ/은, ᄂᆞᆫ/는)의 調和

龍飛御天歌에는 絶對格이 나타나는 例가 매우 적으나 다음 例들을 基準으로 할 때 母音調和가 지켜졌다고 생각된다.

ᄋᆞᆫ : 남ᄀᆞᆫ(용2), ᄂᆞ민(용24), 알ᄑᆡᄂᆞᆫ(용30) － 陽母音끼리
은 : 天性은(용71), 므른(용2)   － 陰母音끼리
ᄂᆞᆫ : 用例가 없음
는 : 뒤헤는(용30)   － 陰母音끼리

李崇寧(1947)은 初期文獻인 龍飛御天歌를 위시해서 釋譜詳節, 訓民正音諺解本, 楞嚴經諺解, 金剛經諺解, 佛頂心陀羅尼經諺解, 初刊杜詩諺解, 重刊杜詩諺解, 五倫行實圖 등을 中心으로 하여 體言에 後續되는 助詞類와 副詞形, 名詞形에 나타나는 母音調和現象을 調査하여 본 結果 이들은 모두 中世 初期에는 母音調和가 뚜렷이 지켜지고 있었으나 後代에 내려오면서 차츰 崩壞過程을 밟고 있음을 確認할 수 있다고 하였다.

그러나 最近 李根圭(1985) 論文은 中世國語의 母音調和는 共時的으로는 生成過程으로 파악하고, 15世紀 以後 通時的으로는 崩壞過程으로 파악해서 所謂 母音調和의 例外로 認定해온 現象들을 例外로 인정치 않고 生成 崩壞의 두 過程에서 나타나는 現象들로 파악해서 그 나름대로의 새로운 見解를 다음과 같이 밝히고 있다.

모음조화에 대한 기술은 모음조화에 관여하는 접미사에 예외가 출현될 때 그것을 어떻게 해석하느냐의 문제로 귀착된다고 본다. 국어의 모음조화에 대한 기술은 15세기 문헌에 출현되는 예외를 어떻게 해석하느냐에 관건이 달려 있다고 하여도

과언이 아니다. 종래 이 문제에 대한 해석은 대체적으로 "모음
조화의 붕괴과정에서 발생하는 예외"로 해석하여 왔다. 필자는
15세기 문헌에 나타나는 예외를 그와 같이 하나의 방향을 설
정하지 않고 두 방향을 설정하였다. 그와 같은 근거는 15세기
문헌에 출현되는 예외가 두 종류로 출현된다는 사실에 입각하
였다. 하나는 음성모음 어간에서 양성모음의 접미사가 출현하
는 예이고, 또 하나는 양성모음 어간에서 음성모음의 접미사가
출현하는 예외였다.95)

이렇게 解釋하면서 陰性母音語幹에 陽性母音 接尾辭가 出現하
는 것은 母音調和 生成過程에서의 例外이고, 陽性母音語幹에 陰
性母音 接尾辭가 出現하는 것은 母音調和 崩壞過程에서의 例外
로 취급하고 있다.

그가 이같이 解釋하고 있는 것은 接尾辭의 基本形을 陽性母音
單一形 段階를 설정하기 때문인데, 이렇게 볼 수 있는 根據로서
15世紀 文獻들에서 母音調和의 例外들을 調査하여 본 結果, 陽性
母音 語幹 다음에 오는 接尾辭는 陽性母音 單一形으로만 나타나
고 있는 反面, 陰性·中性母音 語幹 다음에 오는 接尾辭는 陽
性·陰性母音의 雙形이 교체되고 있는 점에서 接尾辭의 基本形
을 陽性母音 單一形으로 推定하고 있다.

筆者의 생각으로는 確證이 희박한 이런 推定에 依한 論理는
사실을 옳게 파악하지 못할 염려가 있다고 본다. 母音調和의 例
外를 崩壞와 生成의 두 方向으로 解釋해서 15世紀에 母音調和가
生成崩壞過程이 共存하고 있었다면 그 生成過程이 언제까지 持
續되다가 消滅하여 現代國語 狀態에 이르게 되었는가 하는 過程

---

95) 李根圭(1985), 중세국어 모음조화의 연구, 충남대 대학원 박사학위 논문.

이 분명하게 說明되어야 할 것이다. 周知하다시피 現代國語에는 母音調和의 一部分만 남아 있고 이것도 차츰 崩壞되어 없어질 展望이고 보면 15世紀 以來 母音調和는 崩壞過程의 한 方面만 밟아 온 것이 아닌가 한다. 萬若에 母音調和가 同時代에 生成崩壞過程이 共存하는 것이라면 왜 現代國語에서 母音調和의 崩壞過程만이 나타나고 生成過程은 나타나지 않는지 그 理由를 說明할 方法이 없다. 現代國語가 母音調和 崩壞過程의 한 方向만을 보여주고 있는 것은 15세기 국어에도 그대로 遡及되는 現象이 아니었던가 한다.

4.5.2 對格助詞(올/을, 롤/를)의 調和

올 : 나라홀(용6), 말쏨몰(용13),   － 陽母音끼리
　　 江南올(용15)
을 : 대버믈(용87), 움흘(용5), 그를(용7)　 － 陰母音끼리
롤 : 使者롤(용15), 四海롤(용20),   － 陽母音끼리
　　 놀애롤(용13)
를 : 번게를(용30), 獨夫를(용72)　　　　　 － 陰母音끼리

龍飛御天歌에서 對格形들도 위의 例에서 보는 바와 같이 母音調和가 嚴格히 지켜지고 있는 바, 이는 앞의 絕對格助詞와 다름이 없다. 그런데, 이렇게 初期에는 嚴格하던 것이 杜詩諺解重刊本이나 五倫行實圖重刊本에서는 '눈, 롤'의 單一形으로 統一되고 마니, 이는 母音調和의 崩壞로 因한 것이다.

4.5.3 造格助詞(ᄋᆞ로/으로)의 調和

ᄋᆞ로 : 虞內質成ᄒᆞᄂᆞ로(용11), 行幸ᄋᆞ로(용39), 垂象ᄋᆞ로(용
71), 혼소ᄂᆞ로(용87), 兵仗ᄋᆞ로(용108), 지ᄫ로(용
18), 赤心ᄋᆞ로(용78)
으로 : ᄭᅮ므로(용13), 武德으로(용45), 病으로(용108)

造格의 使用例가 적으므로 母音調和에 어긋나는 特別한 것을 찾아 볼 수 없다.

以上 'ᄋᆞ～으'의 交替를 보이는 助詞類들을 基準으로 하여 볼 때, 'ᄋᆞ'는 '아오ᄋᆞ애외와' 母音에 後續되고, '으'는 '어우으이의에 위워' 母音에 後續되어 각각 同系列母音끼리 어울리어서 母音調和를 强하게 지키고 있다. 下降二重母音은 核母音을 中心으로 調和를 이룬다.

4.5.4 副詞形(-아/-어)의 調和

-아(야) : ᄂᆞᄅᆞ샤(용1), 몯ᄒᆞ야(용12), 얻ᄌᆞᄫᅡ(용27), 나ᅀᅡ가
샤(용35), 싸호아(용69), ᄂᆞ라(용36), 바사(용92),
마자(용109), 살아(용115)
-어(여) : 므러(용7), 드러(용12), 주거(용22), 울어시놀(용
33), 부러(放, 용64), 무러(용62), 즐겨(용92), 일
어시놀(용8)

初期文獻에는 副詞形도 母音調和가 徹底히 지켜지고 있다. 그러나 다음과 같이 語幹末母音이 中性이거나 下降二重母音인 경

우에는 母音調和가 崩壞되기도 한다.

o 千二百五十第子 | 쑈神力을내여마鷹王ᄀ티ᄂ라가니
(曲186)
o 百步앳몰채쏘샤群豪롤뵈여시늘…
百步앳여름쏘샤衆賓을뵈여시늘 (용63)
o 괴여爲我愛人而괴ᅇᅧ爲人愛我 (訓解)
o 有情이나랏法에자피여민여매마자 (석九86)

그런데, '가리여, 자피여, 업더디여, 앗겨, 즐겨, 들여' 등의 例에서 보는 바와 같이 語幹 끝음절이 中性으로 된 경우에는 母音調和가 完全히 崩壞되었으나 下降二重母音인 경우에는 '내야~내여, 뵈야~뵈여, ᄃ외야~ᄃ외여'와 같이 두 形이 共存하고 있어 母音調和 崩壞가 進行되고 있는 過程이라 할 수 있다.

4.5.5 名詞形(옴/움)의 調和

옴 : 아로몰, ᄇ라옴, 달오미, 조호몰, 홈, 하욤, 둏오말, ᄀ료미, 고툐미, 구지조몰, 닐옴, ᄆ숨내요미, 외욤, 미요미, 니라와돔, 져고몰, 슬호몰, 셰요몰, 여희오미 (금강경언해)
움 : 너부미, 머굼, 업수미, 우루미, 드로미, 가ᅀᅳ며로몰 (석보상절)

名詞形의 母音調和는 語幹末音이 子音이든 母音이든 '어간+옴/움'의 形態를 取한다. '陽性母音語幹+옴'의 形態는 母音調和를 遵守하고 있는 한편, '陰性母音語幹+움'의 形態는 調和規則을 離脫

하려는 傾向이 짙다.

　李根圭(1985:70)는 正音初期文獻(龍飛御天歌, 月印千江之曲, 釋譜詳節)을 중심으로 名詞形語尾의 母音調和 反映을 統計的으로 考察한 結果 語幹母音이 陽性인 경우와 下降二重母音의 核母音이 陽性인 경우에는 母音調和의 例外가 없는 反面에 語幹母音이 陰性이거나 下降二重母音의 核母音이 陰性인 경우와 中性母音인 경우에는 例外가 나타나서 '陰/中性母音+옴/움'과 같은 두 種類의 名詞形이 共存한다고 했다. 그는 '陰性母音+움'의 形態를 母音調和의 生成, '中性母音+움'의 形態를 母音調和의 擴散이라 한다. 또, 接尾辭의 陽性母音 單一形 存在段階를 推定할 수 있는 한 가지 根據로 陰性·中性母音語幹에 名詞形이 '옴, 움'의 두 形態가 나타나는 것을 든다.96)

　15世紀 初期文獻에 母音調和가 徹底히 지켜진 것은 意識的인 表記 結果로 보는 見解가 있다. 都守熙(1970)의 "15世紀初期 正音文獻에 呈示된 母音調和現象은 理想表記法에 依하여 行해진 意識的인 表記 結果일 것이다."라는 主張에 對해 李根圭(1985)는 接尾辭를 低舌接尾辭(副詞形 '-아/-어'를 가리킴), 中舌接尾辭(助詞類에 나타나는 '♡/으'를 가리킴), 高舌接尾辭(名詞形 '옴/움'을 가리킴)의 3部類로 나누고 이중에 한 部類만이 意識的인 表記를 行하였고 다른 接尾辭는 15世紀 다른 文獻과 同一한 樣相을 보여준다고 한다. 卽 副詞形(-아/-어)은 15世紀 모든 文獻에 母音調和를 維持하고 있지만 初期 3文獻에는 語幹이 '陽+中'형의 경우에는 母音調和가 崩壞되어 '-어'로 나타나서 意識的인 表記를 行하지 않고 있다고 한다.(李根圭 1985:54)

　助詞類(♡/으)도 意識的인 表記를 施行한 것으로 본다. 15세기

---

96) 李根圭(1985), Ibid. p.30.

다른 文獻에는 '陰性母音+ᄋ/으'로 表記되어 母音調和를 維持하지 못하였지만 初期 3文獻에는 '陰性母音+으'로만 統一되어 意識的인 表記를 보여 준다고 한다.

名詞形(옴/움)도 意識的인 表記를 한 것으로 보고 있다. 李根圭는 接尾辭에 先行되는 音節末音이 子音인 경우 이 子音의 울림도(sonority)에 따라 母音調和 形成이 左右된다고 한다. 子音의 울림도를 7段階로 나눌 때 울림도가 1°, 2°, 3°인 경우에 名詞形은 意識的인 表記를 하여 '陰性母音+움'형으로 母音調和를 維持하고 있으나 4° 以上인 경우에는 '陰性母音+옴/움'형으로 母音調和를 維持하지 못하였다고 한다.97) 그러던 것이 15世紀 以前 어느 段階에서 副詞形, 助詞類, 名詞形의 順序로 母音調和가 이루어져서 15世紀에는 母音調和 實現 樣相의 差異를 보여주고 있다고 한다.

4.6 母音調和에서의 副音 j의 機能

中世國語의 母音調和를 이루고 있는 母音部類를 흔히 아래와 같이 나눈다.

---

97) 李根圭(1985:97)는 語幹末子音의 울림도 區分을 아래와 같이 한다.

1°(CoVc^1) : ㅂㅍㄷㅌㄱ 　　5° : 이

2°(CoVc^2) : ㅈㅊㅅㅎ 　　6° : 어으우여(에의위예)

3°(CoVc^3) : ㅁㄴㆁㅿ 　　7° : ᄋ오아(외의애야)

4°(CoVc^4) : ㄹ

ᄋ	오	아	요	야	ᄋᆡ	외	애	외	얘	… v⁺
(ʌ)	(o)	(a)	(jo)	(ja)	(ʌj)	(oj)	(aj)	(joj)	(jaj)	
으	우	어	유	여	의	위	에	위	예	… v⁻
(ɨ)	(u)	(ə)	(ju)	(jə)	(ɨj)	(uj)	(əj)	(juj)	(jəj)	
이										… v°
(i)										

v⁺=陽母音, v⁻=陰母音, v°=中性母音

이제까지 中世國語 段階의 母音體系에 對하여는 比較的 活潑한 論議를 하여 왔지만 母音調和에서 i와 j의 機能에 대하여는 소홀히 다루었다고 본다. 母音調和 時 i와 j는 거의 같은 機能을 하는 것으로 理解되는 바, 副音 j는 그 機能이 매우 力動的이다. 국어의 中性모음 i는 母音調和 時 蒙古語의 그것과 거의 一致하고 있음을 指摘한다(Poppe 1964:11~12). 그러나 都守熙(1983:6)는 국어의 i의 機能과 蒙古語의 그것의 기능은 嚴密히 調査해 보면 서로 다르다고 한다. 즉 蒙古語의 中性 i는 後續하는 두 母音系列 中에서 어느 것이든지 任意로 選擇할 能力이 없는데 反하여 국어 中性 i는 그런 能力이 있다는 것이다. 蒙古語의 母音調和는 口蓋調和로서 前部母音 e ö ü 對 後部母音 a o u의 두 系列로 區分된다. 이제 蒙古語의 i의 機能과 국어의 i의 機能의 差異를 都守熙(1983)가 例示한 것에 따라 알아보면,

    ečige(father)-BV~NV~-BV
    tušimel(minister)-BV~NV~-BV
    bari-ɣad(taking)+BV~NV~+BV
    amita(abeing)+BV~NV~+BV[98]

---

98) 都守熙(1983), 한국어의 음운사에 있어서 부음 y에 대하여, 한글 제179호(83

이 例들은 中性母音 i가 單語 內部에 介在하는 경우로 i 앞뒤 母音이 同系母音으로 調和되고 있을 뿐, i에 後續되는 母音들의 中和的 影響을 입지 않고 있다.

tengri-ner(the Gods)   -BV~NV~-BV
kegeli-ben(at a home)   -BV~NV~-BV
ruči-nar(the children)   +BV~NV~+BV
mori-tai(with the horse) +BV~NV~+BV[99]

語尾와 結合할 때도 NV i는 後續母音을 中和시키지 못함을 보여 준다. 그러나 中世國語에서는 NV i가 뒤에 오는 母音에 强한 中和力을 가지고 있어 陰陽의 두 系列의 母音을 取하게 된다.

人온(석十一25)   NV~V$^+$
人은(法화四15)   NV~V$^-$
神이(曲66)   NV~V$^+$
心에(曲32)   NV~V$^-$
할미롤(용-19)   NV~V$^+$
아자미를(용-99)   NV~V$^-$

또, 中世國語에서 副音 j를 同伴하는 重母音 構造는 iv$^+$, jv$^-$, v$^+$j, v$^-$j, jv$^+$j, jv$^-$j와 같이 되어 있는데, jv$^+$·jv$^-$와 같은 上昇重母音들의 副音 j는 同音節 안의 核母音을 中和시키지 못한다. 야

넌 봄호), p.90에서 발췌.
99) 都守熙(1983), Ibid. p.6.

(ja), 여(ja), 요(jo), 유(ju) 등의 母音들이 이를 根據한다. v⁺j·v⁻j
와 같은 下降母音들의 副音 j도 處格 異形態 '이(ʌj), 애(aj), 의(ɨ
j), 에(əj)' 등이 이를 증거한다.

　그러면 j가 形態素 境界에서 後續母音을 中和시킬 能力이 있는
가에 대하여 좀더 具體的으로 살피기로 한다.

　　　알퍼는(용30), 선비롤(용80), 生싱애(曲30)　v⁺j~v⁺
　　　뒤헤는(용30), 번게를(용30), 미틔(曲57)　　　v⁻j~v⁻

　이 例들을 基準으로 하여 보면 副音 ⁻j는 後續母音을 中和시키
지 못한다. 그러나 다음과 같은 例들을 우리는 15世紀 文獻에서
무수히 찾아볼 수가 있다.

　　　　술위는(曲43)　　　　　　V⁻j~V⁺
　　　　술위는(曲43)　　　　　　V⁻j~V⁻
　　　　世셍는(석十三147)　　　　V⁻j~V⁺
　　　　体톙는(석十九167)　　　　V⁻j~V⁻
　　　　鬼귕는(月釋一46)　　　　V⁺j~V⁺
　　　　國귁은(月釋一30)　　　　V⁻j~V⁻
　　　　罪쬉롤(曲28)　　　　　　V⁺j~V⁺
　　　　罪쬉를(曲28)　　　　　　V⁺j~V⁻
　　　　불휘롤(석六56)　　　　　V⁻j~V⁺
　　　　뒤흘(석十九167)　　　　　V⁻j~V⁻
　　　　열희를(月釋一17)　　　　V⁺j~V⁺
　　　　生싱을(月釋八24)　　　　V⁺j~V⁻
　　　　色싀애(月釋七57)　　　　V⁺j~V⁺

보비 엣(月釋七42)　　　　　　$V^+j\sim V^-$

國귁애(석六50)　　　　　　　$V^-j\sim V^+$

國귁에(석六31)　　　　　　　$V^-j\sim V^-$

心심ᄋᆞ로(曲26)　　　　　　　$V^0\sim V^+$

心심으로(曲33)　　　　　　　$V^0\sim V^-$

國귁ᄋᆞ로(석六50)　　　　　　$V^-j\sim V^+$

國귁으로(석六43)　　　　　　$V^-j\sim V^-$

　이들은 이제까지 母音調和의 例外로 취급한 것들로서 下降母音을 形成하는 ¯j는 母音調和에 關與하지 못하는 것으로 看做하여 왔다. 그러나 이들을 細心히 考察할 때 中性母音 i와 副音 ¯j는 그 機能이 같아서 後續母音을 中和시키고 있으며 부음 ¯j는 母音調和를 形成할 때 매우 力動的으로 作用하고 있음을 알겠다.

5. 母音推移

5.1 中世國語의 母音推移

本章에서는 국어의 母音推移에 對하여 先行硏究를 中心으로 一瞥키로 한다. 알타이 諸語와 국어의 比較硏究는 국어에 一大 母音推移가 있었으리라는 假說을 提起했다(Ramstdet 1928). 參考로 국어와 알타이어 사이의 母音對應을 보여주는 몇 語彙를 아래에 들어본다.

　　ko, korani(deer) = tung. guran = mo. guran(antelope)
　　ko, tokki = tung. tukka(id)
　　ko, orai(long time) = mo. urida(before, previously)[100]

이 語彙들을 基準으로 할 때 국어의 o가 알타이어 u에 對應하는 것을 알 수 있다. 터어키어·고대몽고어가 알타이 原始 母音體系를 維持하고 있는 것을 볼 때 국어의 *u가 o로 低舌化하여 變한 것을 알 수 있다.[101]

알타이어에서 ü, ö의 前舌母音이 後舌化하여 각각 u, i로 變化한 사실을 우리는 알고 있다. 이것은 一種의 橫的壓力에 依하여 나타나는데, 母音變動의 一次段階라 할 수 있다. 위의 語彙들을 通하여 볼 수 있는 *u>o의 變化는 보다 아래로 低舌化하는 傾向으로 이것은 縱的壓力에 依한 變化로 二次段階의 變化다. 우리 국어에서 *u>o의 變化時期를 推定할 수 있는 아무런 資料도 없

---

100) R.K.E. p.126, 271, 178. R.R.E. p.576.
101) 이 變化를 가장 먼저 지적한 이는 Poppe이다.

지만 鄕歌에 나오는 '置' 字를 '도'로 또는 '두'로 읽혀질 수 있음을 指摘한 것102)과, 또 均如大師가 共同格으로 '刀', '置' 두 字를 使用하여 '~to' 형과 '~tu' 형을 區別 表記한 것이라는 李崇寧 (1955)의 指摘은 국어에서 *u>o의 變化時期를 推定하는 데 參考가 될지도 모른다.

국어의 母音推移가 일어난 時期를 推定함에 있어 15世紀 국어의 母音體系를 高母音 對 低母音의 體系로 본다면 母音推移는 15世紀보다 훨씬 以前에 일어난 것으로 보아야 한다. 1960年代에 이르러 15世紀 국어 母音體系를 後舌母音 對 中舌母音의 對立의 體系로 把握하게 된 바(金完鎭 1963), 이것을 基準으로 하면 母音推移는 15世紀 以後에 일어난 것으로 把握해야 한다.

李基文(1968c, 1969)은 15世紀 母音體系 樹立은 무엇보다도 當時 各母音의 正確한 音價 推定 作業이 先行되고 이에 根據하여 母音體系를 樹立해야 한다고 主張한다. 特히 'ㅗ', 'ㅜ'의 正確한 音價推定은 이들이 現代語의 音價와 다름을 立證하게 된다는 것이다. 15世紀 各 母音의 音價를 推定하는 作業에 利用될 수 있는 適合한 資料로써 外國語를 正音文字로 表寫한 資料와 국어를 外國文字로 表寫한 자료를 利用할 수 있다. 中國音을 正音字로 表寫한 資料인 四聲通解에는 蒙古韻略(蒙古字韻)으로부터 引用된 八思巴文字가 轉寫되어 있어 正音文字와 八思巴文字의 對應關係를 確認함으로써 15世紀 母音의 音價를 推定할 수 있다고 主張한다. 또, 伊路波에서 日本文字로 正音文字를 轉寫한 資料에서도 八思巴文字의 경우와 大體로 同一한 結論에 이른다고 한다.

한편, 국어를 外國文字로 表寫한 代表的인 資料로서 朝鮮館譯語를 利用할 수 있는데, 이 冊에서 漢字로 국어음을 表寫함이 매

---

102) 梁柱東, 古歌硏究, p.577.

우 粗雜하기는 하나 全體的인 傾向을 짐작할 수 있다고 보고 있
다(李基文 1968c). 이런 資料들에 依하여 李基文(1968c)이 推定하
는 15世紀 국어의 母音圖는 아래와 같다.

[그림22]

(A)   103)

그리고 13世紀에 들어온 蒙古語 借用語와 鷄林類事의 漢字에
依한 表寫에 依하여 推定되는 前期中世國語의 母音圖는 아래와
같다.

[그림23]

ㅣ ㅜ ㅗ	ㅣ ㅜ ㅗ
ㅓ ㅡ ·	ㅡ ·
ㅏ	ㅓ ㅏ
(B)	(C) 104)

(B)는 12·13世紀에 있어 'ㅓ'의 位置를 보다 現實的으로 잡아
본 것이고 (C)는 體系的 考慮에 치우친 것이라 한다.105)

---

103) 李基文(1961), 國語音韻史研究, p.111.
104) 李基文(1961), Ibid. p.114.
105) 李基文(1961), Ibid. p.115.

국어의 母音體系의 歷史上 最大事件이라 할 수 있는 母音推移
는 13世紀 以後 15世紀 以前 그러니까 大體로 14世紀에 일어났
다고 主張한다. 곧, 體系 (A)와 (B) 사이에 그 推移가 일어났다
고 主張한다.[106]

이런 推移가 일어나게 된 端初는 體系 (B)에서 'ㅓ'가 中舌 쪽
으로 움직인 데 있다고 보고, 이 中舌化에 밀려 'ㅡ'가 위로, 'ㅡ'
의 壓力으로 'ㅜ'가 後舌로 움직이고, 'ㅗ'는 다시 'ㅜ'의 壓力으로
아래로, 마지막으로 'ㆍ'가 더욱 아래로 밀리게 되는데, 이런 連鎖
的 反應은 하나의 미는 사슬(推進鎖, push chain)이었던 것으로
보고 있다. 이렇게 보는 理由는 'ㆍ'의 不安定을 들 수 있는데 萬
若 'ㆍ'가 당기는 사슬(索引鎖, drag chain)에 依하여 보다 安定된
位置를 찾아 내려갔다면 'ㆍ'는 消失될 리가 만무하다는 것이다.

또, 李基文(1969)은 蒙古語 차칼 方言에도 국어의 경우와 흡사
한 母音推移가 일어났다고 보고 있는데, 이 때 母音推移의 端初
도 [e]>[ə]에 있는 것으로 믿고 있다. 그는 칼카 方言과 차칼 方
言의 母音圖를 아래와 같이 提示한다.

[그림24] 칼카어 모음도　　[그림25] 차칼어 모음도

i	ʉ	u		i	ʉ	u
e	θ	o			ə	o
	a	(칼카)		a	ɔ	(차칼)[107]

이같이 차칼 方言의 母音體系와 칼카 方言의 그것을 比較해
보는 것은 국어 體系 (B)와 (A)를 比較하는 것과 흡사하다고 한

106) 李基文(1961), Ibid. p.117.
107) 李基文(1969), 中世國語音韻論의 諸問題, 震檀學報 32, p.140.

다.

5.2 近世國語의 母音推移

金完鎭(1963a)은 15世紀 국어의 非前舌閉母音은 '우'[ㅂ] 하나이어서 外國語의 非前舌閉母音을 轉寫할 最適格의 音韻은 '우'일 수밖에 없다고 본다. 이런 狀態가 初刊捿解新語의 시대 즉 AD 1618年까지 維持되었던 것으로 보고 있다. 그 理由는 日本語의 'ウ'에 대하여 '우'를 對應시킴에 하나의 例外도 없다는 것이다. 萬若 '으'가 오늘날과 같은 張脣閉母音 [ɨ]였다면 圓脣性의 缺如 내지는 微弱했던 日本語의 'ウ'에 대하여 一方的으로 '우'만을 고집하였을 리가 만무하다는 것이다. 몇 語例를 들어 보이면 아래와 같다.

> くたりて　　まつ　　たふん　　むしに　すなはち
> 군다린데　　만주　　다분　　　무싀니　수나하지 108)

그러나 "改修捿解新語" 時期인 AD 1781年에는 사정이 판이하게 달라져서

> く : 구, 꾸　　フ : 우　　　る : 루
> ふ : 후, 부　　ね : 누　　　む : 무
> しゅ : 슈　　　ちつ : 쥬우　　　　　　109)

---

108) 金完鎭(1963), 國語母音體系의 新考察, 震檀學報 23, p.24.
109) 金完鎭(1963), 國語母音體系의 新考察, 震檀學報 23, p.25.

와 같이 아직도 '우'를 한 쪽으로 使用하면서, 다른 한편으로는 다음과 같이 '으'를 使用하고 있음을 發見할 수 있다는 것이다.

    つ : 즈, 쯔   す : 스, 쓰, ㅿ110)

이런 사실을 1618年에서 1781年 사이에 '으'가 오늘날과 같은 閉母音으로 變質된 것을 말해 준다는 것이다. 特히 1781年이라는 年代는 'ㆍ'의 音韻으로서의 消滅과 一連의 二重母音들의 單母音化가 있었던 다음이고, 'ㅣ'의 逆行同化가 일어나고 있던 때인 만큼 母音推移 時期를 이런 言語的 事實과 關聯지어 생각해야 한다고 보고 있다.

周知하는 바, 'ㆍ'의 消失過程에서 第二音節의 'ㆍ'는 '으'로, 第一音節의 'ㆍ'는 '아'로 代替되었는데, 이들이 繼起的으로 發生했다는 사실이 매우 重要視된다는 것이다. 變化를 입는 'ㆍ'의 位置는 副次的이고 變化를 입는 時期가 主導的 要素라는 것이다. 第一次的인 變化 'ㆍ>으'의 結果는 相關的 對立을 이루던 'ㆍ'와 '으' 사이의 對立이 消滅되어 中和를 이루게 되고, 이 때(1618~1781), '으'의 閉母音化로 '으'에 밀려 '우'의 後舌化라는 現象이 일어났고, 따라서 '오'는 現代語와 같은 位置로 더욱 밀려 내려왔을 것이며 그 連鎖作用으로 'ㆍ'는 좀더 低舌化했고, '아'는 中舌化했을 것으로 推測하는 것이다. 이 때쯤 되면, 'ㆍ'의 音價는 [ɑ]에 가까운 音이어서 '으'[i]와는 親近한 對立關係가 없어지고 오히려 '아'와 밀접한 對立關係를 가지기에 이르렀다고 보는 것이다. 이리하여 第二次的 變化는 'ㆍ>아'의 樣相을 띠게 되는 것이다. 그는 母音推移의 時期를 편의상 1750年代 傾으로 잡고 있다.

---

110) 金完鎮(1963), 國語母音體系의 新考察, 震檀學報 23, p.25.

한편, 金完鎭(1978)에 이르러서는 從來의 見解를 修正하여 母音推移에 대해 다음과 같이 言及하고 있다.

母音推移의 原因에 대해서는 筆者는 지금 전과 다른 생각을 하고 있다. 두 개의 圓脣母音을 가진 母音體系에 있어서 그 둘이 다 高母音이 된다는 것은 자연스런 일이 되지 못하는데, 半開母音으로서의 o와 ö가 張脣化하여 高母音層에 偏在하게 된 母音 '우'[ʉ]와 '오'[u]가 자연성에의 지향의 발로로 '오' 쪽을 下降시켜 'ᄋ'에 접근시키면서 그 反作用으로서 均衡을 맞추기 위한 '으'의 '우' 쪽으로의 상승이 수반되었던 것으로 보는 것인데, 張脣母音과 圓脣母音의 關係에 있음으로 해서 '으'와 '우', 'ᄋ'와 '오'는 그 음성적 實現領域이 거의 重複되다시피 하면서 (음성상으로 張脣母音 '으', 'ᄋ' 쪽이 圓脣母音 '우', '오'보다 약간 낮았을 것까지는 생각할 수 있다) 存在하였던 것이 15世紀에 있어서의 상황이 아니었던가 한다.[111]

以上의 論議들은 국어의 母音推移가 일어난 것을 일단 認定하는 側面에서의 論議다. 그러나 한편 국어의 母音推移에 대하여 懷疑的인 立場에 서는 論議도 있으니 다음에 이 否定的인 論議들을 一瞥하기로 한다.

5.3 국어의 母音推移說에 대한 反論

服部四郎(1974)은 13世紀 前期中世國語에서 'ㅗ'와 'ㅜ'가 각각 [u](원순후설고모음)와 [ʉ](원순중설고모음)였다는 李基文(1961)의

---

111) 金完鎭(1978), 母音體系와 母音調和의 反省, pp.134~135.

主張에 대하여 두 가지 難點이 있음을 指摘한다.112) 첫째는 前期
中世國語가 母音調和에 있어 圓脣中舌高母音[ʉ] 對 圓脣後舌高母
音[u]의 對立이라는 점을 말하고자 하려면 前期中世國語 앞 段階
에서 국어가 前後舌 母音調和를 가졌음을 證明해야 한다는 것이
다. 그렇지 않으면 13世紀에 'ㅗ'가 圓脣後舌高母音이었다고 말하
기 위해서는 'ㅜ'가 그 때 圓脣前舌母音[y]이었음을 證明해야 하
는데 現在로서는 이같은 사실을 證明하기가 매우 힘든다는 것이
다.

둘째는 中世蒙古語가 前後舌調和를 가졌던 것으로 생각한 것
도 證明되어야 한다는 것이다. 元朝秘史나 八思巴文字의 中世蒙
古語를 根據한 服部의 研究로는 오히려 開閉調和를 가졌을 공산
이 크다는 것이다. 이에 대한 服部의 主張을 要約해 보면 다음과
같다.

秘史의 轉寫에 基盤이 된 中國語 方言은 北京語로 推定되며
漢字를 利用한 轉寫는 14世紀에 行해진 것으로 推定한다. 自身이
再構한 中原音韻(1324)의 北方 中國音을 발판으로 하여 그는 다
음과 같이 主張한다.

中世蒙古語의 開音節 陰母音 /ä/는 [-iɛ(ʔ)] 또는 [-ʌiʔ]로 끝나
는 漢字들로 記錄되어 있다.

/ʔä/	/ʔä/	/gä/	/hä/	/hä/	/kä/
厄	額	格	協	赫	客
[ʌiʔ³]	[ʌiʔ³]	[kʌiˀ]	[xiɛˡ]	[xʌiʔ²]	[kʻʌiʔ²] 113)

---

112) 服部四郎(1974), op.cit. p.212이하 참조.
113) 服部四郎(1974), Ibid. p.231.

이것은 蒙古語의 /ä/가 中舌 쪽으로 기울었던 것을 證示한다고
한다.

　또, 蒙古語의 女性開音節 /gö/와 /kö/를 나타내는 漢字들은 다
음과 같다.

　　　/gö/ : 　　戈　　　果　　　哥　　　葛　　　歌
　　　　　　　[kuɔ¹]　[kuɔ²]　[kə¹]　[kʌʔ²]　[kə¹]
　　　/kö/ : 　　可　　　缺　　　闊
　　　　　　　[k'ə²]　[k'ɣɛʔ²]　[k'uəʔ²]　　　　　114)

이것도 /ö/가 中舌母音이었다는 强力한 示唆라 한다.
　蒙古語의 /gü/, /kü/를 나타내는 漢字들은 다음과 같다.

　　　/gü/ 또는 /kü/ : 　　古　　　估　　　沽　　　詁
　　　　　　　　　　　　[ku²]　[ku²]　[ku¹ʼ²]　[ku²ʼ³]
　　　/kü/ : 　　　　　　曲　　　枯　　　窟
　　　　　　　　　　　　[k'ɣʔ²]　[k'u¹]　[k'u²]　　115)

　/gü/, /kü/의 大多數의 例들은 [-u]로 끝나는 漢字들로 表記되
었다. 이는 蒙古語의 /ü/가 圓脣後舌高母音에 가까움을 나타낸다
는 것이다. 蒙古語의 /u/는 /-u/로 끝나는 漢字들로 表記됨이 普
通으로 이는 當時 北京語가 半閉母音 [-o]로 끝나는 漢字들이 없
기 때문인데, 中國語의 [-u]는 現代北京語에서처럼 매우 後舌的
이며 좀 낮은 母音이다.

　또, u와 ü가 각각 [u]와 [y]였다면 漢字를 利用하여 中世蒙古語

---

114) 服部四郎(1974), Ibid. p.214.
115) 服部四郎(1974), Ibid. p.214.

의 u와 ü 사이의 差異를 轉寫하는 것은 容易한 일이었을 터인데 실은 漢字 兀[uʔ²]로 中世蒙古語의 /u/와 /ü/ 두 字를 나타내고, 余[y¹]로 /ju/와 /jü/ 두 字를 나타내었다. 또, 由[ju¹]로 /ju/, /jü/ 두 字를 적는 데 자주 쓰고 있는 이 모든 사실은 中世蒙古語 'ü' 가 圓脣後舌母音에 가깝고 'u'는 半閉母音 [o]와 비슷함을 證示한 다고 한다. 13·14世紀 中世蒙古語의 'u'와 'ü'가 각기 [o], [u]였 다면 同時代의 국어의 'ㅗ'와 'ㅜ'가 각기 [o], [u]였음을 推定할 수 있기 때문에, 14世紀 頃에 국어의 一大 母音推移는 일어나지 않은 것으로 생각된다는 것이다.

中世國語의 開閉母音調和는 過去의 前後舌母音調和에 遡及하 는 것으로 생각된다. 漢字音이 국어에 들어온 時期인 AD 800年 頃에는 'ㅗ'와 'ㅜ'가 각기 [u], [ʉ]와 비슷한 것으로 大部分의 學 者들은 생각하고 있다. 그러나 服部의 主張은 이런 말을 하기 위 해서는 800年 頃에 국어의 母音調和가 前後舌調和를 가졌던 것 을 證明해야 하는데, 이것이 매우 어렵다는 것이다. 8世紀 中國 語의 'âu'(豪韻)와 'əu'(侯韻)는 現代北京語에 이르기까지 '-ao' 및 '-ou'로 남아 있고, 각기 現代國語의 'ㅗ'(eg. 高고, 好호, 到도 등) 와 'ㅜ'(eg. 口구, 候후, 斗두 등)에 對應하여 8世紀 以來 現代에 이르기까지 豪韻은 [o]를, 侯韻은 [u]를 나타내는 데 變함이 없다 는 것이다. 그런데 13世紀에 'ㅗ'가 [u], 'ㅜ'가 [ʉ]였다면 豪韻과 侯韻의 變化는 다음과 같아야 하므로 이런 變化過程은 생각할 수 없다는 것이다.

8世紀		13世紀		15世紀	
-ɑo	⟶	-u	⟶	-o	
-əu	⟶	-ʉ	⟶	-u	116)

結論的으로 말하면 800年 頃에 [-ɑo](-ɑu]나 [-əu]는 知識層이 아닌 一般 民衆들은 각기 [o]와 [u]로 발음했다고 믿어지고 이는 'ㅗ'와 'ㅜ'가 그 때에 [o], [u]였음을 意味한다는 것이다. 그러므로 800年 頃의 국어의 母音調和는 開閉調和를 보여주게 되어 국어에 前後舌調和가 存在했을 時期는 8世紀보다 더 먼 過去로 봄이 옳겠다는 것이다.

姜信沆(1980)도 中世國語의 ʌ(ㆍ) 母音과 對應을 이루는 鷄林類事 「高麗方言」의 字音만 가지고는 ʌ(ㆍ) 母音이 後舌母音이었다고 斷定할 수 없다고 보았다. ə(ㅓ) 母音도 記寫한 字音만 가지고는 前舌母音으로 볼 수 있는 根據가 없고, 二重母音 iə(ㅕ)도 'i', 'iə', 'ia'로 表音되고 있어 지금까지의 推定을 整理하면 「高麗方言」의 자음이 보이는 中世國語 母音體系는 河野六郞(1968)이 보인, 다음의 母音圖가 더 적절한 것처럼 생각된다고 하였다.117) 이 그림은 ɯ(ㅡ), ɐ(ㆍ)로 표시함.

[그림26] 中世國語 母音圖

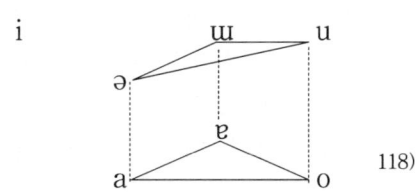

118)

萬若 鷄林類事 「高麗方言」이 나타내는 13世紀 前期中世國語

---

116) 服部四郞(1974), Ibid. p.218.
117) 姜信沆(1978a), 鷄林類事 '高麗方言'의 韻母音과 15世紀 中世國語의 中聲 및 終聲, 成均館大東文化硏究院, 大東文化硏究, p.12.
118) 姜信沆(1980), 鷄林類事 '高麗方言' 硏究, p.192.

段階의 母音圖가 이와 같다면 14世紀 頃에 국어의 一大 母音推移가 있었으리라는 假定은 매우 懷疑的이다. 이는 나아가서 국어는 古代國語 以來 漢字 字音의 反映만을 基準으로 할 때 母音推移라는 사건은 한 번도 없었던 것으로 되는 것이다.

5.4 他言語의 母音推移

국어의 母音推移를 살핌에 있어 참고로 다른 言語의 母音推移를 살펴볼 必要가 있다. 여기서는 英語의 母音推移를 알아보기로 하겠다. 英語의 母音 推移는 後期中世英語(Late middle English) 段階인 15世紀에 이르러 크게 나타나고 있음을 본다.[119] 英語의 母音推移는 ī, ū와 같은 長母音(緊張母音, tense)이 각각 ēy>ay, ōw>aw로 低舌化하면서 二重母音으로 바뀌고 同時에 [+mid] 資質을 가진 ē, ō의 長母音이 高母音化하여 각각 ī, ū로 바뀌는 樣相을 띠게 된다. 이것을 그림으로 보이면 아래와 같다.

[그림27] 英語의 母音推移圖

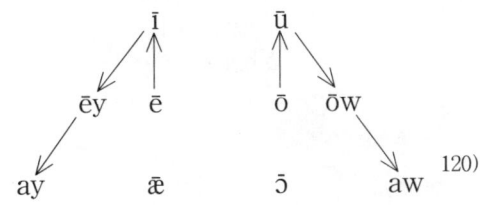

具體的인 單語의 例를 들어보면,

---

119) Chomsky, N. ? Halle, M.(1968), The Sound Pattern of English, Harper ? Low, Publishers, New York Evanton and London, p.254.

120) King, Robert D.(1969a), Ibid. p.82.

中世英語	現代英語
mīn	mine [mayn]
þūsend	thousand [θawzɨnd]
sēk	seek [siːk]
schō	shoe [suː]

121)

와 같아서 英語의 母音推移는 長母音에 限하여 일어나고 있다. 이 長母音이 下降母音인 -y, -w에 依하여 二重母音化 (dipthonization)함으로써 [+mid]인 ē, ō는 上昇하여 高舌化 方向을 잡게 된다. 즉, 英語의 母音推移는 同時에 母音들이 高, 中母音 두 方向으로 움직이는 複雜한 推移現象을 보여주는 바, 이들을 規則化하여 보면 다음과 같다.

(1) 二重母音化規則

$$\psi \longrightarrow \begin{bmatrix} -voc \\ -cons \\ \alpha\,back \end{bmatrix} / \begin{bmatrix} +voc \\ -cons \\ +tense \\ +high \\ \alpha\,back \end{bmatrix} \underline{\qquad}$$

(2) 母音推移規則

$$\begin{bmatrix} a\ high \\ -low \end{bmatrix} \rightarrow [-a\ high] / \begin{bmatrix} \underline{\qquad} \\ +tense \\ +stress \end{bmatrix}$$

122)

121) King, Robert D.(1969a), Ibid. p.82.
122) Chomsky, N. & Halle, M.(1968), Ibid. p.256.

우리는 (1), (2)의 規則이 同時에 作用하고 있는 것으로 말해
왔지만, 이 두 規則은 서로 繼起的으로 作用한다고 생각할 수도
있다. 우선 母音推移가 먼저 일어나고 그 餘波로 二重母音化現象
이 일어난다고 생각할 수 있고 그 反對의 경우로도 생각할 수
있다. 어느 것이 우선하는지 決定할 수 있는 언어사실의 證據가
우리에게는 없다. 이 問題는 現在로서는 疑問으로 남겨 놓을 수
밖에 없다.123)

또, 英語의 一大 母音推移 過程에서 어째서 ī와 ē, ū와 ō가 각
각 合流되지 않는가에 대하여는 다음 그림이 보여 주는 바와 같
이 變化時期를 繼起的으로 달리 잡음으로써 說明하고 있다.

[그림28] 母音推移圖

$$
\begin{array}{ccc}
 & 4 & \\
\bar{\imath} & \leftarrow & \bar{u} \\
2 \downarrow & & \uparrow 3 \\
\bar{e} & \rightarrow & \bar{o} \\
 & 1 &
\end{array}
$$

124)

즉, 이 그림에서 1·2·3·4는 繼起的인 變化時期를 나타내는
바, 첫 段階에서 ē가 ō로 變하고 둘째 段階에서 ī가 ē로, 셋째 段
階에서 ō가 ū로 그리고 마지막 넷째 段階에서 ū가 ī로 바뀌는 母

---

123) Chomsky, N. & Halle, M.(1968), Ibid. p.256.

 It is possible that in this case the syncronic order considers with the
history of the Language, but it is equally possible that rule (2) was added
first and the subsequently rule (1) was introduced before rule (2) in the
synchronic order of the rules, since there appears to be no factual
euidence that would allow us to decide what actually transpired. this
question must be remain open.

124) King, Robert D.(1969a), Ibid. p.113.

音推移 過程을 나타내고 있다. 이렇게 봄으로써 ī와 ē, ū와 ō가 각각 合流되지 않는다고 說明할 수 있다. 이같은 說明은 音韻變化를 漸進的으로 보는 限에서만 타당성이 있다. 그러나 生成論者들은 音韻變化을 文法의 變化, 規則의 變化, 言語能力의 變化로 보기 때문에 이같은 說明에는 懷疑的일 수밖에 없다. (Sommerfelt 1923, Hoenigwald 1960, Jakobson 1931)

　構造論者들은 母音推移는 母音體系에 構造上의 구멍이 생겨 일어난다고 본다. Martinet(1955:29)는 牽引鎖(drag chain)와 推進鎖(push chain)에 依하여 이 構造上의 구멍이 메꾸어진다고 한다. 아래 그림에 의하여 牽引鎖와 推進鎖를 說明하면 牽引鎖에 있어서는 A라는 音韻이 음운 C에 合流되어 이로 因하여 音韻 B가 A가 占有하고 있던 자리로 끌려오게 된다고 본다. 推進鎖에 있어서는 音韻 B가 音韻 A [그림29] 推進鎖, 牽引鎖 說明圖
의 方向으로 漸進하여 A의
異音域을 잠식하여 차지하게
된다. 이로 因하여 A는 漸進
的으로 C의 方向으로 움직이

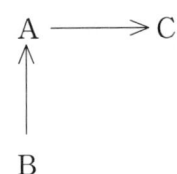

게 된다. 이렇게 音韻 A는 音韻 B의 미는 힘에 依하여 C의 方向으로 차차 밀려나게 된다. 그러나 生成論者들은 音變化의 漸進性을 認定하지 않기 때문에 母音推移는 推進力에 基因한다고 보지 않고 牽引力에 基因한다고 보는 것이다.[125] 그런데, 英語의 母音推移에서 ī>ēy>ay, ū>ōw>aw와 같은 重母音化 段階를 認定한다면 生成論者들의 立場에서 이를 어떻게 說明해야 할지 疑問이다. 英語의 母音推移는 약 1,000餘年 間에 걸쳐 일어난 現象으로 오늘날에도 作用하고 있기 때문에 이를 감안한다면 音韻變化의 漸

---

125) King, Robert D.(1969b), Ibid.

進性을 全面的으로 배격할 수만은 없지 않은가 한다.

結論的으로 말해서 母音推移의 原因은 국어나 英語의 경우에 있어 다같이 分明하지 못하다 하겠다. 또 14世紀 頃 국어의 母音推移의 發端이 'ㅟ'의 中舌化에 基因하는 것으로 보고 있지만(李基文), 그 中舌化의 理由가 무엇인지 說明될 수 있어야 한다. 그리고 'ㅟ'의 異音域을 想定함에 있어 그 領域이 너무나 廣範圍하다는 데 懷疑를 가진다. 'ㅟ'의 位置가 前舌로부터 中舌에 亘하여 심지어는 後舌(崔鉉培)에까지 걸쳐 있으니 도시 首肯이 가지 않는다. 勿論 여기에는 時期的 거리가 있음을 감안한다 해도 'ㅟ'의 異音域은 너무나 廣範圍하다.

母音推移의 時期에 있어서도 국어의 경우 14世紀說과 18世紀說로 對立되어 있고 英語에는 15世紀 中世英語 段階에 이르러 일어난 것으로 보는 것이 一般的이다. 우리는 국어의 母音推移가 일어났음을 認定한다면, 무엇보다 그 原因이 무엇인지 보다 明快하게 說明되었으면 하는 아쉬움을 남긴다.

6. 中世國語의 重母音體系와 音價

6.1 問題의 提起

국어의 重母音은 上昇副音 w- j-와 下降副音 -j에 依하여 形成된다. 本章에서는 中世國語 段階의 重母音體系와 音價를 糾明해 보기로 한다. 筆者는 現在 忠州方言을 根據로 하여 上昇二重母音 'ji'(ㅢ)의 存在를 追究해 보았다. 이 地域方言에서는 語頭音節의 長音 '여ː'는 'jə'와 'ji'로 隨意變異를 가지는 것으로 理解된다. 이같은 隨意變異의 可能性은 音韻論的으로도 說明된다고 본다.126)

6.2 解例者들의 母音認識

中世國語의 모든 研究는 訓民正音에 대한 研究로부터 비롯된다고 할 수 있다. 그 文字體系에 對한 當時의 記錄을 基準으로 하여 研究되어야 하는데, 中世國語 母音體系 研究도 그 軌를 벗어날 수는 없는 것이다. 3章에서는 單母音體系에 대한 論議들을 살펴보았기에 본장에서는 重母音體系를 考察하기로 한다. 中世國語의 母音體系는 一字中聲 11字, 二字中聲 14字, 三字中聲 4字로 모두 29字 體系인데, 이중에 一字中聲 單母音 7字를 除外한 나머지 二字, 三字中聲에 대하여 그 體裁와 音價를 把握해 보겠다.

1950年을 前後하여 'ㆎ, ㅚ, ㅐ, ㅔ' 등이 單母音이 아니라 二重母音이라는 사실127)이 밝혀짐에 따라 重母音의 音價를 밝히려는

---

126) 本章의 內容은 金成烈(1985), "中世國語의 重母音體系와 音價에 대하여"(關東語文學 第4輯)의 論文을 補完한 것이다.

努力이 꾸준히 있어 왔다. 그러나 이들 母音과 'ㅛ, ㅑ, ㅠ, ㅕ'또는 'ㅘ, ㅝ'等이 같은 二重母音임에도 불구하고 이들을 서로 遊離시켜 다룸으로써 一貫性이 缺如된 감이 없지 않았다.

中世國語의 重母音의 眞相을 把握하기 위하여는 우선 먼저 音聲學的으로 音節副音의 性格을 알아 볼 必要가 있다. 그러기 위해서는 印歐語에서 副音을 어떻게 規定짓고 있는가를 살펴보고 아울러 訓民正音의 母音 記述을 根據로 하여 中世 重母音의 體系를 樹立하여야 할 것이다. 또 訓民正音의 各 낱자에 대한 音價는 漢字로 기록되어 있다. 凡中聲 11字의 音價는 ·(呑), ㅡ(卽), ㅣ(侵), ㅗ(洪), ㅏ(覃), ㅜ(君), ㅓ(業), ㅛ(欲), ㅑ(穰), ㅠ(戌), ㅕ(彆)의 各 漢字의 中聲音과 같다고 說明하고 있다. 그런데, 이 중에 'ㅛ, ㅑ, ㅠ, ㅕ'는 重母音이기 때문에 解例者들도 이것을 認識하여 이들을 모두 '起於ㅣ'한 字라고 說明하고 있다. 그러면서도 이들을 凡中聲 11字 속에 單母音과 同一하게 다루고 있는 것이다. 또 '·ㅣ, ㅢ, ㅚ, ㅐ, ㅟ, ㅔ, ㆎ, ㅒ, ㆌ, ㅖ'와 'ㅙ, ㅞ, ㅙ, ㅞ'를 각각 "一字中聲與ㅣ相合十二字中聲與ㅣ相合者四"라 하여 이들을 모두 "與ㅣ相合"한 字로 보아 重母音으로 다루고 있는 것이다. 이같은 解例者들의 認識이 後에 國語學者에게 어떻게 反映되고 있는가 하는 것을 알아보기 위해 實學時代 學者인 崔錫鼎의 經世正韻 音分闢翕圖에 나타난 母音의 漢字 轉寫字들을 一例로 살피려 한다.

---

127) 李崇寧(1949b), '애, 에, 외'의 音價變異論, 한글 제106호, pp.25~35.
　　許雄(1952), '애, 에, 외, 위'의 音價, 국어국문학 제1호, pp.5~8.
　　李崇寧(1954), 15世紀 母音體系와 二重母音의 Kontraktion的 發達에 대하여 (音韻論研究再收), pp.346~349.

6.3 印歐語에서의 重母音 規定

重母音은 主音과 副音으로 區分된다고 볼 때 副音을 어떻게 規定하느냐에 따라 重母音의 性格이 決定된다. 印歐語에서는 副音을 一種의 semivowel이라 하여 [j, w, ɥ, y, r] 들이 認定되고 있으나 여기서는 우리 국어에 關聯된 [j, w]만을 중심으로 하여 알아보겠는데, 먼저 말소리를 記述하는 音聲記號와 그 制定原理를 잠깐 생각해 보기로 한다. 말의 소리를 記述한다든지 또는 外國語의 發音을 習得하는 데 쓰이는 記號를 音聲記號(phonetic sign)라 한다. 이 音聲記號는 生理音聲學的 研究에 바탕을 두고 있다. 音聲記號를 만들어야 할 必要性은 音과 綴字 사이에 完全한 1對1의 對應關係가 이뤄지고 있지 않기 때문이다. 英語에서 예를 들어 보면 "alter[ɔːltər], any[eni], ascent[ɔsént], bad[bæd], base[beis]" 들에서 보는 바와 같이 同一한 綴字 'a'가 5가지로 發音되어 매우 混亂한 狀態를 나타내고 있다. 거기에다가 accent, intonation, 方言, 個人差를 考慮하면 發音의 差異는 크게 달라지는 것이다.

現在 널리 使用되고 있는 國際音聲記號(International Phonetic Alphabet - I. P. A)는 낱소리(phone)를 보통의 로마자로 나타내어 주는 것으로서 다음과 같은 몇 가지 原理 下에서 만들어진 것이다. 첫째, 서로 對立되는 두 音은 뚜렷한 두 개의 文字로 表記해야 하는데 可及的 로마자로써 表記하되 不足時 새 文字를 使用한다. 둘째, 두 소리가 뜻이 다른 두 낱말에서 聽覺的으로 區別할 수 없을 만큼 비슷할 때에는 같은 文字를 使用한다. 셋째, 로마자에 없는 音聲記號는 可能한 한 로마자와 잘 조화되는 범위 안에서 사용한다. 넷째, 다음과 같은 識別符號(diacritical mark)를 사용할 수 있다. 즉 長短符號, 强弱(stress), 抑揚(intonation), 高低(pitch) 등을 위시하여 하나의 音韻에 포함되는 어떤 부속음에 사용할 수 있는 것도 있다. I.P.A 規定에 따른 音韻에 附加되는 符號의 보기를 몇 種類만 들어 보기로 한다.

음성:[   ], 음운:/   /, 장모음:[:], 제1차강세:[¹], 제2차강세:[₁], 고승:[´], 저승:[ˎ], 고강:[`], 저강:[ˏ], 승강:[^], 강승:[ˇ], 비음:[~], 유성음:[ˎ](ṣ=z), 구개음화:[·](ż=z), 좁은간극:[ˎ](e), 혀올림: [ˎ](e‿), 혀내림:[ˏ](e‿), 원순모음:[ᵓ], 중설모음:[ï=ɨ], [ü=ʉ], 자음적모음:[ĭ], [ŭ] 등

다섯째, 音聲記號를 使用할 때는 音韻의 原理와 基準音의 原理를 適用한다. 音韻의 原理란 最小限의 文字로 最大限의 音을 表記하는 것을 말하고, 基準音의 原理란 그 音이 어떤 言語에 나타나든지 같은 소리라고 생각되는 것을 同一記號로써 表記하여 주는 것을 말한다.128)

以上의 內容이 I.P.A 制定의 基本原理다. 다음에는 音聲表記法(phonetic trangcription)에 簡略表記法과 精密表記法이 있다. 簡略表記法은 音韻을 하나의 記號로써 나타내 주는 것이고, 精密表記法은 音韻은 勿論 變異音(allophone)까지도 特別音聲記號를 使用하여 表記해 주는 科學的인 表記法이다. 국어 音韻의 一部를 이 두 가지 表記法에 의하여 表記하여 보면, 다음과 같다.

---

128) 김승곤(1983), 음성학, 정음사, pp.137~138 passim.

모 음			자 음		
	(簡略)	(精密)		(簡略)	(精密)
ㅣ :	[i]	[i], [j]	ㅂ :	[p]	[p] (무성)
ㅐ :	[ɛ]	[ɛ], [œ] (원순)			[b] (유성)
ㅟ :	[y]	[wi], [y] (원순)			[ɸ] (무성마찰)
ㅏ :	[a]	[a], [ɑ] (후설)			[β] (유성마찰)
ㅜ :	[u]	[u], [w]			[p˺] (내파)
	⋮				⋮

여기서 보는 바와 같이 精密表記法은 特別한 變異音을 나타내거
나 또는 重母音의 副音이 그 言語의 單母音과 比較될 때 그 音
價가 一致하지 아니함을 보여 주기 위하여 特別한 記號를 使用
하는 보다 科學的인 表記 方法이다. 그러면 本論題로 돌아가서
印歐語 學者들의 副音에 관한 理論들을 알아보기로 한다.

  周知하고 있는 바와 같이 重母音이란 한 音節 속에 둘 以上의
母音이 連續되어 있는 母音이다. 그 중에 하나는 主音(syllabic)이
되고 나머지는 副音(asyllabic)이 된다. 重母音은 보통 下降重母音
과 上昇重母音으로 區別된다. 下降重母音은 主音+副音의 形式을
취하여 'ai, au'와 같은 母音이고, 上昇重母音은 그와 反對로 副音
+主音의 形式을 취하여 'wi, je'와 같이 나타나는 母音이다. 이 重
母音의 副音을 音聲學的으로 어떻게 解釋하느냐 하는 問題는 學
者들 사이에 異見도 없지 않으나 大體的으로 上昇副音[j, w]는
semivowel로 子音的 性格이 强한 音이라 보고 下降副音인 [i̯, u̯]
는 母音的 性格이 强하다고 보는 것이다. 副音은 過渡音이기 때
문에 요는 그 過渡音을 發音할 때 빠른 過渡(sudden rapid)로 發
音하면 子音的 性格에 가깝고 느린 過渡(gradual glide)로 發音하
면 母音에 가깝게 들리는 것이다. F. de Saussure는 開口度가 가
장 작은 母音인 i, u가 內破音(implosive)과 外破音(explosive)으

로 實現될 때 각각 달리 聽取된다고 한다. 'i'의 內破音을 [i̯]로, 外破音을 [i̯]로 표시하고, 'u'의 內破音을 [u̯], 外破音을 [u̯]로 표시할 때 "ai̯a"와 같은 音聲環境에서 內破音 [i̯]는 느린 過渡로서 母音的인 性格을 띠는 音이고 外破音 [i̯]는 빠른 과도로서 子音的인 性格을 띠는 音이 되어서 이들 사이의 音聲差異를 聽取할 수 있다고 했다. 마찬가지로 "au̯a"와 같은 音聲環境에서도 [u̯]와 [u̯] 사이 똑같은 音聲差를 느낄 수 있다는 것이다. 英語의 [w], 獨語의 [j]는 [u̯, i̯]의 外破音을 나타내는 데 쓰이고, [u, i]는 [u̯, i̯]의 內破音을 나타내는 데 쓰인다고 했다.[129]

D. Jones는 二重母音을 다음처럼 말함으로써 單一音韻으로 간주하는 것이다.

Diphthong must in my opinion be considered as individual sounds. It is convention to represent them in writing diagraphs. The first letter representing the starting point and the second indicating the direction of movement.[130]

그러나 D. Jones는 이와 같이 二重母音을 單一한 單位 音韻으로 보면서도 빠른 過渡와 느린 過渡의 音의 差異를 認定하고 있다. 그는 가령 [i]에서 出發하는 過渡音은 그것이 서서히 다른 母音으로 移動하는 過渡는 上昇副母音 [i̯]로 다루고 그것이 빠른 過渡일 때는 [j]로 다루었다. 예로서 "easier"를 [iːzi̯ə]로 발음하면 이 때 [i]는 느린 過渡로 副母音 [i̯]가 되고, [iːzjə]로 發音하면 빠른 過渡로 [j]가 되는데, 이 [j]를 semivowel이라 한 것이다. [u]

---

129) Saussure, F.(1959), Course in General Linguistics(trans. by Wade Baskin), p.52.

130) Jones, D.(1962), The Phoneme, Its Nature and use(Cambridge), pp.70~71.

에서 出發하는 過渡音도 마찬가지로 "usual"을 [juːzuəl]로 發音하면 느린 過渡로 이 때 [u]는 副母音 [ŭ]가 되고, [juːzwəl]로 發音하면 빠른 과도로 [w]가 되어, [w] 역시 semivowel인 것이다.

Bloch Trager도 音節 副音을 semivowel이라 부르는 것이 좋겠다 하고 이 semivowel은 母音 前後에 다 오는데 앞에 오는 것은 子音과 같은 機能을 한다고 하였다. yes, you, well, wall.[131]

Bloomfield는 yes[jes], say[sej], well[wel], now[naw]와 같이 表記하여 主音 앞에 오는 副音이나 뒤에 오는 副音을 다 같이 [j, w]로 表記함으로써 D. Jones처럼 副母音과 semivowel을 區別하지는 않았다. 그는 이들 副音의 機能은 開口度가 큰 母音이 앞서느냐 뒤서느냐 하는 音聲環境에 따라 決定되는 것으로써 非示差的이라 보았기 때문에 이들을 모두 다 같이 하나의 記號로 表記했다. 그러나 그도 영어에서 母音 앞에 나타나는 [j, w]는 子音+母音과 같이 다루어지고, 母音+半母音은 複合母音(compound phoneme)으로 다루어진다고 하여 그 差異를 認定하고 있다.[132]

C. M. Wise는 [j]에 대하여 다음과 같이 말하고 있다.

The Consonant [j] is a frictionless voiced palatal. It is often called also a continuant, but its duration is so brief as to preclude adequate justification of the term. As used in this book it occurs always initially in syllable and always immediately before a vowel.[133]

Bronstein은 [j, w]는 母音 앞에서는 入過渡(on-glide)로 나타

---

131) Bloch, Trager(1942), Outline of Linguistic Analysis(Baltimore).
132) Bloomfield(1935), Language(London), p.123.
133) Claude Merton Wise(1958), Introduction to Phonetics, p.139.

나고 出過渡(off-glide)는 子音 앞이나 末音位置에 나타나지 않는
다고 했다. T. S. Kenyon도 [j, w]를 initial nonsyllabic glide
consonant라 하고 [au, ai]의 末音 [u, i]를 final nonsyllabic
vowel이라 하였다. 그러나, E. Sievers는 [j, w]를 子音으로 認定
하지 않고 그 後行 要素인 母音과 함께 上昇二重母音을 形成한
다고 했다.134)

以上 諸氏들의 主張의 共通點은 音節副音으로서 母音 앞에 쓰
이는 [j, w]는 子音的이어서 上昇二重母音을 이루고 모음 뒤에서
[i, u]로 나타나는 것은 母音的인 것으로서 下降二重母音을 이룬
다고 보고 있음을 알 수 있다.

本稿에서는 副音을 [j, w]로 통일하여 적기로 하겠다.

6.4 中世國語의 重母音 副音

(1) [j] 副音

副音 [j]에 해당되는 것은 'ㅛ, ㅑ, ㅠ, ㅕ'의 先行音에서 찾아볼
수 있다. 解例本에서 이들은 "起於ㅣ"한 字로 說明하고 있으므로
二重母音임을 밝히고 있다고 본다. 그러나 "中聲凡十一字"라 하
여 이들을 單母音 'ㆍ, ㅡ, ㅣ, ㅗ, ㅏ, ㅜ, ㅓ'와 함께 一字中聲으
로 處理하고 있어서 이들이 엄연한 二重母音임에도 不拘하고 單
母音視하고 있는 것이다. 이 問題에 대하여 李基文(1986)은 다음
과 같이 말하고 있다.

　　"再出"이라 하여 'ㅛ, ㅑ, ㅠ, ㅕ'를 'ㅣ'와 'ㅗ, ㅏ, ㅜ, ㅓ'의
　　複合으로 보았으면서도 이들을 合用으로 나타내지 않고 單一

---

134) E. Sievers(1885), Grundzüge der Phonetik, 38ff.

文字로 나타내게 한 것은 解例 編纂者들이 'ㅛ, ㅑ, ㅠ, ㅕ'는 마치 'ㅌ'이 'ㄷ'에 "屬"한 資質이 더한 것으로 본 것처럼 'ㅗ, ㅏ, ㅜ, ㅓ'에 "起於ㅣ"한 資質이 더한 것으로 認識하였음을 말한 것으로 認識한다. 따라서 當時의 學者들의 認識에 있어서는 이들은 한 音이었던 것이다.[135]

그런데, 解例者들이 'ㅛ, ㅑ, ㅠ, ㅕ'를 單音視한 것은 확실히 모순이었다. 合字解의 一節 "ㆍㅡ起ㅣ聲於國語無用兒童之言邊野之語或有之當合二字而用ㄱㅣㄱ之類"에서는 本質的으로 'ㅛ, ㅑ, ㅠ, ㅕ'와 同一한 "起於ㅣ聲"에 대하여 "當合二字而用"이라고 하여 複母音으로 보고 있다. 이렇게 構造的으로 同一한 音들에 대하여 單母音, 複母音 두 種類로 다른 結果가 되어 二重母音에 대한 解例者들의 認識이 一貫性이 없음을 본다.

또, 副音 [j]는 下降重母音인 "一字中聲與ㅣ相合者十"에 속하는 'ㆍㅣ, ㅢ, ㅚ, ㅐ, ㅟ, ㅔ, ㆄ, ㅒ, ㆌ, ㅖ'와 "二字中聲與ㅣ相合者四"인 'ㅙ, ㅞ, ㅙ, ㅞ'의 末音 'ㅣ'에 나타난다.

(2) [w]

[w]는 "同出"의 "二字合用"인 'ㅘ, ㅝ'의 先行 副音이 이에 해당한다. 崔鉉培(1937)는 現代國語의 겹홀소리(複母音)를 다음과 같이 말하고 있다.

겹소리는 ㅣ, ㅗ, ㅜ, ㅡ 네 홀소리가 다른 홀소리의 앞에서 그 뒤의 홀소리와 겹치어 한 덩이로 된 소리를 이름인데, 이 때 앞에 가는 ㅣ, ㅗ, ㅜ, ㅡ 네 소리는 닿소리의 껌목(資格)으

---

135) 李基文(1980), 國語音韻史硏究, 塔出版社, p.98.

로 닿소리의 노릇(機能)을 하나니 첫째, 그 나는 동안을 길게
할 수 없으며, 둘째, 그 내는 법이 조금 다름이 있나니, 곧 ㅣ
는 예사홀소리 ㅣ보다 혀가 좀더 높아가며, ㅜ는 예사 ㅜ보다
두 입술이 더 가까워지며, ㅗ도 예사 ㅗ보다 위아래 입술이 더
가까워져서 ㅜ와 한가지로 되며 (그러므로, "와"를 "워"로 냄이
예사이다.) ㅡ도 예사 ㅡ보다 혀가 더 높아진다. 그리하여, 'ㅣ,
ㅗ, ㅜ, ㅡ'가 다 같이소리(摩擦音)가 되느니라.136)

이 說明에서 앞에 가는 ㅣ, ㅗ, ㅜ, ㅡ 홀소리는 音節 副音을
말함이고 예사홀소리는 單位 音節을 이룰 수 있는 母音을 말함
이다. 崔鉉培(1937)는 音節 副音의 性格을 摩擦音과 같은 子音的
機能을 하는 것으로 보고 있다. 그러니 'ㅘ, ㅝ'의 副音 'ㅗ, ㅜ'는
子音的인 [w]로서 音價는 [wa, wə]임을 말하고 있는 것이다.
그러나, 崔世和(1982)는 15世紀에는 'ㅘ, ㅝ'의 音이 [oa, uə]로
서 [wa, wə]로 자유로이 變異됐다고 했다. 15世紀 국어의 'ㅘ,
ㅝ'의 音을 이렇게 보는 根據는 訓民正音解例의 中聲合用論을 살
펴볼 때 二重母音 'ㅘ, ㅝ'의 音節 副音 'ㅗ, ㅜ'를 "一字中聲與ㅣ
相合者十"이나 "二字中聲與ㅣ相合者四"의 ㅣ와 平行的으로 同等
하게 느린 過渡音으로 處理하고 있기 때문이라는 것이다. 이와
같은 사실은 D. Jones의 二重母音의 gradual glide와 관계를 지
어보면 이들의 音價는 [oa, uə]로 추정된다는 것이다.137)
崔世和(1982)의 主張대로 15世紀에 'ㅘ, ㅝ'의 音이 [oa, uə]였
다 하더라도 빠른 過渡로 實現될 때는 [wa, wə]가 되므로 'ㅘ,
ㅝ'의 音價 表記는 [wa, wə]로 해도 무방하다고 본다.

---

136) 崔鉉培(1937), 우리말본, 정음사, p.63.
137) 崔世和(1982), 15世紀 國語 重母音硏究, 亞細亞文化社, p.44.

6.5 中世國語의 母音體系

위의 6.4에서와 같이 中世國語의 音節 副音을 規定하고 이를 根據로 하여 解例者들의 認識을 基準으로 해서 解例本의 中聲體系를 分類하면 아래와 같다.

單母音 基本音 : ㆍ ㅡ ㅣ
初出音 : ㅗ ㅏ ㅜ ㅓ
'ㅣ'後行系再出音 : ㅛ ㅑ ㅠ ㅕ ᆢ ᆜ
二重母音 ㅗ(ㅛ), ㅜ(ㅠ)系同出合用音 : ㅘ(ㆇ), ㅝ(ㆊ)
'ㅣ'後行系一字中聲之與ㅣ相合音 : ㆎ ㅢ ㅚ ㅐ ㅟ ㅔ ㆉ ㅒ ㆌ ㅖ
三重母音 'ㅣ'後行系二字中聲之與ㅣ相合音 : ㅙ(ㆈ), ㅞ(ㆋ)

이렇게 15世紀 국어의 重母音은 二重母音과 三重母音으로 나누어 진다고 보겠다. 이들 重母音의 音價는 다음과 같을 것이다.

ㅛ[jo], ㅑ[ja], ㅠ[ju], ㅕ[jə], ᆢ[jʌ], ᆜ[jɨ]
ㅘ[wa], ㆇ[joja], ㅝ[wə], ㆊ[jujə]
ㆎ[ʌj], ㅢ[ɨj], ㅚ[oj], ㅐ[aj], ㅟ[uj], ㅔ[əj]
ㆉ[joj], ㅒ[jaj], ㆌ[juj], ㅖ[jəj]
ㅙ[waj], ㆈ[jojaj], ㅞ[wəj], ㆋ[jujəj]

'ᆢ, ᆜ'의 音價 說明은 合字解에 "ㆍ, ㅡ가 ㅣ소리에서 일어나는 것은 우리말에 소용이 없고 어린이말이나 시골말에 혹 있으니, 이는 마땅히 두 자를 합하여 쓰되 '긔, 긔'와 같이 할 것이다. 이것은 먼저 세로 긋고, 뒤에 가로 긋는 것이 다른 글자와 같지 않다.(ㆍ一起於ㅣ聲於國語無用兒童之言邊野之語或有之當合二字而用如긔긔之類其先縱後橫與他不同)"이라 하였다.[138]

앞서 말한 바와 같이 'ㅣ, ㅢ'는 'ㅛ, ㅑ, ㅠ, ㅕ'를 "起於ㅣ"라 한 것과 同類로 再出字에 속한다. 이들은 二重母音으로서 主音은 'ㆍ, ㅡ'이고 副音은 [j]일 것이다. 위의 설명에서 'ㅣ, ㅢ'가 국어에는 없다고 한 말은 그 當時 標準語라 할 수 있는 中央語에는 없고, '邊野之語' 즉 地方語에는 있다고 해석되는데, '兒童之言'이라는 말로 미루어 볼 때 中央語에서도 아이들의 말에 혹 쓰인 일이 있었다고 생각된다. 'ㅣ'의 音價에 대한 證言으로 후에 英祖時 申景濬은 訓民正音韻解 속에서 말하기를 "我東字音以ㆍ作中聲者頗多而ㆉ則全無唯方言謂八日ㆉ닮此一節而已"라고 함으로써 'ㅣ'에 해당하는 'ㆉ'字를 制定하고 그 唯一例로 'ㆉ닮'을 提示하고 있다. 그 후 純祖 때 黃胤錫은 頤齋遺稿의 字母辯에서 'ㆉ'字 使用에 대한 是非를 論하고 있으며 또 柳僖도 諺文志 속에서 이 問題를 이야기하고 있는 것을 본다.

李信齋 令翊이 말한 바의 中聲 'ㆉ'字는 곧 中聲 'ㆍ'의 按頤로서 그 소리가 극히 모호한 것이다. 이런 무용의 소리는 불필요하며 前人들이 세우지 않은 글자를 창조해 내는 것이기에 이를 따르지 않는다. 지금 비록 'ㆉ'를 認定하지 않으나 그러나 그 理論은 서는 것이니 奇耦의 法則이 서로 대응되는 것을 보면 이 法則이 적용되지 않는 바가 없다고 생각된다. (信齋所云ㆉ形乃形之按頤也基聲極模糊不必當此無用之聲創立前人所無之

---

138) 訓民正音解例合字解.

字故不從焉今不從猶存此論要以見奇耦對待之理無往不具)139)

時代를 달리한 이런 論議를 통하여 볼 때 확실히 'ㅣ'의 音이 [jʌ]로 存在한 사실을 알 수 있음은 勿論, 現在까지도 제주도 方言에서 찾아볼 수 있다고 한다.

李崇寧(1957)은 [jʌ]를 [jɔʔ]로 표기하였는데 다음과 같이 증언하고 있다.

特記할 것은 [jɔʔ]의 音價가 文字 뒤에 숨어서 發見되는 사실이어서 恰似 實學時代의 學說의 'ㆍ'字說과 같은 것이다. 이것은 濟州道人의 音韻觀念으로 確固한 것인데, 다음과 같은 例에서 發見된다.

여망지다(똑똑하다, 賢明하다) → [jɔʔmaŋ-dʒida]

여섯(六) → [ˈjɔʔsət]

여덟(八) → [ˈjɔʔdəp]

역ᄒ다(怜悧하다, 야무지다) → [ˈjɔʔkhɔda]

여석(奴"男"의 卑稱) → [ˈjɔʔsək]140)

---

139) 劉昌惇(1960), 諺文志註解, 新丘文化社, p.102.

140) 李崇寧(1957), 濟州道方言의 形態論的 硏究, 塔出版社, p.102.
　이밖에 아래 論文들에서도 ㅣ[jʌ]音에 關한 論議를 볼 수 있다.
　李基文(1977), 濟州道方言의 'ㆍ'에 관련된 몇 問題, 國語國文學論叢, 李崇寧先生古稀紀念論集, 塔出版社.
　李基文(1978), The Reconstruction of *yʌ in Korean, Papers in Korean Linguistics, Colombia:Hornbeam press, Inc.(Kim Chin-W. ed.), pp.41~43.
　崔明玉(1980), 慶北 月城方言의 音韻變化에 對하여, 新羅伽倻文化 第11輯, 嶺南大 新羅伽倻文化研究所, p.24.
　崔明玉(1982), 月城地域語의 音韻論, 嶺南大出版部, p.18.
　japʰ(側), jakk'uli(脇), catʰ(傍), catʰɔlɛgi(腋), c'ali-/c'allɜ-(短) 등의 語詞에서 [jʌ]를 立證하고 있다.

6.6 jɨ와 ij에 대하여

jɨ에 대한 증거는 찾기 힘들다. 文獻上으로는 다만 合字解에서만 言及이 되었을 뿐이다. 그런데 現代方言에서 jɨ의 存在를 確認하는 作業이 이루어지고 있다.

李翊燮(1972)은 現在 江陵方言에 jɨ 音韻이 存在하고 있음을 證言한다.

/s'jil/ '쓸개', /jɨːpu/ '與否'
/jɨŋkam/ '영감', /jɨːnhada/ '軟하다'[141]

에서 보듯 語頭에서 長音을 同伴하고서만 나타난다. 그러면서도 /jɨ/가 /jə/의 한 異音으로 處理되지 않는 것은 /jəːn/(鳶), /jəːnk'och/(蓮꽃) 등의 例가 있기 때문이라고 한다. 筆者는 여기에 /jɨːlgu/(열ː구 : 해당화꽃 열매)를 더 추가할 수 있다고 본다. 또 筆者의 故鄕(忠州)에서는 늦가을에 볏짚을 엮어서 草家 지붕을 개초할 때 쓰는 '이엉'을 '이옹'에 類似하게 發音하는데, 이것도 아마 [jɨŋ]의 發音이 아닐까 한다.[142] 또 忠州市에서 原州 쪽으로 약 30里 相距한 位置에 原州方面과 堤川方面으로 갈라지는 삼거리가 있는데 이곳이 '永德里'라는 마을이다. 이곳 사람들은 '永'字를 [jɨŋ]으로 들리게 發音하고 있다. 이 /jɨŋ/音은 李翊燮(1972), 都守熙(1977), 崔潤鉉(1981) 그리고 筆者의 證言으로 미루어 보건대 아마도 京畿, 忠淸, 江原을 잇는 中部方言圈에 꽤 널리 分布되어 있는 것으로 看做된다.[143]

---

141) 李翊燮(1972), 江陵方言의 形態音素論的 考察, 震檀學報 34, p.103.
142) 崔潤鉉(1981), 十五世紀 國語의 重母音研究, 建國大大學院碩士學位論文, p.23에서도 筆者와 같은 證言을 하고 있다.

都守熙(1977)의 證言을 들어본다. 忠南方言에서는 주로 다음과 같은 語例에서 [ji̇]](도수희의 표기 : yɨ) 音을 確認할 수 있다 한다. 또 그는 京畿地域의 [jə]가 대체적으로 [ji̇]로 變化되는 경향이 있음을 指摘한다. 新世代에 依하여 ji→jə의 變化를 입고 있는 것을 보면 jə보다 ji가 保守形이라 한다.

yəngtong(永同) → yingtong
yəngtingpho(永登浦) → yingtingpho
yəngkilrəsta → yingkilrəsta
yəngsɛng(永生) → yingsɛng
yənhata(軟하다) → yinhata
yənyakhata(軟弱하다) → yinyakhata
yəngkam(令監) → yingkam
yəm(殮) → yim
yəmryə(念慮) → yimryə
yəlchi(皆蟲) → yilchi
yəlsö → yilsö
yəpu(與否) → yipu
yəc'upta → yic'upta
yəsan(礪山) → yisan 144)

이런 語例들을 基準으로 하여 보면 子音이 先行하지 않은 jə(yə)에 한하여 이와 같이 變한다 한다. ji의 實現의 音韻環境을 李翊燮(1972)은 語頭長母音을 同伴하는 경우로 보고 있어 都守熙

---

143) 都守熙(1977), 忠南方言의 母音變化에 대하여, 李崇寧先生古稀紀念, 國語國文學論叢.
144) 都守熙(1977), Ibid. p.98.

見解와 약간 差異를 보이고 있다. 筆者의 생각으로는 語頭長母音을 同伴하는 경우가 支配的이라 생각된다. 李翊燮(1977)은 jɨ를 jə의 한 異音으로 處理하지 않고 각각 別個의 音韻으로 보고 있는 점에 대하여 筆者도 同感하나 筆者의 생각으로는 jɨ와 jə는 語辭에 따라 隨意變異하는 것으로 보고자 한다. 一例로 '軟하다'의 發音은 [jəːnhata]와 [jɨːnhata]로 둘이 다 可能함을 들 수 있다. 本稿에서는 이같은 隨意變異에 대하여 좀더 具體的으로 言及하고자 한다.

첫째, 語頭 長母音 jəː(여ː)는 jɨː로 수의변이를 일으킨다고 볼 때, 語頭 jəː 音을 가진 單語들을 調査하여 隨意變異音 jɨː의 實現 可能性을 알아 볼 必要가 있다. 勿論 이 隨意變異는 方言差, 個人差에 따라 달리 나타나므로 경우에 따라 ad hoc 한 點도 면할 수 없겠다. 여기서는 筆者가 認識하고 있는 筆者의 出生 生長地 (忠州)의 發音을 基準으로 하게 된다. 語頭 子音 jəː로 된 單語들을 '국어대사전'(이희승)과 '李朝語辭典'(劉昌惇)에서 찾아 基準으로 삼았다.

(a) 겨ː냥　{ kjəːnjang / kjɨːnjang }　　견ː맥 (見脈)　{ kjəːnmɛk / kjɨːnmɛk }

견ː문 (見聞)　{ kjəːnmun / kjɨːnmun }　　견ː습 (見習)　{ kjəːnsip / kjɨːnsip }

견ː지 (見地)　{ kjəːnči / kjɨːnči }　　견ː학 (見學)　{ kjəːnhak / kjɨːnhak }

견ː해 (見解)　{ kjəːnhɛ / kjɨːnhɛ }　　경ː건 (敬虔)　{ kjəːnggən / kjɨːnggən }

경:고 (警告)	kjəːnggo kjiːnggo	경:기 (競技)	kjəːnggi kjiːnggi
경:사 (慶事)	kjəːngsa kjiːngsa	먹:감다 (水泳)	mjəːkkamt'a mjiːkkamt'a
먹:국 (미역국)	mjəːkkuk mjiːkkuk	면:담 (面談)	mjəːndam mjiːndam
변:경 (變更)	pjəːnkjəng pjiːnkjəng	변:덕 (變德)	pjəːndək pjiːndək
처:다-보다	chjəːdapota chjiːdapota	처:들다	chjəːdɨlta chjiːdɨlta
현:대 (현대)	hjəːndɛ hjiːndɛ	현:상 (現象)	hjəːnsang hjiːnsang

이 例들은 單語의 첫음절에서 子音을 先行한 環境에서 隨意變異가 可能한 것들이라 여겨진다. 이 밖에 이런 可能性이 있는 單語들을 아래에 보이겠다.

겨:지배, 견:본(見本), 견:불(見佛), 견:식(見識), 견:적서(見積書), 경:감(警監), 경:경(耿耿), 경:계(警戒), 경:대(鏡臺), 경:로당(敬老堂), 경:복궁(景福宮), 경:상도(慶尙道), 경:순왕(敬順王), 경:연(競演), 경:쟁(競爭), 경:조(慶弔), 경:주(競走), 경:찰(警察), 경:포대(鏡浦臺), 며:기(메기), 면:(面, ~면을 보다), 면:경(面鏡), 면:구스럽다, 면:도(面刀), 면:려(勉勵), 면:면이(面面이), 면:목(面目), 면:사포, 면:세(免稅), 면:장(面長), 면:적(面積), 면:직(免職), 명:령(命令), 명:맥(命脈), 명:명(命名), 변:격(變格), 변:고(變故), 변:론(辯論), 변:명(辨明), 변:별(辨別), 별:

(星), 병:(病), 병:자(丙子), 병:작(竝作), 병:종(丙種), 현:관(現官), 현:기(眩氣), 현:미경(顯微鏡).

中世語에서도 겨:집, 경:계(警戒), 경:ᄉ(慶事), 경:하(慶賀), 녀:역(癘疫), 면:려(勉勵), 변:색(變色), 별:(星), 병:(病), 셔:긔(瑞氣), 셜:비, 셩:녕(手工業하다), 셩:신(聖人), 셩:지(聖旨), 져:그나, 져:기(적이), 졈:졈(漸漸)과 같은 單語들의 첫 음절도 이같은 隨意變異를 갖지 않았나 推測해 본다.

다음에는 語頭音節에 子音을 先行하지 않은 '여:'의 경우를 생각해 본다.

(b) 여:건   { jə:k'ən   여:격   { jə:k'ək
    (與件)   ji:k'ən   (與格)   ji:k'ək

    여:과   { jə:kwa   여:당   { jə:dang
    (濾過)   ji:kwa   (與黨)   ji:dang

    여:부   { jə:pu   여:수   { jə:su
    (與否)   ji:pu   (麗水)   ji:su

    여:신   { jə:sin   여:역   { jə:jək
    (與信)   ji:sin   (癘疫)   ji:jək

    여:쭈다   { jə:c'uda   여:치   { jə:chi
              ji:c'uda   (곤충)   ji:chi

    연:구   { jə:ngu   연:설   { jə:nsəl
    (硏究)   ji:ngu   (演說)   ji:nsəl

    연:약   { jə:njak   열:퉁적다   { jə:lthungčəkta
    (軟弱)   ji:njak   (데퉁스럽다) ji:lthungčəkta

염:불 (念佛)	{ jə:mpul jiːmpul	염:습 (殮襲)	{ jə:msip jiːmsip
엿:보다	{ jə:tpʼota jiːtpʼota	영:감 (令監)	{ jə:nggam jiːnggam
영:영 (永永)	{ jə:ng jiːng	영:주 (永住)	{ jə:ngču jiːngču
영:탄 (永嘆)	{ jə:ngtʰan jiːngtʰan	영:향 (影響)	{ jə:nghjang jiːnghjang

이 밖에 여:각(旅閣), 여:년묵다, 여:닫다, 여:들없다(하는 것이 멋없고 미련함), 여:론(與論), 여:민락(與民樂), 여:새(鳥類), 여:석(礪石), 여:세(與世), 여:수(與受), 여:야(與野), 연:계(軟鷄, -영계), 연:골(軟骨), 연:극(演劇), 연:두빛, 연:례(宴禮), 연:마(硏磨), 연:모(戀慕), 연:무(鍊武), 연:수(硏修), 연:습(演習), 연:시(軟柿), 연:심(戀心), 연:역(演繹), 연:연(戀戀), 연:예(演藝), 연:자간(硏子間), 연:주(演奏), 연:혁(沿革), 엷:다, 염:문(艶聞), 염:색(染色), 염:세(厭世), 염:주(念珠), 염:출(捻出), 영:겁(永劫), 영:결(永訣), 영:구(永久), 영:면(永眠), 영:산홍(映山紅), 영:세(永世), 영:속(永續), 영:원(永遠), 영:유(永有), 영:천(永川) 들도 이에 해당된다.

中世語에서는 다음과 같은 單語들을 들 수 있겠다. 연:눈(여쭙는), 연:좌ᅀᅮ(연자위), 열:줍다(여쭙다), 열:다(開, 結), 엿:다(노려보다, 엿보다), 영:장(營葬), 영:히(永히) 등.

둘째, jə:, jiː의 隨意變異의 可能性으로 다음과 같은 사실을 指摘할 수 있다. "ㅅ, ㅈ, ㅊ" 齒音 下에서의 單母音化는 이미 國語學界에 널리 알려진 사실이다. 이 경우 여:의 單母音化 過程에서 나타나는 다음과 같은 發音現象에 筆者는 留意하고자 한다.

섬(島) { 섬
        슴

성(姓) { 성
        승

셩:녕 { 성녕(냥)
  (냥) 승녕(냥)

셩:뎐 { 성전
(聖殿) 승전

성인 { 성인
(聖人) 승인

셩주 { 성주
(聖主) 승주

셩지 { 성지
(聖旨) 승지

져:그나 { 저그나
          즈그나

져:기 { 저기(적이)
        즈기

젹:다 { 적다
(小, 少) 즉다

젼:송 { 전송
(餞送) 즌송

졈:졈 { 점점
        즘즘

졍:면 { 정면
        증면

졍:히 { 정히
        증히

쳐:소 { 처소
(處所) 츠소

쳥:ᄒ다 { 천하다
          츤하다

　　이러한 發音 傾向은 ㅕ:→ㅓ(ə), ㅕ:→ㅡ(ɨ)와 같은 隨意的 變化
를 보여 준다. 이는 곧 ㅕ:가 jəː, jɨː의 두 變異音을 가질 수 있는
證據가 아닌가 한다. 이같은 隨意的 發音의 可能性을 母音圖로
나타내 보면 다음과 같다.

[그림30] j上昇二重母音 形成圖

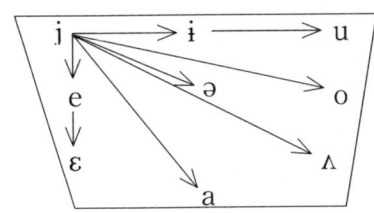

이 母音圖에서 보는 바와 같이 副音 j가 上昇二重母音을 形成할 때 對角線上의 母音과는 jə(ㅓ), jo(ㅛ), jʌ(ㅣ), ja(ㅑ)를, 垂直線上의 母音과는 je(ㅖ), jɛ(ㅒ)를 形成한다. 마찬가지로 水平線上의 母音 u와는 ju(ㅠ)를 形成하므로 같은 水平線上의 母音인 ɨ와도 上昇二重母音 jɨ를 形成한다고 보지 않을 수 없다. jə와 jɨ는 같은 中舌에 位置하면서 다만 高低의 差異만 있기 때문에 이들을 區別하지 못하고 混同해서 發音할 뿐이다. 單母音 ə와 ɨ에서도 이같은 混同을 일으키고 있는 바, 이런 경우 주로 高母音化로 나타난다. (ə→ɨ)

설→슬, 선머슴→슨머슴, 섣달→슫달
서툴다→스툴다, 서모→스모, 썰다→쓸다
서족→스족, 서럽다→스럽다, 성(姓)→승
섬→슴, 점심→즘심, 전화→즌화, 정씨→증씨[145]

이런 高母音化는 二重母音 ㅕ:에서도 똑같이 나타난다고 본다. 그러므로 ㅕ:의 音이 jə:, jɨ:로서 隨意的으로 共存한다고 본 見解는 妥當하다고 본다. 高母音化의 第一段階 變化는 ə→ɨ로, 第二段階 變化는 ɨ→u로 나타난다. 都守熙(1977)는 第二段階 變化 條件으로 '脣音下'를 들고 있지만 반드시 그런 것만은 아닌 것 같다. 都守熙의 例를 몇 들어 본다.

없다→읍다→웁다
아버지→아브지→아부지
할아버지→할아브지→할아부지[146]

---

145) 都守熙(1977), Ibid. p.112.

그런데, 筆者는 이런 二段階 變化는 ㅕ:에서도 똑같이 나타난다고 본다.

여:부   : jəːpu → jiːpu → juːpu
여:쭈다 : jəːc'uta → jiːc'uta → juːc'uta
여:치   : jəːchi → jiːchi → juːchi
연:구   : jəːngu → jiːngu → juːngu
연:극   : jəːngɨk → jiːngɨk → juːngɨk

위의 例에서 보는 바와 같이 우리는 第二段階 變化가 '脣音化'라는 條件에 구애되지 않음을 본다.

우리는 高母音化 過程에서 單母音 ㅓ(ə)와 重母音 ㅕ가 그 軌를 같이함을 보았다. 이것은 곧 長母音 ㅕ:가 jəː, jiː의 變異音을 가지는 것을 증거하는 것이다.

셋째, jiː의 實現이 子音이 先行하지 않은 語頭에서만 可能하다는 見解는 筆者가 위에서 提示한 (a)의 語例들의 妥當性을 認定한다면 是正돼야 한다고 본다.

넷째, jəː와 jiː의 隨意變異의 音韻環境을 보면, 여: 母音만으로 된 경우가 大部分이다. 그러나 先行子音이나 後行子音이 同伴될 경우도 꽤 있다. 現代國語에서 先行子音의 種類들은 ㄱ, ㅁ, ㅂ, ㅊ, ㅎ 들이고 中世國語에서는 ㄱ, ㄴ, ㄷ, ㄹ, ㅁ, ㅂ, ㅅ, ㅈ, ㅊ 들이어서 中世國語가 比較的 많은 種類의 子音들을 同伴하고 있는데, 이는 中世語 段階는 頭音法則에 구애받지 않고 또 아직 齒音 下의 單母音化가 이루어져 있지 않기 때문이다.

後行子音으로는 現代語, 中世語가 다같이 有聲子音 ㄴ, ㅁ, ㅇ

146) 都守熙(1977), Ibid. p.118.

을 同伴하는 경우가 거의고 극소수 몇 語例에서 ㄹ이나 ㅅ을 同
伴한다. 特히 ㄱ, ㄷ, ㅂ 破裂音은 同伴되지 않는다. (열:잡다, 먹:
감다, 먹:국은 例外)

　다섯째, 이 隨意變異를 이루고 있는 單語들을 固有語와 漢字語
로 나누어 보면 漢字語가 大部分이고 固有語는 극소수임을 알
수 있다.

　끝으로 이 隨意變異 現象을 通時的으로 생각할 때 아래와 같
은 假定을 해 볼 수 있다.

　1. 이 變異는 古代語로부터 現代語에까지 계속되는 現象인
가?
　2. 이 變異는 中世國語 段階에서 偶發的으로 發生하여 一時
的으로 存在하였는가?

　이런 假定을 하여 볼 때 古代語 狀況은 文字記錄의 制約上 推
定을 할 수 없다. 그러나 解例合字解의 一節은 이 問題에 많은
示唆點을 준다. 'ㆍ一起於ㅣ'한 字音은 國語音에는 없고 '兒童之
言'과 '邊野之語'에는 간혹 있다는 證言을 볼 때 中世語 段階에는
jɨ音이 確實히 있었음을 알겠다. 그런데 '邊野之語'에 있다는 말은
現代方言의 경우와 一致되고 있지마는 '兒童之言'에 있다는 말은
어떻게 解釋해야 할지 問題다. 都守熙(1977)의 主張대로 jəː보다 j
iː가 保守形이라면 어린이말보다 어른, 노인의 말에서 이같은 發
音 傾向이 두드러지게 나타나야 할 것이 아닌가? 現代 漢字語의
發音에서 əː 長音의 識別은 젊은이들보다 老壯層에서 더 뚜렷이
區別하고 있음은 老壯層의 發音이 확실히 더 保守性이 强한 사
실이 아닌가?

筆者의 생각으로는 이 變異現象은 古代語 以來 現代語까지 持續되는 現象이라 생각된다. 그 理由는 發音의 一般性은 古代나 現代나 다름이 없다고 보기 때문이다. 우리 漢字音에서 보더라도 古代語에서 定着된 以來 中世語에 이르기까지 別 큰 變化없이 지속되었던 것이다.

以上으로 ji音 追究를 爲한 假說을 마치고 다음에 ij音 追究에 대한 論議를 하고자 한다.

李基文(1969:143~144)은 使役補助語幹 ':디-' 다음에서는 語尾 頭音 ㄱ이 脫落되는데 (:디:오) 比하여 一般動詞語幹 '디' 다음에서는 ㄱ脫落을 보여주지 않음을 들고 (디고) 이런 語尾 頭音 ㄱ을 脫落시키는 環境이 'ㄹ, △, j' 뒤에 있다는 사실과 聯關시켜 使役補助語幹 ':디'를 'tij-'로 解釋하여 'ij'의 存在를 認定한다.[147] 또, 이 'ij'는 계사 '-이-'에도 같은 論理로 適用될 수 있다고 한다.

崔世和(1977:78)도 李基文(1969)과 같은 方式으로 'ij'를 認定하면서 中世國語에서의 上聲인 ':이'는 모두 다 'ij'로 擴大 處理하고 있다.

이에 反하여 許雄(1968)은 'ij'의 存在는 不可能한 것으로 보고 있다. 그 理由는 아래와 같다.

'j'의 音聲的 實現은 혀의 最高點이 前高의 位置에서 뒤따르는 母音의 位置로 移動하는 過渡에 있는데, 입술의 모양은 '예, 애, 여, 야'에 있어서는 펴지고, '요, 유'에 있어서는 둥글어진다. 따라서 입술의 모양은 이 半母音의 辨別的 資質에는 관여하지 않고, 오직 前高의 位置에서 뒤따르는 成節母音의 位置로 移動하는 過渡가 이 半母音의 辨別的 資質이므로 이러한 辨別的 資質이 實

---

147) 李基文(1969), 中世國語 音韻論의 諸問題, 震檀學報 32.

現될 수 있는 母音만이 'j'의 뒤에 올 수 있다. 즉 혀의 位置가 [i] 아닌 /eɛəaou/가 이에 뒤따라 여섯 重母音 'je, jɛ, jə, ja, jo, ju'를 만든다고 보고 있다. 15世紀 국어 單母音 일곱 가운데 'j'에 뒤따를 수 있는 母音은 /ouaə/ 넷뿐이고, 나머지 세 母音은 이에 뒤따를 수 없다고 한다. 그 중 'i'가 'j'에 뒤따를 수 없는 理由는 (y도 마찬가지다) 'j'의 辨別的 資質이 'i'의 位置에서 뒤따르는 다른 母音의 位置에로의 移動에 있는데, 'i'가 뒤따라서는 이러한 移動이 不可能하게 되고, 따라서 한 音素의 辨別的 資質이 實現되지 못하기 때문에 二重母音이 實現되지 않는 것으로 본다. 'ï', 'φ' 母音은 'j'의 辨別的 資質 實現을 可能케 하는데 'jï', 'jφ'가 존재하지 않는 것은 音聲的 音韻論의 理由는 存在하지 않은 偶發的 사실이라 한다. 下降二重母音 'ij'가 存在하지 않은 理由도 'ji'가 存在하지 않은 경우와 마찬가지로 音韻論的으로 明白하다고 본다.

　以上의 相反된 論議를 보면서 解例者들이 jʌ(ㅑ), jɨ(ㅡ)에 대하여는 部分的으로 說明을 하는[148] 細心한 注意를 보이면서 어째서 'ij'에 대하여는 한마디도 言及이 없었을까 하는 疑問을 가지게 한다. 'ij'가 存在했다 해도 단순한 'i'를 表記한 '이'와 'ij'를 表記한 '이'가 同一文字이기 때문에, 어떤 環境에서 'ij'가 出現하는지 明確히 區別할 수 있을지 疑問이다. 使役補助語幹 '·디-' 다음에 ㄱ이 脫落된다고 하지만 다음 경우에는 반드시 그런 것도 아니다.

　　나모뷔요물 <u>말</u>이고 (杜초四47)

---

148) 註142 참조.

(1) k>zero 現象

'j' 다음의 ㄱ이 脫落되어 k>zero 現象이 있음을 旣往의 業績들이 밝히고 있다.(李崇寧 1955, 劉昌惇 1961, 李基文 1962, 許雄 1965) 먼저 k>zero 現象이 어떨 때 나타나고(A), 어떨 때 나타나지 않는지 (B)를 알아 보겠다.

(A)

① 母音 사이에서

o 如來옷아니계시면 (月釋49)

② 複合語에서

o 몰애오개 (용49)

③ 계사 '-아-' 다음에

o 짜히어나자시어나고올히어나 (석十九11)

④ '이'로 끝난 名詞 다음에

o 고기어늘 (南明五30)

⑤ 動詞語幹末母音이 'j'일 때

o 明星이비취어늘 (曲79)

⑥ 未來補助語幹 '-리-' 다음에

o 나리어시늘 (용18)

(B)

① 尊待補助語幹 '-시-' 다음에

o 貪慾心겨시건마론 (석九27)

② 動詞語幹末音이 'i'일 때

o 니거늘 (석六15)

③ 使役補助語幹 '-이-' 다음에

　　ㅇ 나모뷔요물 말이고 (杜초四47)[149]

등과 같이 나타난다. 김동언(1983)은 使役補助語幹 '-이'와 尊大
補助語幹 '-시-' 뒤에서는 ㄱ이 脫落되지 않는 反面에 未來補助
語幹 '-리-'와 계사 '-이-' 다음에는 ㄱ이 脫落되고 있는 사실을
指摘하고 이것은 前後者가 音韻論的으로 機能을 달리하고 있기
때문으로 생각한다. 또 語尾 頭音 ㄱ이 脫落하는 與否는 'i'와 'j'
만의 問題가 아니라 계사라는 형태소도 影響을 미친다고 보고
있다.

　　名詞인 경우 語幹末音이 'i'든지 'j'든지 상관없이 後行하는 ㄱ
을 脫落시키는 데 反해서 動詞인 경우에는 'j'에 限해서 ㄱ을 脫
落시키고 있는 것을 合理的으로 說明하는 길을 名詞가 敍述語로
쓰일 때는 언제나 계사 '-이-'가 名詞語幹 다음에 介在되기 때문
이라고 한다. 이같이 계사가 k>zero에 관계한다고 볼 때, 계사 '-
이-'는 'ij'로 解釋되어 그 'j'가 ㄱ脫落에 影響을 미치고 있다고
생각하게 되지만 그러나 그는 이렇게 解釋하기가 어렵다는 것이
다. 그 한가지 理由로는 名詞末音이 vj이고 여기에 계사 '-이-'가
연결될 경우 'vj+ij'로 되어 二重母音이 繼續 이어지는 音韻現象
은 어렵다는 것이다.

　(2) 二重母音 'ij'의 實現條件
　　그러면 'ij'의 實現條件은 어떤가? 結論的으로 音節間 두 개의
'이'가 連結될 때 後行 形態素의 '이'가 'j'로 되면서 縮約되어 音
節에 維持될 때, 'ij'가 實現된다고 解釋된다.[150] 先行語가 母音으

---

149) 본 용례들은 김동언(1983)에서 발췌함.
150) 中世國語 二重母音의 副音表語方法에 대하여는 金完鎭(1964)에 詳細히 說
　　明되어 있다.

로 끝나고 다음에 '이' 母音으로 시작되는 말이 連結될 때 縮約이
되면 vj를 形成한다. (누+이>뉘, 그+이>긔). 이것으로 미루어 先
行語末音이 '이'로 끝나고 다음에 '이'로 시작되는 말이 올 때도
역시 縮約되면 'ij'로 나타난다고 볼 수 있다.(고기+이어늘>고기
어늘, 다+이>:디) 'ij'의 實現 경우를 좀더 알아보기 위해 'vj'가
形成되는 경우를 구체적으로 살피기로 한다.151) 첫째, '이' 主格助
詞가 앞 音節에 縮約되면서 'j'로 弱化되어 'vj'를 形成한다. 上記
한 "누+이>뉘, 그+이>긔" 등이 그 예다. 둘째, 계사 '이'가 앞 音
節에 縮約되면서 'j'가 되어 vj를 形成한다.(몬져+이오>몬졔오) 셋
째, 使役補助語幹 '이'가 連接될 때, 縮約되어 vj를 形成한다.(보+
이>:뵈) 그런데 이 使役補助語幹은 뒤 音節에 들어가서 jv를 形
成하기도 한다.(죽+이+우+려ᄆᆞᆯ>주규려커늘 용77) 넷째, 音節間
두 母音의 縮約으로 vj를 形成한다.(안자+잇더시니>안잿더시니)
위와 같은 사실에서 우리는 '이+이'의 連結에서 'ij'의 形成 가능
성을 찾아 볼 수 있다.

그러면, 모든 '이+이'의 縮約된 '이'를 'ij'로 볼 수 있겠는가? 우
리는 '이+v'에서 '이'가 'j'로 되어 다음 音節에 축약되어 'jv'를 形
成하지 않는 경우를 볼 수 있다.(가지+애>가재) 같은 論理에 따
라 '이+이'에서 後行 '이'가 'j'로 縮約되지 않고 脫落되는 경우를
생각해 볼 수 있다. 'v+이'의 경우는 表記上 쉽게 識別할 수 있지
만, '이+이'의 경우는 그렇지 못하다. 聲調 實現에서 그 識別이
可能할지 問題다.

끝으로 上聲으로 表記된 '이'를 모두 'ij'로 보려는 見解도 問題
點이 있다. 왜냐하면 'vj'系 語辭들을 볼 때 上聲(부텨+·이>부:

---

151) 許雄(1968), 崔明玉(1980, 1982)에서는 前後音素가 前舌高母音性을 共有하므
로 'ij'의 實現은 不可能하다고 본다.

테)만을 實現하는 것이 아니다. 平聲(수·머+잇던>수멧던), 去聲
(나·가+잇더시니>나·갯더시니)으로도 實現된다. 이에 비춰 볼
때 上聲의 ':이'를 'ij'로 解釋한다면, 去聲·平聲의 '이'도 마땅히
'ij'로 解釋될 수 있는 것이라 본다.

許雄(1965:377)은 中世語 重母音을 다음과 같이 分類하고 있다.

/w/ 半母音은 /a/, /ə/에만 先行할 수 있고 /j/, / ĵ/ 半母音은
/a/, /ə/와 /u/, /o/에 先行할 수 있다.

/j/
/ĵ/ } + /a/, /ə/, /o/, /u/
/w/ + /a/, /ə/   –

이 二重母音은 모두 上昇的이다. /i/를 除外한 다른 여섯 單
母音에 半母音 /j/가 後續하여 여섯의 下降的 二重母音을 形成
한다.

/ʌ/, /ɨ/, /o/, /u/, /a/, /ə/ + /j/

그리고 上昇的 二重母音에 다시 /j/가 後行하여 三重母音이
된다.

/ja, jə, jo, ju/
/wa, wə/ } + /j/

二重母音　上昇的… 6 (그밖에　緊張重母音 4)
　　　　　　下降的… 6
三重母音　………… 6

6.7 崔錫鼎의　母音　漢字　轉寫

崔錫鼎의　音韻闢翕圖를　아래에　提示하여　重母音의　漢字　轉寫
字를　알아보면, 아래와　같다.

[그림31]　音分闢翕圖

一闢　二翕　三闢　四翕				
ㅏ阿	ㅑ也	ㅓ於	ㅕ與
ㅘ烏阿	퟈要也	ㆎ于於	ㆋ由與
·兒	ㅣ伊兒	ㅡ應	ㅢ伊應
ㅗ烏	ㅛ要	ㅜ于	ㅠ由
ㅐ阿伊	ㅒ也伊	ㅖ於伊	ㅖ與伊
ㅙ烏阿伊	ㅙ要也伊	ㅞ于於伊	ㅞ由與伊
·ㅣ兒伊	ㅣㅣ伊兒伊	ㅢ應伊	ㅢ伊應伊
ㅚ烏伊	ㅚ要伊	ㆉ于伊	ㆌ由伊

152)

이　그림에서　보는　바와　같이　崔錫鼎은　모든　母音을 '中聲十一
音'의　轉寫字에　따라　表記하고　있다. '中聲十一音'의　轉寫字를　아
래에　보이겠다. 아울러　參考로　崔世珍의 '中聲獨用十一字'의　轉寫
字를 (　)속에　倂記하겠다.

---

152) 崔世和(1981), op.cit. p.48에서　再引用.

中聲十一音

ㅏ	ㅑ	ㅓ	ㅕ	ㅗ	ㅛ	ㅜ	ㅠ	ㅡ		ㅣ		·
阿	也	於	與	烏	要	于	由	應 (不用終 聲)		伊 (只用中 聲)		兒
(阿)	(也)	(於)	(餘)	(吾)	(要)	(牛)	(由)	應 (不用終 聲		伊 (只用中 聲		思 (不用初 聲)

이 比較에서 보면, 'ㅕ, ㅗ, ㅜ, ·'의 4字의 轉寫字가 서로 다르게 나타나고 있다. 만약 崔錫鼎이 'ㅑ, ㅕ, ㅛ, ㅠ'를 二重母音으로 認識했다면 伊阿(ㅑ), 伊於(ㅕ), 伊烏(ㅛ), 伊于(ㅠ)로 表記했을 것인데, 이렇게 表記하지 않은 것을 보면 그도 역시 이들을 單母音視한 것이 아닌가 한다. 이들 母音에 대하여 解例에서 '起於ㅣ'한 字로 규정했음에도 불구하고 解例者들 이래 後代學者들 사이에는 계속 單音視하는 경향이 있음을 본다. 위 表에서 字形만을 기준으로 할 때 重母音은 다음과 같이 나타나고 있다.

二重母音
ㅘ ㅩ ㅝ ㅧ ㅣ ㅢ ㅐ ㅒ ㅔ ㅖ ·ㅣ ㅚ ㅟ ㅓ ㅔ

三重母音
ㅙ ㅙ ㅖ ㅖ ㅣ ㅢ

崔錫鼎은 解例者들과는 달리 'ㅣ, ㅢ'를 二重母音으로 認識하고 三重母音으로 'ㅣ, ㅢ'를 設定하고 있는 점이 特異하다. 音韻闢翕圖의 漢字 轉寫字들로 볼 때, 崔錫鼎은 音節 主音과 副音을 뚜렷이 區分하지 않고 다만 중성 11字를 配合하여 重母音을 표기한 것 같다.

6.8 6中聲(ᆈᆔᆄᆑᅫᆒ)의 漢字表音에 關한 考察

訓民正音의 中聲들은 "·ㅡㅣㅗㅏㅜㅓㅛㅑㅠㅕ" 11字와 二字合用字인 "ㅘㅝㆇㆊ", 一字中聲與ㅣ相合字 "·ㅢㅚㅐㅟㅔㆉㅒㆌㅖ", 二字中聲與ㅣ相合字 "ㅙㅞㆈㆋ" 등 18字로 모두 29字인데, 이 중에 "ᆈᆔᆄᆑᅫᆒ" 6字는 國語音 表記에는 使用되지 않았다 한다.[153]

本節에서는 이들 6中聲들로 表音된 漢字들을 調査하여 이들 表音이 後時代에 어떻게 달라졌는가를 알아보기로 하겠다.

南廣祐(1966)는 「朝鮮漢字音研究」에서 3期로 나누어 漢字音의 變遷을 研究한 바 있는데, 第1期는 東國正韻式 漢字音이 使用되었던 時代를 말하고 第2期는 東國正韻式 漢字音이 廢棄는 되었으되 傍點이 찍히고 아직도 ㅿ으로 表記된 漢字音이 存在하던 時代를 말하며 第3期는 그 以後 卽 壬亂 以後 朝鮮末期까지 잡고서 漢字音 全般에 걸쳐 研究한 바 있다.

南廣祐(1966)의 調査에 依하면, 東國正韻의 漢字表音에 使用된 中聲의 種類는 "·ㅡㅣㅗㅏㅜㅓㅛㅑㅠㅕㅘㅝㆇㆊ·ㅢㅚㅐㅟㆉㆌㅖㅙㆋ"의 23字다. 이들 23中聲 가운데 "ᆔᆑᆒ"는 本考察 對象인 字로서 漢字表音에 使用되고 있지만 "ᆈᆄᅫ" 3字는 아예 使用되고 있지 않음을 알 수 있다.

6.8.1 漢字表音例 調査

그러면 "ᆈᆔᆄᆑᅫᆒ"의 中聲字로 表音된 漢字의 例를 東國正韻 및 後代의 文獻에서 調査하여 後代 表記變化의 實相을 알아보기로 하겠다.

---

153) 李崇寧(1954), 音韻論研究에 所收, p.344.

(1) ㄲ 表音例

　　順序 : (字母)→表音→四聲→頭例字
(ㄱ)　君귾 局…　　:쾡ㅗ 憬…　　·궉ㅅ 昊…
　　快쾡ㅜ 傾…　　:쾡ㅗ 頃…　　·퀵ㅅ 闋…　　　(東國二15)
　　　　　⋮　　　　　　⋮　　　　　　⋮

　　順序 : 字母→表音→頭例字
(ㄴ)　見권涓…　　　精젼鑴…
　　牀쬔椽…　　　邪쎤旋…　　　(漢武譯附錄)
　　　　⋮　　　　　　⋮

(ㄷ)　緣원 (석六12)　　語例 : 辭쏭緣원
　　說쎯 (석六22)　　語例 : 說쎯法법
　　　　⋮　　　　　　　　　⋮

　　兄휭 (曲4)　　　泉쪈 (曲11)　　　永웡 (曲41)
　　傳뛴 (曲41)　　　川쳔 (曲127)　　頃쾡 (曲153)
　　　⋮　　　　　　　⋮　　　　　　　⋮

(ㄹ)　說　　　　月　　　　絹　　　　舩　　　　眷
　　쎯 쉃　　웡 웛　　권 권　　쪈 쬔　　권 권
　　(번노上2)　(번노上2)　(번노上13)　(번노上15)　(번노上15)

(ㅁ)　月　　　園　　　說　　　川　　　院　　　拳
　　웡 웛　　원 원　　쎯 쉃　　쳔 천　　원 원　　권 권　…
　　(번박上1)　(번박上1)　(번박上3)　(번박上5)　(번박上5)　(번박上6)

(ㅂ)　月　　　園　　　說　　　川　　　院　　　拳
　　웡 웛　　원 원　　쎯 쉃　　쳔 천　　원 원　　권 권　…
　　(언박上1)　(언박上1)　(언박上3)　(언박上5)　(언박上5)　(언박上6)

(ㅅ)　月　　　說　　　絹　　　眷
　　웡 웛　　쎯 쉃　　권 권　　권 권
　　(老上1)　(老上2)　(老上11)　(老上14)

(ㅇ) 月   說
      웛 워   ퟝ 쉃
     (老重1) (老重2)

上記 文獻들에 나타난 表音例들은 東國正韻式 表記法에 따라 表記된 것들이다. 東國正韻式 表記法은 古今韻會擧要를 基準으로 하였으나 東音의 現實音體系와 妥協 속에서 이루어진 一種의 畸形的인 表記法이었기 때문에 이 表記 方法은 오래가지 못하고 世祖代에 이르러 모든 佛經諺解에 주로 쓰이다가 成宗代 以後에는 廢棄되고 만 것이었다. 그러나 이 表記法은 後代 文獻에도 散發的으로 계속 유지되어 19世紀初의 文獻이라고 볼 수 있는 重刊老乞大諺解154)에서도 '月웛워, 說ퟝ쉃'와 같이 'ㅕ' 中聲 表記例를 發見할 수 있는 것이다.

(2) ㅟ 表音例

   (ㄱ) 君궝平 規…   :궝上 癸…   ·궝去 季…
       快퀭平 闚…   :퀭上 跬…   (東國五.39)
       ⋮   ⋮   ⋮

   (ㄴ) 嶸웡榮…俗音융又잉   郡꿩瓊…俗音낑
       曉ퟅ兄…   見견扃…   (洪武譯附錄)

   (ㄷ) 隨쒕 (석六81)   語例：隨쒕喜횡
       水:쉉 (석十三102)   語例：沈뗨水:쉉
       衰쉉 (석十九53)   語例：離링衰쉉

---
154) 重刊老乞大刊行이 1795年(正祖 19年)이니 그 諺解는 年代가 未詳이나 19世紀 初에 이루어졌을 可能性을 예상할 수 있다.

(ㄹ) 衰쉬 (曲13)　　　　瑞쒸 (曲13)　　　　水쉬 (曲20)
　　隨:쉬 (曲70)　　　　出취 (曲129)

(ㅁ) 炊[155]밥지슬 취(字會下雜語)　醉취홀 :취(字會下雜語)
　　儌셰:물 :취(字會下雜語)　　臭내 :취(字會下雜語)
　　醜더러울 :취(字會下雜語)　翠취[156]

(ㅂ) 翠프를 취(類合上5a)　　　吹불 츄(類合下6a)
　　醉취할 취(類合상7a)　　　臭내 취(類合下12a)
　　驟과ㄱ를 취(類合下27a)　　就나ㅿ갈 취(類合下36a) 일울 취
　　　모둘 취(類合下43b)　　　醜더러술 취(類合下52a)

(ㅅ) 取아올 쥐(光千12)　　　아올 취(石千12)
　　聚모둘 취(光千21)　　　모둘 취(石千21)
　　州고을 쥐(光千26)　　　고을 쥬(石千26)
　　翠프늘 취(光千32)　　　프를 취(石千32)

(ㅇ)　雨　　　虛　　　兄　　　去　　　與
　　유 위　　휴 쉬　　훵 흉　　큐 취　　유 위
　　(언박一1)　(언박一1)　(언박一1)　(언박一1)　(언박一4)
　　玉　　　魚
　　융 위　　유 위
　　(언박一4)　(언박一5)

　　이밖에 <번박>과 <新語> 文獻에서도 ㆌ 中聲 表音例를 찾아
볼 수 있는데, 이 중에는 한글 表音만 기록된 것도 있다.

　　o 酒也醉了수울도:취ᄒ며 (번박上152)
　　o 堂上稟去裏당샹끠취품ᄒ라가노라 (번박上154)
　　o 몬져취ᄒ엿건마ᄂ (新語三10)
　　o ㄱ장취ᄒ오되 (新語三18)

---

155) 叡山本에도 '취'로 表音. 李基文(1983), p.72.
156) 奎章本의 表音. 李基文(1983), Ibid.

o 이술의 醉ᄒ실가 (新語三18)

o 쟝 쇲157)면목업시너길거시니 (新語七6)

o 쟝 쇲돈돈이분부ᄒ야겨시오니 (新語七253)

o 영문에바왜ㄹ과콘소넨트의음의를 醉ᄒ여씀이나…

  (大韓每日新報 1908. 11. 4)

ㅖ 中聲 表記는 위 例文에서 보는 바와 같이 그 保守性이 더 강하여 ㅕ보다 더 後代까지 쓰인 듯하여 20世紀初 每日新聞 記事文에서도 그 用例를 찾아볼 수 있다.

한편, 우리는 15世紀 文獻에서 다음과 같은 文章들을 읽을 수가 있다.

o 大王이어디르샤…여쉰小國에위두ᄒ앳더시다 (석十一7)

o 여쉰小會却겁을 (석十三67)

o 이제나히여쉰둘헤니르더도쏘달옴업스이다 (능二8〜9)

  (乃至于今六十에도亦無有異ᄒ이다)

o 여쉰:녜·글을 (月35)

이들 글 속에서 읽을 수 있는 '여쉰'이란 單語는 고유어로서 국어음에 ㅖ 母音이 쓰인 特異한 例다. 이것으로 미루어 보아 ㅖ 母音은 漢字音 表記 以外에 국어 고유음 表記에도 쓰이고 있음을 알겠다.

ㅖ의 音價는 ㅖ가 二期音에 이르러 大部分 ㅠ로 바뀐 것으로 보아 15世紀 ㅖ의 發音은 실제로는 ㅠ이었을 것이라 생각된다.

---

157) 이는 主格 ㅣ와의 結合形으로 漢字 表音例는 아니다.

(3) ㅞ 表音例

(ㄱ) 君궝ㅈ 圭…   ·ᄀᆐ去 桂…
　　 快쾡ㅈ 睽…   (東國六9)
　　　⋮   ⋮

(ㄴ) 歲쉥(석九30)   語例 : 無뭉量량千쳔歲쉥

(ㄷ) 彗뷃(曲6)   歲쉐(曲25)

(ㄹ) 　혹 뛔又呼疙㾂音(字會中, 疾病*叡山本, *東中本, 尊經本)
　　 쳬(奎章本)
　　 捶팀 뤠(字會下雜語)
　　 倅췌(*叡山本, 東中本, 尊經本)
　　　 체(*奎章本)158)

(ㅁ) 拙눕ᄂᆞ지헐 뛔(類合下41b)　　 莘모둘 췌(類合下56b)
　　 觜부리 췌(類合下13a)　　　　 砌기슭졈 췌(類合上23b)
　　 성가실 췌(類合下14a)

ㅞ 中聲은 洪武正韻譯訓에 表音例를 찾아볼 수 없음이 特異하다. ㅞ 表音例도 東國正韻 以後 16世紀 新增類合에 이르기까지 散發的으로 出現되고 있다. 간혹 ㅞ→ᆌ로 表記된 예가 나타나기도 한다. ㅞ는 2期音에 이르러 대개 ㅟ로 表記되어 現在에 이르고 있는데, 15世紀 ㅞ는 그 當時 現實音은 ㅟ가 아닌가 한다.

(4) ㅒ 表音例

東國正韻은 勿論 後代 文獻에서도 ㅒ 中聲의 漢字 表音例는 단 一例도 찾아볼 수 없다. 그러나 다음과 같이 국어음 表記로는 '쇼(牛), 염교(薤)'와 같은 말의 語末母音이 ㅛ일 때 ㅣ主格 또는

---

158) *表示는 李基文(1983)의 考證임.

所有格이 結合된 形態로 ㅢ 表記가 보이는데 이런 表記도 後期에 이르러 '쇼→소'의 單母音化로 자연 'ㅢ→ㅚ'로 되었다가 '가' 主格 토와 대치되고 만다.

o 바리ᄣ리ᄂᆞᆫ·쇠:거츨언마론 (曲77)

o 쇠어나ᄆᆞ리어나약대어나라귀어나ᄃ외야 (석九30)

o 서리옛염쇠허여호몰甚히듣노라(聞霜薤白) (杜初七40)

o 쇠고기구으니와 (번박上148)

또, '쇼→소'의 單母音化는 漢字音에서도 廣範圍하게 나타나는 一般的 現象임은 周知의 사실이다. 몇 例를 들면 다음과 같다.

蕭 (類合下56)	少 (六祖中94)	詔 (六祖中19)
沼 (字會上5)	小 (類合下47)	宵 (字會上3)
紹 (類合下43)	消 (類合下58)	笑 (字會上29)
燒 (字會下35)	邵 (石千41) 등	

(5) ퟔ, ᅫ 表音例

姜信沆(1973:75)은 洪武正韻譯訓과 四聲通解의 俗音 比較表를 提示한 바 있는데, 모든 中聲이 다 그렇듯이 이 比較表에서도 譯訓과 通解의 俗音이 서로 一致하고 있음을 지적하였고 하나 둘의 小韻에만 해당하는 것이라 하여 ( ) 속에 넣어 表示하였다. 또 朴炳采(1983)도 洪武正韻, 中原音韻, 洪武正韻譯訓 3韻書의 中聲體系를 推定 比較하여 본 結果 이들은 서로 一致한다고 하였다. 朴炳采는 洪武正韻의 陽養漾 音韻은 中原音韻의 江陽 韻目과 對應을 이룬다고 했고 洪武正韻의 推定音을 [ɑŋ]으로, 中原音韻의 推定音을 [aŋ, iaŋ, uaŋ]으로 表記하였다. 이들의 譯訓 한글

對譯音은 [앙, 양, 왕]이고 이 중 왕[uaŋ]의 譯訓 俗音 中聲으로
퍄의 表記例를 提示하면서[159] 그 稀少한 例로 合口 3等字인 況眖
이 황→햣 즉 놔[ua]→퍄[juja]로 나타나고 있음을 보여주고 있
다.[160] 그런데, 이와 같은 사실은 現代 北京音에서 撮口呼에 속했
던 字는 合口呼로, 齊齒呼에 속했던 字는 開口呼로 變聲되고 있
음을 考慮할 때 놔→퍄 現象은 撮口呼가 아직 合口呼로 變하기
以前의 音系를 나타낸다고 보겠다.

끝으로 퍠 中聲 使用例는 俗音에서조차 찾아볼 수 없는 유일
한 글자다.

本考察을 通하여 우리는 文字 表記法의 保守性이 얼마나 强한
가를 한층 절실히 느낄 수가 있었다. 特히 東國正韻식 漢字 表記
法은 그 實現性이 희박하였기 때문에 世祖朝 佛經諺解에까지 쓰
이다가 成宗朝 以後 廢棄된 것이었는데도 불구하고 이 表記法은
계속되어 20世紀初의 文章인 "영문에 바왜르과 콘소넨트의 음의
를 취ᄒ여 씀이나…"와 같은 글 속에서도 '취ᄒ여'와 같은 表記例
를 우리는 읽을 수가 있는 것이다.

ㅢ ㆋ 퍄 ᆆ 퍠 ᆒ 中聲字들은 국어음을 表記하기 爲한 글자들이
아니고 中國 撮口音을 表記하기 爲함이라고는 하나 15~19世紀
에 걸친 文獻에서 실제 表音例를 찾아보면, ㅢ 퍠는 使用例가 없
다. 한편 ㅢ는 국어음 表記에 사용된 경우가 있는데, 이는 '쇼+ㅣ
(主格, 所有格)→쇠'와 같은 경우에 限한다. 퍄 表音例는 洪武正韻
譯訓, 四聲通解의 俗音 表記에만 간혹 보이나 正音 表記에는 使
用例가 全無하다. ㆋ는 漢字 表音에도 勿論 쓰였으나 순수 국어
음 表記에도 使用되었다는 點이 特異하다. '여쉰'과 같은 表記에

159) 朴炳采(1983), Ibid. pp.207~210.
160) 朴炳采(1983), Ibid. p.222.

서 그 보기를 찾아볼 수 있다.

 撮口音 表記에 使用된 이들 中聲들이 後期에 어떻게 表記가 變하였는가를 살펴보면, ㅚ→ㅟ, ㆡ→ㅠ, ㅑ→ㅘ, ㅕ→ㅓ, ㅖ→ㅔ 와 같이 나타나고 있음을 알 수 있다. ㅒ의 表記는 表音例가 全無하여 後期 變化를 알 수 없으나 ㅘ이었을 可能性이 濃厚하다. 우리는 現代 北京語에서 撮口音은 合口音으로 變하는 傾向을 參考할 수 있을 것이다.

7. 結 語

音韻變化는 漸進的으로 우리가 認知하지 못하는 사이에 徐徐
히 變하는 것으로 생각하는 傳統論者들의 主張이 있는가 하면
偶發的, 瞬間的이어서 갑자기 變하는 것으로 보는 生成論者들의
主張이 있다. 生成論者들은 音韻變化를 言語能力의 變化로 文法
體系의 變化로 說明한다. 그러나 音韻變化의 原因을 밝히려고 오
랜 歲月 많은 學者들이 努力하였으나 아직까지도 明快한 解答을
얻어내지 못하고 있다. 우리는 흔히 音韻變化를 언어의 經濟原則,
規則의 添加, 喪失, 再配列, 簡易化, 音韻體系의 調和와 均衡, 音
韻의 相關頻度數에 따른 機能負擔量 等을 基準으로 하여 說明하
고 있지만, 이들은 모두 音韻變化의 部分的인 說明에 지나지 않
는다.

흔히 音韻變化의 種類로는 各種 同化現象과 異化, 添加, 省略
等을 든다.

本書는 中世國語 段階의 母音音價, 母音體系, 母音調和, 母音推
移, 母音에 依한 漢字表音 等에 關한 旣往의 業績들을 考察하여
그 功過를 살핌과 同時에 아직까지 未洽한 問題들이 무엇인가를
살펴본 結果 아래와 같이 要約할 수 있다.

(1) 母音의 音價

첫째, 現代國語에서 'ㅓ'(ə) 母音의 代表的인 異音은 長短의 差
異로 區別되는 'ㅓ:'[əː]와 'ㅓ'[ə]다. 長母音 'ㅓ:'[əː]는 中舌中母音
이고 短母音 'ㅓ'[ə]는 後舌半開母音이다. 그런데 前期中世國語 段
階의 'ㅓ'는 前舌에, 朝鮮館譯語가 보여주는 後期中世國語 段階의
'ㅓ'는 前舌에서 中舌에 이르는 넓은 音域을 가진다고 본다면 결

국 'ㅓ'는 通時的으로 前舌에서 後舌로 推移된 것으로 볼 수 있
다. 果然, 이같은 廣範圍에 걸친 推移가 可能할 수 있겠는가가
疑問이다.

둘째, 後期中世國語 以前 또는 近代國語 以前 段階까지 ü(ㅜ)
가 中舌高母音, u(ㅗ)가 後舌高母音에 位置하였다가 一大 母音推
移 結果 오늘날과 같은 母音의 位置로 바뀌게 된 것으로 現在
보고 있지만 漢字音을 基準으로 하여 볼 때, 中國語의 '-au'(豪
韻)와 '-əu'(侯韻)는 現代北京語에 이르기까지 '-ao'와 '-ou'로 남
아 있고, 이는 각기 現代國語의 'ㅗ'(e.g. 高고, 好호, 到도 등)와
'ㅜ'(e.g. 口구, 侯후, 斗두 등)에 對應하여 8世紀 以後 現代에 이
르기까지 豪韻은 [o]를, 侯韻은 [u]를 나타내는 데 變함이 없다는
見解를 認定한다면 這間의 音價變化에 依한 母音推移는 疑問視
된다. 무엇보다도 古代, 中世國語 各 段階에 걸쳐 ü와 u의 正確
한 音價와 位置를 糾明하는 것이 母音에 關한 一連의 問題들을
解決할 수 있는 關鍵이 된다고 본다.

셋째, 音價推定 方法으로 外國語를 국어로, 국어를 外國語로
轉寫한 資料들을 不得已 利用할 수밖에 없지만, 그렇다고 하여
이 轉寫資料들을 無批判的으로 過信해서는 안 된다. 漢音表記에
서 보더라도 漢音表記에 利用된 한글은 그 音價대로 漢音을 正
確히 表記한 것은 아니다. 一例로 姜信沆(1985)에 依하여 立證된
바와 같이 漢音 歌韻所屬字들을 'ㅓ'와 'ㅗ'로 表音한 것은 歌韻
所屬字 自體들의 異音이지 한글의 'ㅓ' 自體의 音價가 [ə]로부터
[ɔ]의 音域까지 걸쳐 實現된 것은 아니다.

(2) 母音體系
알타이諸語의 共通된 母音體系의 變遷은 口蓋體系에서 開閉體

系로의 變遷이다. 中世國語의 7單母音體系를 高低體系에서 口蓋
體系로 解釋한 것은 劃期的인 業績이었다. 그러나 古代國語 當時
漢字音 分析에 依한 結果는 古代國語의 母音體系가 口蓋體系가
아니라 開閉體系일 可能性이 높다고 한다. 이런 見解를 認定한다
면 국어의 口蓋體系는 古代國語(AD 800年頃) 以前으로 遡及하게
되는 問題가 있다.

重母音體系에서는 "兒童之言과 邊野之語에 간혹 있다"고 하는
合字解의 證言을 根據로 하여, 上昇二重母音 'jɨ'(ᅴ)의 存在를 方
言에서 確認하려는 作業이 이루어져 왔다. 筆者도 이런 作業의
一環으로 忠北, 京畿方言에서 語頭 長音節 '여ː'는 'jəː'와 'jɨː'로 隨
意變異를 가지는 것으로 擴大 解釋하여 'jɨː'音을 推定하여 보았다.
이같은 擴大 解釋의 可能性을 母音圖로 나타내 보이면 아래와
같다.

[그림30]

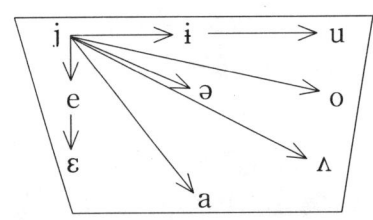

이 母音圖에서 보면, 副音 j가 上昇二重母音을 形成할 때, 斜線
上의 母音들과 結合하여 jə(여), jo(요), jʌ(ᅣ)를, 垂直線上의 母
音들과는 je(예), jɛ(얘)를, 水平線上의 母音 u와는 ju(유)를 形成
하므로 같은 水平線上의 母音 ɨ와 사이에 jɨ(ᅴ)를 形成하지 못할
音韻論的 理由가 없다.

下降二重母音 'ij'의 存在는 '이+이'의 音韻連結에서 뒤의 '이'가 副音 'j'로 되는 경우 앞의 '이'와 結合될 때 實現되는 것으로 理解한 것은 妥當하다고 본다.

(3) 母音混記

母音混記는 音價와 母音圖上의 位置가 서로 相近性이 있을 때 混記되는 것으로 보았다. 中世國語 段階에서 ① ·～ㅏ, ② ·～ㅡ, ③ ·～ㅗ, ④ ·～ㅓ, ⑤ ㅗ～ㅜ, ⑥ ㅏ～ㅓ, ⑦ ㅜ～ㅡ, ⑧ ㅗ～ㅡ 들의 各 母音 사이의 混記를 確認함으로써 相近性을 認定하고자 했다. 또 母音混記의 原因을 音韻環境과 關聯지어 說明하고자 했다.

(4) 母音調和

알타이諸語의 母音調和는 通時的으로 口蓋調和에서 開閉調和로 바뀌었는데 이는 母音體系와 合致를 이루는 것으로 理解된다. 그러나 中世國語 以來 국어의 母音調和는 母音體系와 合致되지 않은 特異한 體系를 이루는 것으로 理解되어 對角線體系를 云謂하게 되었지만 이는 正常的인 體系라 할 수 없다.

국어의 母音調和를 調和體系와 母音體系로 별도의 體系로 解釋할 것인지 아니면 合致되는 體系로 解釋할 것인지 問題다. 이들 두 體系의 關係를 아래 母音圖로 보인다.

[그림32] 母音體系와 母音調和의 相關圖

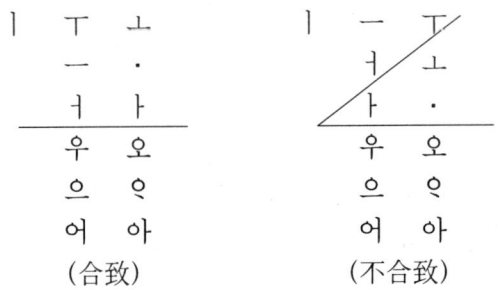

(合致)　　　　　　　(不合致)

從來 母音調和의 例外들을 崩壞過程의 한 方向으로만 說明하여 왔다. 그러나 最近에 새로 提起된 한 論文은 이 例外들을 生成, 崩壞 두 過程으로 보고 있다. 이 理論은 語尾, 助詞, 接尾辭들의 基本形을 陽性母音 單一形에서 出發된 것으로 보고 있는 경우에 限하여 成立되는 바, 무엇보다도 이들의 基本形이 陽性母音 單一形이었다는 確證이 보다 補强되어야 한다.

下降二重母音을 形成하는 副音 -j와 子音의 울림도(sonority)가 母音調和에 關與한다는 理論은 온당하다고 본다.

(5) 母音推移

국어의 母音推移 時期는 14世紀와 18世紀 兩說로 對立되어 있다. 그러나 數千年間 우리의 言語生活에 가장 많은 影響을 끼친 漢字音의 變遷過程을 考察할 때 古代國語 以來 母音推移는 없었던 것으로 볼 수 있다는 데 問題가 있다. 국어의 母音推移가 있었을 것을 認定한다고 하더라도 그것이 推進力과 牽引力 중 어느 것에 基因하는가 하는 문제가 있다.

(6) 6中聲(ㅟㅞㆊㆋㅙㅞ)의 漢字音 表音

訓民正音의 文字 制定은 보다 便利한 국어음 表記를 위함이지만 漢字音 表音의 目的도 있다. 本 論文은 이제까지 漢字音 表音에만 使用된 것으로 解釋하여 온 ㅟㅞㆊㆋㅙㅞ의 6中聲에 대한 漢字音 表音 實相을 알아보기 위하여 東國正韻을 爲始한 中世文獻에서 이들 母音이 어떻게 쓰이었으며 또 後期에 그 表記가 어떻게 變하였는가에 대하여 알아 본 結果 다음과 같은 사실을 指摘할 수 있다.

① 漢字表音에 使用된 글자의 보기를 일부만 보이면 다음과 같다.

1) ㅟ : 規 귕 (東國)　　　兄 휑 (洪武正譯)
　　　　隨 ·쉥 (석六)　　　袞 슁 (曲十三)
　　　　炊 칭 (字會下)　　　翠 취 (類合)
　　　　取 취 (石千)　　　雨 유 위 (朴通諺)

2) ㆋ : 局 궝 (東國)　　　見 견 (洪武正譯)
　　　　緣 원 (석六)　　　兄 휑 (曲四)
　　　　設 셯 쉉 (飜老)　　　川 쳔 쳔 (飜朴)
　　　　月 웛 워 (朴諺)　　　絹 권 권 (老諺)
　　　　設 셯 쉉 (老諺)

3) ㅞ : 圭 궹 (東國)　　　歲 솋 (석九)
　　　　彗 쮖 (曲六)　　　贅 췌 (字會)
　　　　萃 췌 (類合)

4) ㆊ : 洪武正韻譯訓과 四聲通解의 극소수의 俗音表記에 使用되고 있다. 예) 況 眖 황

5) ㅙ : ㅙ는 漢字音 表音에 使用된 例가 없다.

② ㆉ와 ㆌ는 국어음 表記에도 使用되었다. 예) 쇼+ㅣ→ᄉᆈ, 여ᄉᆔᆫ

③ 表記變化는 주로 ㆉ→ㅚ, ㆌ→ㅠ, ㆇ→ㅘ, ㆊ→ㅕ, ㆋ→ㅖ와 같이 나타난다.

④ 文字 表記法의 保守性이 얼마나 强한가를 절실히 느낄 수 있다.

Ⅱ. 국어 音長의 通時論的 考察

1. 序 言

본고는 통시론적 관점에서 후기 중세국어로부터 현대국어에 이르기까지의 순수 국어의 음장의 발달과정을 간략히 고찰하고 자 한다. 주지하는 바, 15세기 국어는 聲調言語(tone language)로 서 문헌기록에 일일이 사성점을 표시하여 음절의 높낮이를 표시 하고 있다. 이 방점 기록은 16세기말 교정청 편찬 서적인 소학언 해까지만 보이고 그 이후로는 찾아 볼 수 없게 된다. 소학 언해 의 방점표시는 심히 불규칙한 반면에[1], 15세기 초기 문헌인 용비 어천가의 방점 기록은 비교적 규칙적이라 할 수 있다.

그러므로 용비어천가의 방점 기록 상태와 소학언해의 그것을 서로 비교하여 보면, 저간의 성조의 변화를 짐작할 수 있다.

본고에서는 특히 순수 국어의 음장을 통시적으로 上聲과 관련 하에서 고찰하려 한다. 15세기 국어에서 평성·거성으로 표시되 었던 음절은 短音節로, 상성은 長音節로 오늘날 反映되고 있음은

---

* 본고는 1990년도 교내 연구조성비에 의해서 쓰인 보고 논문임.
1) 일례로 "밤"(栗)은 중세어로부터 장음을 가진 말인데도 소학언해의 방점표기 는 극심한 혼란상을 보여주는 바, 아래와 같은 표기가 보인다.
   과실은 비와 밤과 :대초와 :감만이오(小언六130).

익히 아는 바다.

2장에서는 이 같은 사실을 구체적으로 확인하는 방법으로써 용비어천가의 고유어 단어의 성조가 최후 잔존기인 소학언해(논어언해)의 시기를 거쳐서 현대어에 어떻게 반영되고 있는가를 간략히 살피게 된다. 특히 상성점과 현대국어의 장음과의 관계를 살피는데 주안점을 두게 된다.

우리가 잘 알고 있는 바와 같이 현대국어에서 장음은 단어의 첫 음절에 한하여 實現되고 있기에2) 중세국어에서도 단어의 첫 음절 성조에 관심을 집중하게 된다. 어간 구성별로 단어를 1음절·2음절·3음절로 구분하되, 각기 첫 음절의 성조를 平聲, 去聲, 上聲으로 구별하여 이들이 16세기 국어(소학언해) 혹은 현대국어에 음장상 어떤 반영을 나타내고 있는가를 파악하게 된다.

2. 성조의 현대국어에의 반영

우리의 현재의 관심은 상성과 현대국어의 장음과의 관련성이므로 상성의 통시적 발달과정에 주의하고자 한다. 이에 앞서 중세국어 성조의 성격을 일별해 보자. 중세국어의 성조는 구체적으로 무엇을 나타내고 있는 것일까? 이런 의문을 가져보는 것은 중세국어로부터 불과 500여 년이 지난 현대국어에서 우리는 성조를 의식하지 못하고 있기 때문이다. 오늘날 경상·함경·전라도 방언 話者들이 그들의 언어생활에서 고저를 나타내는 성조 意識을 가지고 있다 하더라도 이런 의식은 그 地域 태생이 아닌 타지역 화자들에게는 전혀 理解가 되지 않는 사실이다. 일례로

---

2) 남광우(1962), 김완진(1972), 김진우(1976), 이병근(1978)에서 구체적으로 논의되었다.

東南方言에서 '손'이라는 말을 높낮이에 의해서 의미를 변별하고 있다면 그 같은 사실은 타방언권 화자들에게는 전혀 이해가 되지 않는다. 또 오늘날 동남방언권에서 고저에 의한 의미변별을 하고 있는 것이 중세국어 성조의 반영이라 하더라도 그 지역에서 '눈'이란 말을 長短에 의하여 의미식별을 못한다면 그 原因이 어디에 있을까?3) 中部方言권에서는 장단의 구별에 의하여 의미를 식별하는 것이 중세국어의 상성의 반영이라 한다면, 왜 동남방언권에서는 중세국어로부터 반영된 고저만 존재하고 중부방언권에서는 장단만 의식하는지 그 이유를 우리는 밝힐 수가 없다. 또 같은 동남방언이라도 경남방언과 경북방언으로 하위구분할 때 경북방언권에서는 장단의 구별이 부분적으로 존재한다고 하는데4) 이처럼 현대국어에 있어서 방언에 따라 중세국어의 성조 반영이 서로 다르게 나타나고 있는 원인이 무엇인지를 우리는 밝힐 수가 없는 것이다.

한편, 중세국어의 성조의 기술은 국어에 대한 성조 설명이 아니라 漢字(中國語)에 대한 성조 풀이로서 국어성조의 실상과는 무관하다는 주장도 있다.5) 동남방언 연구자들에 의하면, 그들 방언에서는 중세국어 당시 평성은 높은 소리로, 거성은 낮은 소리로 나타나고 있는 현실이기에 중세 성조의 설명과 현대 동남방언의 고저와는 서로 상반되어 불일치하므로 이와 같은 주장을 하고 있는 것이다. 이같이 중세 성조에 대한 주장이 다르고 또

---

3) 허웅(1955)에는 경상도 학생(부산 경남여고) 36명을 상대로 하여 조사하여 본 결과, 말(言, 斗, 馬), 밤(夜, 栗), 눈(眼, 雪)들의 차이를 대부분 학생들이 고저로 인식하고 있다는 보고가 있다.

4) 김영만(1966)에는 경북지방에서, 예컨대, "돌"을 길게 소리내면 "石"의 뜻이 되고. 짧게 내면 "난뒤에 한 해씩 차서 돌아오는 그날"의 뜻이 되며, "斗, 馬"의 뜻을 가진 "말"은 짧고, "語"의 뜻을 가진 말은 길다고 했다.

5) 김영만(1972), 고금성조비교론-단음절어의 유형과 비교공식, 한글 149.

현재 세분된 각 下位方言에 따라 성조의 반영 양상이 차이를 보이는 것은 성조와 현대국어를 통시적으로 연결지어 설명하는데 어려움이 있다 하겠다.

성조와 음장과는 어떤 관련이 있는 것일까? 15세기 국어의 성조가 단지 고저의 tone만을 나타내는 것이었다면 그 당시 음장은 존재했던가? 음장이 존재했다면 그 음장을 나타내는 운율 단위는 무엇이었던가? 아니면 당시 언어에는 음장은 존재하지 않고 후대에 어느 시점에 이르러서 음장이 대두하게 되었는가? 이런 문제에 상도하게 될 때 우리는 쉽게 단정을 내릴 수가 없게 된다. 金完鎭교수도 이 점에 대하여 아래와 같이 언급하고 있다.

다만 한 가지 우리가 앞으로의 研究에서 念頭에 둘 것에, 現代國語의 緊張性體系가(그건 音長體系라 해도 좋다) 聲調體系 그 自體로부터의 發達인가 아니면 그 母體가 이미 中世國語에도 聲調體系와 어울려서 存在했던가를 究明하는 重要한 課業이 있음을 끝에 붙여둔다.[6]

우선 중세국어 당시 音長의 별도 존재 유무를 구명하기 위하여 당시 성조에 대하여 언급한 문헌을 다시 한번 음미해 보기로 한다.

첫째 훈민정음 언해에

왼녀긔 훈 點을 더으면 뭇 노푼 소리오 點이 둘히면 上聲이오 點이 업스면 平聲이오 入聲은 點 더우믄 훈 가지로디 샌ᄅ니라

---

6) 김완진(1972), 형태론적 현안의 음운론적 극복을 위하여-이른바 장모음의 경우, 동아문화 11.

이에 의하면 당시 우리말에는 평·상·거·입의 四聲이 있다. 평성은 가장 낮은 소리고 거성은 가장 높은 소리다. 상성은 처음이 낮고 나중이 높은 소리고 입성은 빠르다는 설명이다. 여기서 우리는 상성 설명에 주의하고자 하는데, 상성은 선저후고라야 하니 자연 발음시간이 다른 성조에 비하여 길어지게 되고 따라서 장음을 동반하게 되지 않나 생각한다.

둘째, 훈몽자회언해조에

믈읫글字音의노프며놋가오미다字ㅅ겨틔點이이시며업스며하며겨금으로보라믈사믈거시니놋가온소리옛字ᄂᆞᆫ平聲이니點이업고기리혀나죵들티ᄂᆞᆫ소리옛字ᄂᆞᆫ上聲이니點이둘히오곧고바ᄅᆞ노픈소리옛字ᄂᆞᆫ去聲이니點이ᄒᆞ나히오곧고ᄲᆞ론소리옛字ᄂᆞᆫ入聲이니點이ᄒᆞ나히라(하선필자주)

여기서도 상성을 "기리혀나죵들티ᄂᆞᆫ소리"라 하고 있으니 "기리혀"라는 말뜻은 소리를 낼 때 길게 끈다는 뜻이 되겠고, "들티ᄂᆞᆫ"이란 뜻은 소리 끝부분을 들어 올려서 높은 소리로 낸다는 뜻이다. 이 훈몽자회의 증언을 들어 우리는 상성을 장음성을 내포한 소리로 보고자 한다. 그래서 중세어 당시에는 上聲 속에 音長이 內包되어 있는 상태, 즉 상성에 음장이 並置되어 있는 상태로 보고자 한다. 이런 상태가 중세국어까지 지속되다가 성조가 소멸되면서 상성은 장음으로 발달하게 된 것이라 보아진다. 이 같은 주장을 합리적으로 설명할 수 있는 길은 중세문헌에서 상성을 지니던 음절이 현대국어에 이르러서는 거의 다 장음을 띠고 있는 사실을 그 증거로 들 수 있겠다. 이 점을 구체적으로 알아보기 위하여 중세국어 초기 대표적인 문헌 용비어천가와 성조의 최후 잔존기인 소학언해(논어언해) 속에서 상성을 유지하던 음절

이 현대어에 와서 長音을 실현하고 있는지 여부를 밝혀볼 필요
성이 있겠다.

우선 그에 앞서 우리가 한 가지 생각하여 볼 문제는 해례의
入聲에 관한 설명이다. 해례에서 입성을 "促急"이라 하여 음절
종성이 'ㄱ, ㄷ, ㅂ'으로 끝남을 이름이다. 그런데 이런 종성을 가
진 음절은 모두가 입성자인데, 그 중의 일부분은 평성·거성 또
는 상성과 같은 소리로 난다는 설명이다.(或似平聲如긷爲柱녑爲
脅或似上聲如:낟爲穀:깁爲繪或似去聲如·몯爲釘·입爲口之類)

즉 "긷, 녑"은 낮은 소리로, "몯, 입"은 높은 소리로, "낟, 깁"은
처음은 낮고 나중은 높은 소리로 각기 난다는 것이다. 여기서 석
연치 않은 것은 상성에 대한 설명이다.

상성에 음장이 동반하는 것이라 볼 때 그 소리를 入聲으로서
"促急"하기는 어려운 문제가 아닌가 한다. 왜냐하면 'ㄱ, ㄷ, ㅂ'
과 같은 받침(종성)은 內破(implosive)化되어 소리내는 시간이 짧
아질 수밖에 없는 것이 소리의 이치인데, 이 같은 받침을 가진
말을 상성으로 소리낼 때는 내파화와 동시에 음장을 동반해야
하니 자못 발음이 어려워진다고 본다.[7]

그러면 다시 본론으로 돌아가서 용비어천가 문헌에 나타나는
고유어들을 찾아서 소학언해(논어언해)의 그것들과 비교하여 보
고, 나아가 현대어 長音에 어떻게 반영되고 있는지를 조사하여
보겠다.

본고에서 이용한 중세문헌은 대제각 영인본을 기준으로 하였
고, 현대국어의 長音은 이희승, 「국어대사전」(희)과 남광우 외 2
인 공저인 「한국어표준발음사전」(남)을 참조하였다. 영인본이란

---

7) 하기야 현대어의 "깁, 낟"도 장음으로 처리되지만, 장음과 내파화가 동시에
  조음되기란 어려운 문제인가 한다.

대개의 경우 글자의 정확한 판독이 어려운데, 하물며 방점상태를 판독하기란 극히 어려운 노릇이다. 이 작업은 이런 불만을 가지고 이루어졌다.

고유어 단어의 분류방법은 단어들을 체언류와 용언류(형용사 포함)로 크게 2대별하고 각기 어간 音節數에 따라 1음절어·2음절어·3음절어로 구분하였다.

音韻規則이란 形態·統辭的 制約을 받는 경우가 있기에 위와 같은 분류를 하게 된다. 同一한 音韻連繫라도 形態素 및 單語의 境界가 介在하느냐 않느냐에 따라, 또 體言이냐 用言이냐에 따라 音韻規則을 달리하는 경우를 우리는 종종 만나게 된다. 일례로 現代國語에서 동사의 短母音化는 체언에는 적용되지 않는 규칙이다. 음절수별로 나누는 것도 어떤 음운현상은 첫음절에만 적용되고 어떤 음운현상은 語中 또는 語末에서만 적용되는 경우가 있기에 음절수 구별은 음운현상을 설명하는데 편의한 방법이 된다.

그러면 용비어천가, 소학언해(논어언해)의 방점이 현대국어의 長音과 어떤 관계가 있는지를 구체적으로 살피기로 하겠다. 인쇄의 편의를 기하기 위해 다음과 같은 약호를 쓰기로 한다.

> : 선후시대표시
a : 용비어천가 시대
b : 소학언해(논어언해) 시대
c : 현대국어
- : 장음절　　　v : 단음절
o : 평성　ʋ : 거성　ɯ : 상성[8]

---

8) 이숭녕(1966)에서 사용한 기호를 원용한 것이다.

국어대사전 : (희)
한국표준발음사전 : (남)

체언류, 용언류, 음절수별, 방점별에 따라 분류하기로 한다. 몇 단어씩만 예시하고 나머지 예들은 <부록>으로 뒤에 싣기로 하겠다.

2.1. 체언류
(1) 평성의 단음화(1음절)

① 갈ㅎ(刀, 용二十二)>칼
② 곶(花, 용二)>꽃
③ 글(文, 용七)>글
④ 길(道, 용十)>길
⑤ 우ㅎ(上, 용四十)>위 9)

이들 1음절 체언들은 중세어 당시 평성을 가진 말들로서 현대어에 일률적으로 단음으로 반사되고 있다. 이는 곧 평성의 현대어 반사형이 단음절이라는 것을 보여주고 있다. 다만 "우ㅎ"의 현대어 "위"가 사전이나 화자에 따라 장단의 차이를 보일 뿐이다.

(2) 평성의 단음화(2음절)

① 글발(文, 용二十六)>글월

---

9) 위(희)와 위(남)로 서로 다르다.

② 긔별(용三十五)>기별
③ 뫁채(鞭, 용六十三)>말채 10)
④ 일훔(名, 용十六)>이름 11)
⑤ 훃마(旣, 용四十二)>하마 12)

이들 체언들은 모두 2음절로 된 단어들인데, 각 단어들의 음절
의 성조는 평성을 띠고 있으며 이 평성 음절은 현대어에 단음절
로 규칙적으로 반사되고 있다. 이들 단어는 모두가 <용가>에 나
타나는 말들로서 <용가>는 평성의 단음절 반사가 보다 규칙적임
을 보여준다.

(3) 평성의 단음화(3음절)

① 기르마(鞍, 용五十八)>길마 13)
② 가마괴(鴉, 용八十六)>까마귀

3음절 체언으로서 제1음절이 평성인 것은 <용가>에는 2단어밖
에 찾아볼 수 없으나 평성의 단음절 반사는 변함이 없다.

(4) 거성의 단음화(1음절)

① 숨(夢, 용十三)>꿈
② 꾀(謀, 용三十一)>꾀

---

10) 말채(희), (남)에는 미등재.

11) 소학언해(二24)에는 일훔으로 되어 있다.

12) (희)에만 등재.

13) 음절 zero화에 의한 보상성 장음화를 외면한다.

③ 곧(所, 용二十六)>곳

④ 놈(他, 용二十)>남

⑤ 놈(者, 용六十四)>놈

⑥ 눈(眼, 용八十八)>눈

일음절 거성의 단음 반사형도 규칙적이다. 이는 1음절 평성과 그 궤를 같이하고 있다. 그러나 다음 (5)에서 보는 바와 같이 1음절 거성은 평성에 비하여 장음절로 반사되기도 한다.

(5) 거성의 장음화(1음절)

① 별(星, 용五十)>별 14)

② 움ㅎ(穴, 용五)>움

③ 온(백, 용五十八)>온(全) 15)

④ 중(憎, 용二十一)>중

(6) 거성의 단음화(2음절)

① ᄀᆞ물(부, 용二)>가물

② 가지(枝, 용七)>가지

③ ᄇᆞ얌(蛇, 용七)>뱀 16)

④ 번게(電, 용三十)>번개

⑤ 서리(間, 용三)>서리 17)

---

14) "별"(星)의 거성점은 기이한 예다.

15) 어의의 변화가 따른다.

16) 음절 탈락에 의한 장음화다.

2음절 체언의 제1음절 거성의 단음 반사도 규칙적이다. 그런데 위의 단어들에서 거성을 나타내고 있는 제1음절은 공통적으로 그 말음이 모음이나 혹은 'ㄴ, ㄹ'로 되어 있어 [+voice] 자질을 가지는 점이 특징이라 하겠다. 또, <용가>에서 찾아볼 수 있는 제1음절이 거성으로 된 3음절 체언은 다음 (7)에 예시한 단어들인데, 이들도 현대어에서 단음절로 반사되는데 변함이 없다.

(7) 거성의 단음화(3음절)

　① 므지개(虹, 용五十)>무지개
　② 스ㄱ볼(鄕, 용三十五)>시골

(8) 상성의 장음화(1음절)

　① ㄱ(邊, 용五)>가
　② 깁(帛, 소언一4)>깁
　③ 개(犬, 小言二7)>개
　④ 내ㅎ(川, 용二)>내
　⑤ 셜(歲, 小言六2)>설 18)

(9) 상성의 단음화(1음절)

　① 님(主, 용三十一)>임
　② 분(人, 용三十七)>분

---

17) 푸서리, 나무서리와 같은 말에서 잔영을 볼 수 있다.
18) 현대어에서 "元旦"의 뜻으로는 장음이고, 나이를 뜻하는 "살"은 단음이다.

③ 샨(獨, 용四十四)>뿐

상성 일음절 체언은 장음절로 반사되는 것이 절대적으로 위 (8)에 예시한 단어들이 그 실례다. 그러나 일부 단음절로 반영되는 특수한 예가 있다. 중세국어에서 상성이 표시되었던 1음절 체언 중 장음으로 반사되지 않는 명사로 "님 主(nìím)→임(im)" 또는 "임금(imkim)"과 "짓 姿(čìís)→짓(čis)" 2예를 이상억(1979)은 들고 있다. "임"은 현대어 반사가 단음이 확실하나, "짓"의 반사는 장단여부를 결정적으로 말하기가 어렵다고 하였다. 필자는 이들 2개 단어 외에 "분(人)", "샨(獨)"을 더 추가하여 지적하고자 한다. 사람을 나타내는 "분"(이분, 저분, 그분)과 형식명사나 접미사로 쓰이는 "뿐"(이뿐, 그뿐)은 중세국어에서는 항상 상성을 띠던 말들인데, 이들은 현대어에서 어김없이 단음절로 반사되고 있다.

(10) 상성의 장음화(2음절)

① 가치(龍, 용七)>까치
② 거즛(虛, 小언一13)>거짓
③ 냇ᄀ(川邊, 小언五25)>냇가
④ 링어(鯉, 小언六22)>잉어
⑤ 천량(財物, 小언六47)>천량 19)

(11) 상성의 단음화(2음절)

---

19) 천량(희), 천량(남)으로 서로 음장이 다르다.

① 셔븒(京, 용十八)>서울

② 왼녁(左, 小언二2)>왼녁

③ 잠깐(乍, 논언三81)>잠깐

* "논언"의 P는 영인본의 P임. 이하 같음.

(12) 상성의 장음화(3음절)

① 기지게(伸, 小언二7)>기지게
② 양짓믈(漱, 小언二2)>양치믈 20)

2음절·3음절 체언의 제1음절 상성이 현대어에서 장음절로 반사되는 것도 절대적으로 우세하다. 다만 2음절인 경우에는 (11)에 예시한 바와 같이 극히 미력하나마 단음절로 반사되기도 한다. 현대어에서는 "서울"을 "서울"로 발음하여 단음절로 발음하는 것을 표준으로 삼고 있으나 언중들 사이에는 장음절로 발음하는 경우도 흔히 있는데, 이는 중세어 당시 상성의 영향이라고 하겠다.

제1음절이 상성인 3음절 체언은 <용가>에는 보이지 않고 <小언>에서 "기지게"와 "양짓믈" 2단어를 찾을 수가 있었다.

2.2. 용언류
(1) 평성의 단음화(1음절)

① 굳다(固, 용十九)>굳다

---

20) 양치(희), 양치(남)로 서로 음장이 다르다.

② 겄다(折, 용三十六)>꺾다

③ 녹다(伴, 용二十)>녹다

④ 녈다(淺, 용二十)>옅다

⑤ 닞다(忘, 용二十一)>잊다

⑥ 닙다(着, 용二十五)>입다

평성 1음절 용언 어간의 단음절 반사는 규칙적이어서 특기할 것이 없다. <용가>에 나타나는 32개 용언이 모두 이 같은 반사형으로 나타나고 있다.

(2) 평성의 단음화(2음절)

① 올히다(分, 용八)>가리다

② 고티다(改, 용七十三)>고치다

③ 거슬다(逆, 용百十五)>거슬다

④ 계우다(不勝, 용九十)>게우다

⑤ 모르다(不知, 용六十)>모르다 21)

평성 2음절 어간도 1음절 어간과 다를 바 없다. <용가>에 보이는 28개 용언이 모두 단음절로 반사되고 있다. 다만 "모르다>모르다" 변천과정에서 현대어의 "모르다"가 사전과 화자에 따라 장단이 유동적일 뿐이다.

(3) 거성의 단음화(1음절)

---

21) 모르다(희), 모르다(남)로 서로 다르다.

① ᄀᆞᆯ다(改, 용八十五)>갈다

② 나다(出, 용二十九)>나다

③ 들다(入, 용三十三)>들다

④ 디다(墜, 용三十六)>지다

⑤ 쏘다(射, 용三十六)>쏘다 22)

(4) 거성의 단음화(2음절)

① ᄇᆞ리다(使, 용十九·四十四)>부리다

② 치혀다(挈, 용八十七)>치키다

(5) 거성의 장음화

① 그리다(圖, 용四十六)>그리다

② 그리다(思, 용五十)>그리다

거성 1·2음절의 단음절 반사도 규칙적이어서 <용가>에서 예
외는 거의 찾아 볼 수 없다. 오직 "그리다"(思, 圖)만이 장음절로
반사될 뿐이다.

(6) 상성의 장음화(1음절)

① ᄢᅦ다(貫, 용二十三·四十三·五十)>꿰다

② 길다(長, 小언三20)>길다

---

22) 쏘다(희), 쏘다(남)로 서로 다르다.

③ 깁다(補, 小언二42)>깁다

④ 쉬다(饐, 小언三25)>쉬다 23)

⑤ 외니(誤, 용百七)>외다 24)

상성 1음절 어간은 장음절로 규칙적으로 반사되는데, 다만 중세어에서 "誤"의 뜻 "외다"는 상성으로서 현대어 반사형이 장음절로 되는 것이 합당하다.

그런데 사전 (희)에는 단음절로 처리하고 있음은 재고되어야 할 것 같다. "訟"의 뜻 현대어 "외다"가 장음절이므로 이와 의미 상충을 피하기 위하여 장단을 달리 처리한 것인지 모르겠으나 필자에게는 현대에서는 둘 다 장음절로 발음되는 것 같다.

(7) 상성의 장음화(2음절)

① 꺼리다(憚, 용十五)>꺼리다

② 겨시다(留, 용二十六)>계시다

③ 놀라다(驚, 용四十四)>놀라다

④ 노니다(遊, 용五十二)>노니다

상성 2음절 어간의 장음 반사도 규칙적이다. 그런데, 장음절로 반사되는 음절 말음은 거의가 [+voice] 자질을 가지고 있으며 몇몇 단어에 한하여 예외적으로 'ㅅ, ㄷ'말음을 가질 뿐이다.

(8) 상성의 단음화(2음절)

---

23) "목이 쉬다"(啞)의 "쉬다"는 단음이다 : 목쉬여 죽ᄂᆞ니리(痘上, 41).

24) (희)에는 외다(誤)와 외다(訟)로 구분하고 있다.

① 베프다(施, 논언一15)>베풀다

(9) 상성의 단음화(3음절)

① 엇더ᄒ다(何如, 용二十八・九十・六十五・七十二・八十二)>어떠
하다
② 혜아리다(測, 小언三12)>헤아리다, 헤아리다

상성 3음절 어간의 제1음절은 장음절 반사 규칙에 어긋나는
것 같다. 이 같은 현상은 다음절화되면서 발음상 장음을 유지하
기가 어렵기 때문인가 한다. 일례로 중세어 "엇더ᄒ다"는 항상
제1음절이 상성으로 나타나는데, 이의 현대어 반사형은 단음절로
되고 만다.

2.3. 부사류
(1) 평거성의 단음화

① 또(又, 용九)>또(논언一7)>또(희)
② 니기(習, 용五十九)>익히
③ 부러(故, 용六十四)>부러
④ 비록(輪, 용二十九)>비록
⑤ ᄒ마(旣, 용四十二)>하마(희)
⑥ ᄒ믈며(況, 용百二十一)>하물며
⑦ ᄒ여곰(使, 논언二48)>하여금
ᄒ여곰(使, 논언三78)>하여금
⑧ 넌즈시(용八十七)>넌지시

(2) 상성의 장음화

① 내‧내(용十六)>내‧내 25)

② 다(全, 용十一)>‧다

③ 몯(非, 용四十一)>‧못

④ 다‧문(只, 小언六115)>‧다만

지금까지 분류한 단어들을 기준으로 아래와 같은 표를 만들어
보기로 한다.

<표2> 어간 첫음절 성조와 장단 반영 누계표

성조	체언류				용언류			
	어간첫음절 (중세어)		장단 (현대어)		어간첫음절 (중세어)		장단 (현대어)	
	음절수	빈도수	장	단	음절수	빈도수	장	단
평성	1	18		18	1	32	1	31
	2	37		37	2	29	1	28
	3	2		2	3	0	0	0
	계	57		57	계	61	2	59
거성	1	24	4	20	1	13		13
	2	9		9	2	4	2	2
	3	4		4	3	0	0	0
	계	37	4	33	계	17	2	15
상성	1	29	26	3	1	46	46	
	2	16	13	3	2	19	18	1
	3	2	2		3	2		2
	계	47	41	6	계	67	64	3
	누계	141	45	96	누계	145	68	77

---

25) (희)에는 "내내 안녕히 계십시오"로 예시되고 있다.

이 누계표가 보여주는 바와 같이 총단어 286개를 살펴본 결과, 체언류 141개 단어 가운데 중세어에서 평성점을 가졌던 57개 단어가 음절수에 관계없이 모두 현대국어에 短音節로 반영되고 있다. 거성점을 가졌던 37개 단어도 4개 단어만 長音節로 반영될 뿐이고 33개 단어는 모두 단음절로 반영되고 있다.

이같이 평성과 거성은 현대어에서 短音節로 반영된다는 사실을 확인하게 된다. 그런가 하면 상성점을 가졌던 47개 단어 중 41개 단어가 장음절로 반영되고 있어 상성의 장음절화는 절대적이라 하겠다.

용언류도 총 145개 단어에서 61개 평성점 단어 중 59개 어가 短音節로 반영되고 있어서 평성의 단음절화가 체언의 경우와 같이 절대적이다. 거성도 17개 단어 중 15개 어가 단음절로 반영되고 있어 거성의 단음절화가 절대적이다. 반면에 상성점 67개 단어 중 64개어가 장음절로 반영되고 있어 역시 상성의 장음절화가 절대적이다.

이상 체언류·용언류 공히 같은 현상으로서 평·거성의 단음절화와 상성점의 장음절화를 다시 확인하게 되는 바, 상성의 음장의 상관성을 강조할 수 있겠다.

다음에는 상성으로부터 長音 발달과정을 통시적으로 보여주고 있는 사실을, -용비어천가시기로부터 소학언해(논어언해)시기로, 소학언해(논어언해)시기로부터 현대국어로의 발달과정을- 구체적 예문을 들어가며 고찰해 보기로 한다.

① a. ᄀᆞᆺ(邊, 용五)>b. ᄀᆞᆮ(ᄀᆞ)(小언三20)>c. 가(희)

a. 漆沮ㄱ ᄀᆞᆺ앳움흘後聖이 니ᄅᆞ시니…

b. 눗치언비곤ᄒᆞ야 ᄀᆞ이 업서 하ᄂᆞᆲ복경을 받ᄌᆞ오리라.

c. 하늘은 가가 없다.

② a. ᄭᅥ리다(憚, 용十五)>b. ᄭᅥ리다(小언五9)>c. 꺼리다(희)

　a. 陽子江南올 ᄭᅥ리샤 使者롤 보내신달…

　b. 能히뉘욷츠며쏘고팀을ᄭᅥ리디아니ᄒᆞ면…

　c. 그는 씨름하기를 꺼린다.

③ a. 겨시다(용二十六)>b. 겨시다(논언一31)>c. 계시다(희)

　a. 가샴겨샤매오놀다ᄅᆞ리잇가.

　b. 子ᄌᆞ ㅣ 陳딘에겨샤롤ᄋᆞ샤디…

　c. 할아버지께서 방에 계신다.

④ a. 님금(王, 용十六)>b. 님금(논언一8)>c. 임금(희)

　a. 올모려님금오시며姓롤희야員이오니…

　b. 님금을셤교디能히그몸을致티ᄒᆞ며…

　c. 옛날에 한 임금님이 살고 계셨습니다.

⑤ a. 내다(出, 용三十七)>b. 내다(논언一25)>c. 내다(희)

　a. ᄭᅥ딘ᄆᆞ롤하놀히내시니.

　b. 子ᄌᆞ ㅣ 굴·ᄋᆞ샤디古고者샤애말슴을내디아니홈은…

　c. 헛소문을 내지 말아라.

⑥ a. 말ᄊᆞᆷ(語, 용十三)>b. 말슴(논언二57)>c. 말씀(희)

　a. 말ᄊᆞᄆᆞᆯ술ᄫᅵ리하되…

b. 그 말ᄉᆞᆷ이 足죡디 몯혼 者쟈 ᄀᆞᆮ더시다.

c. 성현 말씀을 읽고 깨우침이 많았다.

이외도 아래와 같은 예들을 찾아 볼 수 있다. 예문은 생략하기
로 한다.

① a. 낱(個, 용四十七)>b. 낟(小언五94)>c. 낱(희)

② a. 녜(昔, 용五十一)>b. 녯(논언一19)>c. 예(희)

③ a. 뒤(後, 용二十八)>b. 뒤(小언二3, 논언二52)>c. 뒤

④ a. 두(二, 용二十六)>b. 두(논언二50)>c. 두

⑤ a. 벋(友, 용九十)>b. 벋(논언一)>c. 벗

⑥ a. 사ᄅᆞᆷ(人, 용十五)>b. 사ᄅᆞᆷ(논언一7)>c. 사람

⑦ a. 세(三, 용三十六)>b. 세(논언一7)>c. 세

⑧ a. 새(鳥, 용六)>b. 새(논언二46)>c. 새

⑨ a. 일(事, 용一)>b. 일(논언一8)>c. 일

⑩ a. 둏다(好, 용二)>b. 둏다(논언一10)>c. 좋다

⑪ a. 디내다(過, 용四十八)>b. 디나다(논언二51)>c. 지나다 26)

⑫ a. 돕다(助, 용五十五)>b. 돕다(小언二65)> c. 돕다

⑬ a. 묻다(問, 용六十二)>b. 묻다(논언一12)> c. 묻다

⑭ a. 몯ᄒᆞ다(不爲, 용十二)>b. 몯ᄒᆞ다(논언一7)>c. 못하다

⑮ a. 멀다(遠, 용四十七)>b. 멀다(논언二44)>c. 멀다

⑯ a. 뫼시다(陪, 용百九)>b. 뫼시다(논언二60)>c.뫼시다 27)

⑰ a. 살다(生, 용二十五)>b. 살다(논언三74)>c. 살다

---

26) 지나다(희)와 지나다(남)로 서로 다르다.

27) (남)에는 미등재.

⑱ a. 웃다(笑, 용十六)>b. 웃다(小언二10)>c. 웃다 28)

⑲ a. 없다(無, 용二十)>b. 없다(논언一10)>c. 없다

⑳ a. 얻다(得, 용二十七)>b. 얻다(논언一18)>c. 얻다

㉑ a. 울다(泣, 용三十七)>b. 울다(小언二2)>c. 울다

㉒ a. 알다(知, 용三十五)>b. 알다(논언一7)>c. 알다

㉓ a. 외다(誤, 용百七)>b. 외다(小언三18)>c. 외다

이상 중세성조로부터 현대어로의 발달 과정을 음장과 관련하여 체언류·용언류별로 살펴보았다.

본장을 마감하면서 부사어의 음장발달 경향은 어떠한가 하는 문제를 생각하여 볼 때, 상기 중세문헌에서 빈번히 출현하는 부사어의 종류는 10여 단어에 달하는 바, 이들 부사들도 앞에 제시되어 있는 바와 같이 그 발달 경향은 체언류·용언류와 동궤라고 할 수 있겠다. 특히 중세 부사어 "다, 못, 다믄"과 같은 말은 제1음절에 항상 상성을 유지했던 단어로서 오늘날 長音의 실현을 보여주고 있는 대표적인 말이라고 할 수 있겠다.

3. 중세국어의 音長

본장에서는 현대국어의 長音과 관련하여 중세국어에는 음장실현 양상이 어떠하였는가 하는 문제를 몇 가지 다루고자 한다. 파생복합어의 음장, 제2음절 이하의 長音의 가능성, 단모음화와 장모음화의 실현 양상, 변칙용언과 음장, 被使他動詞와 음장 등에 관한 문제들을 피상적으로 고찰하고자 한다.

---

28) 웃다(희)와 웃다(남)로 서로 다르다.

3.1 파생복합어의 음장

용비어천가와 소학언해(논어언해)에 출연하는 파생복합어에 상
당하는 단어는 그 수가 적기 때문에 이에 대한 음장의 기술은
어려운 문제이나 아래와 같은 단어들을 기준으로 하여 그 면모
를 규지하고자 한다.

(1) 내내(용六)
    나암나암(小언四7)
    냇ᄀ(小언五25)
    목숨(용五十一)
    밀믈(용六十六)
    아바닚(용九十)
    디내샤(용四十七)

우리는 본고에서 중세 상성은 음장을 내재하는 것이라 보았기
에 위에 열거한 파생복합어에서 제2음절 이하에 있는 상성음절
을 長音節로 해석할 것이냐 아니면 短音節로 볼 것이냐 하는 것
이 문제겠다. 현대어의 長音실현은 원칙적으로 단어의 제1음절에
서만 가능한 것으로 보는데, 중세어에서도 그 사정은 같은 것이
었을까? 아니면 현대어와는 달리 중세어는 제2음절 이하에서도
長音실현이 가능했다고 볼 수 있는가가 문제다.

이와 관련된 문제로서 현대어의 한 견해를 보자. 박주경(1985)
은 현대어에서 "큰마누라, 함박눈, 맨나중, 헌계집, 숨쉬다, 건져
내다, 요사떨다, 한숨쉬다"와 같은 파생복합어의 長音기준형을 제

시하고 있다.29)

또 이현복(1982)은 파생복합어를 두 개 이상의 말토막 단위로 구분하여 하나의 말토막 내에서는 제1음절에 한하여 장음이 실현된다고 보아 "군밤, 반대말" 들과 같이 1개 복합어 내에 음장이 2개 이상 존재할 수 있다고 생각한다.

이런 주장이 허용된다면, 위에 제시된 중세어 파생복합어들도 1개 복합어 내에 2개 이상 長音이 실현되는 것으로 해석될 것이다.

또, 長音과 관련하여 현대국어에서 구(phrase)와 句形複合語 (phrasal complex)는 서로 상이한 음운 행위를 실현하고 있다. 예컨대, "사람"이란 단어는 제1음절에 長音이 얹히는 단어다. 이 "사람"이란 單一語에 "작은"이란 말을 冠하여 "작은 사람"이란 음연계가 이루어지면, 이는 "작은 사람"과 "작은 사̌람"과 같이 2가지로 실현된다. "사람"에 얹혀진 본래의 [+long] 資質을 취하면 句를 이루어서 그 의미하는 바는 "키가 작다"는 뜻이 되고, [-long]자질을 취하면 "之次"의 의미를 갖는 복합어로 간주된다.

---

29) 문교부 표준말안(1979)에는
　　1) 홑낱말에서 긴소리는 첫음절에서만 날 수 있고, 둘째 음절 이하에서는 나지 않는다.
　　2) 복합어 및 파생어의 경우
　　　가. 홑낱말(두 음절 이상)에 홑음절말 또는 접미사가 어울려서 된 말은 홑낱말 때 지녔던 긴 소리를 그대로 냄이 원칙이나 접미사는 긴소리로 나지 않는다.
　　　나. 홑음절말(또는 접두사)에 홑낱말이 어울려서 된 말은, 홑낱말 때 지녔던 긴소리를 그대로 냄이 원칙이다.
　　　다. 앞말과 뒷말이 각각 두 음절 이상으로 된 말은, 홑낱말 때 지녔던 긴소리를 그대로 냄이 원칙이다.

3.2 제2음절 이하의 長音의 가능성

전항 1에서는 파생복합어를 중심으로 하여 제2음절 이하의 長音의 가능성을 고찰하였다. 본항에서는 單一語내에서의 제2음절 이하 長音의 가능성을 살피고자 한다. 주29)에 제시된 문교부 표준말 안에 의거할 때, 현대어에서는 단일어의 長音은 원칙적으로 제1음절에 한하여 실현된다 하겠다. 그런데 (남)에는

(2) 까우듬하다 간간짭짤하다

깐깐하다 꾸준하다

너붓하다 녹신하다

야긋야긋하다

달콤히 뜨뜻이 미지근히

반듯이 몽개몽개 발기발기

야금야금 …

등과 같이 주로 "하다" 따위 용언이나 "이" 접미사 첨가 부사형들에서 제2음절 이하에 장음실현이 가능한 것으로 되어 있는 바, 이들은 문교부 표준말안에 의거할 때 인정할 수 없게 되고, 다만 정서적 표현의 장음실현으로만 해석해야 될 것이다.

그런데, 중세문헌에는 어떠한 상황인가를 살펴보기로 하자.

(3) ᄀᆞ옴알다 기리혀믈

막대 시려곰 30)

구챠히 극진히
삼가다 소리
임의 31) 호여금 32)
아쳐ᄒ다

이상 예시한 단어들의 제2음절 이하의 상성점은 長音 실현으로 보아야 할 것이다. 특히 "막대"의 제2음절은 장음절이 틀림없어 보이고 "임의"는 중세어 당시에는 제2음절에 음장이 실현되던 것인데, 현대어에 이르러서는 제1음절 장음화 강화 경향에 따라 제1음절로 長音이 轉移되어 "이미"로 된 것이라 상정해 본다. 현대어에도 이같은 경향을 생각해 볼 수 있는데, 예컨대 "군밤→군밤, 작은별→작은별, 맨뒤→맨뒤, 들숨→들숨, 날숨→날숨, 시외가→시외가" 들의 말도 같은 맥락에서 제1음절에 장음화가 실현된 것이라 생각한다.

우리의 이 같은 가정이 성립된다면 중세국어의 長音 실현은 현대어와는 달리 제2음절 이하에서도 어느 정도 가능했던 것으로 된다.

지금까지 우리는 본고에서 단어 차원의 음장을 고찰하여 왔다. 이제 잠시 문장 차원으로 확대하여 음장 문제를 생각해 보기로 하자, 우리는 소학언해를 읽어가다 보면 아래와 같은 문장을 만나게 된다.

---

30) 시러곰(小언六66)과 같이 거성을 가지기도 한다.

31) 현대어에서 이미(희)와 이미(남)로 음장을 달리 보고 있다.

32) "호여곰(小언六52), 호여곰(논언三78)"과 같은 이양표기도 보인다.

너·를:말:해:말라:경:계·ᄒ노·니:말:함·이모·돈의·끠ᄂᆞᆫ·배라

(戒爾勿多言多言衆所忌, 小언五.22)

이 문장을 상성점이 찍힌 단어만을 장음부호로 바꾸어 보면, 아래와 같게 된다.

너를말해말라경계ᄒ노니말함이모돈의끠ᄂᆞᆫ배라

만일 이 문장에서 단어의 음장을 있는 그대로 살려서 발화한 다면 듣기에 매우 어색한 표현이 된다. 중세 당시 사람들이 이 같은 어색한 표현을 했으리라 믿어지지 않는다. 위와 같은 기록 은 통사상 기초적인 기술에 불과하다. 이런 문제는 현대국어에서 도 사정은 마찬가지다.[33] 상기한 소학언해의 문장은 음운차원에 서 단어 레벨의 음장을 나타낸 것이다. 발화차원은 언중들의 일 상 언어활동으로서 자연스러운 표현이 돼야 한다. 발화시 1개의 문장을 몇 개의 氣息群(Breath Group=B.G)으로 나누느냐에 따라 그 문장을 구성하는 단어의 장음이 다르게 나타나는데, 예컨데 "돈이 남는다"라는 간단한 문장을 2개의 기식군으로 發話하면, [돈이] BG[남는다]와 같이 장음이 실현되고, 하나의 氣息群으로 발화하면 [돈이 남는다]와 같이 되어 장음 실현이 서로 달라진다. 기식군의 구별은 發話者의 임의에 따라 유동적이며 하나의 기식 군은 첫음절에 한하여 長音實現이 가능하다. 이제 우리가 앞에서

---

33) 이병근(1986)에는 아래와 같이 예시하고 있다.

  통사적 차원 : 화가+가 그림+을 그리+은+다.

  음운적 차원 : 화가가 그림을 그린다.

  발화적 차원 : [화가가] BG[그림을 그린다]. [화가가 그림을 그린다].

인용한 소학언해의 문장을 발화차원에서 몇 개의 기식군으로 구별해서 단어의 장음을 실현하는 것이 자연스러운가를 생각해 보자. 우선 가능한 발화상황을 몇 가지 상정해 보기로 한다.

    A. [너를BG[말]BG[해말라]BG[경계ᄒ노니]BG[말함이]BG[모
        돈의]BG[ᄢᅵ는배라]
    B. [너를]BG[말해말라]BG[경계ᄒ노니]BG[말함이]BG[모돈의
        ᄢᅵ는배라]
    C. [너를]BG[말해말라경계ᄒ노니]BG[말함이모돈의ᄢᅵ는배라]

    일반적으로 수식언과 피수식언은 동일한 기식군을 이루는 것이 자연스럽기에 위와 같은 기식군 양상을 상정하여 보았다. 물론 이와 다른 기식군을 상정할 수도 있겠으나 만약에 [말해]BG[말라]와 같은 기식단위를 설정한다면, 이것은 매우 부자연스러운 형식이 될 것이다. 위의 문장에서 [너를]을 항상 독립된 기식군으로 설정한 의도는 이 어절이 훨씬 뒤에 있는 어절[경계ᄒ노니]에 연결된다고 보았기 때문이다. 이 두 어절 사이에 [말해말라]의 문장이 게재되어 있기에 일단 [너를]이라는 어절을 띄어 읽도록 기식군을 설정하는 것이 보다 자연스럽게 생각된다.[34]
    발화시 템포의 빠르기에 따라 기식군은 줄어드는데 어느 정도의 템포로, 어느 정도의 기식군을 유지하면서 발화하는 것이 자연스러우냐 하는 문제는 발화상황에 따라 다르겠다. 우리의 생각으로는 위의 문장을 B정도의 기식군을 유지하면서 발화하는 것이 자연스럽지 않나 한다. 아무튼 우리는 중세 언해문을 읽을 때 문장에 따라 적절한 기식군을 설정해서 자연스럽게 읽을 수 있

---

34) 현대어에서도 이런 경우에는 문장부호(,)를 쳐서 구별한다.

어야 하겠다.

3.3 중세국어의 장단모음화

중세국어에도 장단모음화가 존재했던가? 현대어와 비교하면서 중세의 장단모음화의 일면을 살피기로 한다. 우선 먼저 단모음화 부터 일별키로 한다.

(4) 알고녀(논언二44)
    알꺼시니(논언一15)
    아논(논언三79)
    아디(논언一7)
    알면(논언二44)
    아ᄅᆞ시더니라(논언二44)
    아라(논언一8)

여기 예시한 "알다(知)" 동사는 중세어에서 항상 상성을 유지하였고, 현대어에서는 장음을 실현하고 있다. 우리는 상성은 곧 음장을 내포한 것으로 본 이상, 중세어에서도 "알다"는 장음을 가지고 있었다고 생각한다. 그렇다면 중세어 "알다"는 후속접속어미에 따라 장음의 변동을 보여 주었던가? 현대어에서는 "알고, 알아"와 같이 후속접속어미가 모음으로 시작될 때 장음이 상실되고 만다. 그러나, 중세어 "알다"는 위에서 보는 바와 같이 접속어미가 모음으로 연결됨에도 불구하고 "아ᄅᆞ시더니라"는 음장을 유지하고, "아라"는 음장을 상실하여 서로 다르게 나타난다. 이 현상을 어떻게 해석할 것인가가 문제다. 참고로 현대국어의 단음화

동사를 몇 개 더 들어보자.

(5) 갈다(磨) 안다(抱) 걷다(步)

　　갈고　　안고　　걷고

　　가는　　안는　　걷는

　　갈지　　안지　　걷지

　　갈면　　안으면　걸으면

　　갈아　　안아　　걸어

이처럼 현대어에서는 장음을 가진 용언 어간이 접속어미 여하에 따라 장음이 변동한다. 즉 모음접속어미가 올 때는 장음이 상실되고 만다.35) 물론 현대어에서도 일부 소수의 용언은 이런 단모음화를 모르지만 이 단모음화 규칙은 수용할 수밖에 없다.36)

　(4)에서와 같이 중세국어 당시 단모음화가 유동적인 예를 더 들어보자.

(6) 멀다(遠)　　　　　　　일다(成)

　　머냐(논언二44)　　　　일거든(논언三70)

　　머르실씨(용七十五)　　이나

　　머르시니이다(용八十一)　이르시릴씨(용六十六)

　　　　　　　　　　　　　　일우시니(용七十六)

---

35) 이병근(1975)은 이 단모음화규칙을 다음과 같이 설정하고 있다.
　　규칙1. V[-long]/ **[X-+VX] Verb

36) 단모음화를 모르는 현대어 용언은 "굵다, 없다, 엷다, 적다…"와 같은 용언들이다.

(6)의 예도 (4)와 같이 모음접속어미가 올 때 음장이 유보되기
도 하고 상실되기도 함을 보여준다. 더욱이 동일문헌인 용비어천
가에서 "머르실씨~머르시이다, 이르시릴씨~일우시니"들과 같이
모음접속어미가 올 때 어간의 음장을 달리 표현하고 있음을 볼
때, 적어도 후기 중세국어에는 아직 단모음화규칙이 확립된 것이
아니었던가 한다. 이 단모음화의 확정시기를 밝히는 문제는 중세
이후의 문헌을 광범위하게 고찰함으로써 규명될 성질이라 본다.

현대 단모음화는 용언에 한한 규칙이므로 체언의 곡용은 아래
에서처럼 단모음화를 모른다.

(7) 감(柿) 밤(栗) 발(廉) 윷(柶)

감도   밤도   발도   윷도

감이   밤이   발이   윷이

그런데, 중세어 체언의 곡용은 어떠한가? 용비어천가에 출현하
는 예를 아래에 열거해 보자

(8) 십-시미(二)   내ㅎ(邊)-내히(二)

     ᄋᆨ-ᄋᆨ쇠(六)   말(言)-마리(十八)

     분(分)-부니(三十七)   빋(友)-버디(九十)

     님(主)-니미(三十一)   새별(辰星)-새벼리(百一)

     님금(王)-님그미(四十九)   낱(個)-나태(四十七)

     녜(背)-녜와(五十一)

여기서 보는 바와 같이 상성(음장)점을 가진 체언들이 모음접속어미가 연결되는 경우에 그 상성에는 조금도 동요가 없다. 이는 곧 현대국어체언이 단모음화를 모르는 것처럼 중세국어 체언도 사정은 동일한 것이었음을 증거하는 것이라 본다.

이상 중세국어의 단모음화에 대한 고찰을 간단히 마치고 다음에는 장음화와 관련된 사항을 살피기로 한다. 주지하는 바, 현대국어의 장음화는 w-glide化와 y-glide化에 의하여 隨意的으로 報償的 長母音化로 나타나는데,[37] 중세국어 동사 "두다(置), 주다(與), 보다(見), 쏘다(射), 호다(逢), 꼬다(繩), 끼다(挾), 시다(有), 이다(戴)" 들도 어/아 활용어미와 연결될 때, glide化하는 정보를 얻기가 매우 어렵지마는 다음과 같은 예문을 찾아볼 수 있다.

시다(有)
殘廢호ᄀ올힌여ᄉ술기셔말ᄒ고빈ᄆ술힌버미셔두토놋다(廢邑狐狸語空村虎豹爭) - 杜初二十三4(필자 하선주)
이다(戴)
누눌옛ᄂᆞᆺᄒ니(戴雪) - 杜初十八10(필자 하선주)

밑줄 친 용언은 확실히 y-glide를 보여 주지만 불행히도 방점상태를 확인할 수가 없어 그 음장여부를 밝힐 수가 없다. 그러나 존칭을 지칭하는 '시'는 "샤"(시+아)로 glide化가 되고 성조는 예외없이 거성을 유지하는 것(예 : 그리샤, 거스리샤, 나샤, 가샤, 노ᄒ샤, ᄃ리샤, 띄샤)으로 보아 glide化에 의한 報償的 長音化는

---

37) w-glide化를 실현하는 용언들은 "꾸다(夢), 두나(置), 누다(尿), 추다(舞), 보다(見)" 들로 어간이 '오, 우'인 1음절 어간 용언들이고, y-glide化를 실현하는 용언들은 "기다(浦), 끼다(挾), 띠다(帶), 피다(發), 이다(戴)" 들로 어간이 '이' 모음으로 된 1음절 어간이다.

어려워 보인다. 물론 이때의 "샤"가 제1음절의 위치가 아니라는
문제는 있지만, 이미 "아"가 거성이어서 glide한 "샤"는 거성으로
실현되는 것 같다. 이렇게 볼 때, 윗 예문에 나타나는 "시다"(有)
용언의 y-glide化인 "셔"는 "시+어"에 의한 것이기에 거성을 띨
가능성이 짙다. 이런 해석이 타당하다면, 제1음절에서의 y-glide
화 "셔"는 음장을 가질 가능성이 희박하다. 아무튼 현재로서는
glide化에 의한 보상적 장모음화가 중세국어 당시에는 어떠하였
던가 하는 문제는 숙제로 남길 수밖에 없겠다.

3.4 모음축약과 장모음

음절축약에 의한 장모음화는 어떠하였는가? 현대국어에서는
형태소를 경계로한 모음탈락이나 glide化는 모두 非音節化로 長
音交替에 아무런 영향을 미치지 못한다. 그러나 동일형태소 내에
서의 음절축약은 보상적 장음화를 실현한다. "마음→맘, 처음→
첨, 가을→갈, 마을→말, 싸움→쌈" 같은 예들이 그 예다. 그러면
중세국어의 사정은 어떠했을까? "막다히→막대, 즉자히→즉재, 가
히→개" 같은 예를 볼 때 음절축약에 의한 장음화현상이 현대어
와 동일하게 나타나는 것으로 생각할 수 있다. 그러나 한편 "기
르마→길마, 거우루→거울" 같은 예는 장음화를 실현하지 않으니
우리의 판단을 어렵게 한다. 보다 광범한 자료에 의하여 고찰해
볼 문제다.

또 자음탈락으로 인한 장모음화는 형태소 경계가 개재했을 때
는 아무런 교체를 보이지 않는다. 즉 "춥+어→추워~춰, 굽+어→
구워~궈"처럼 어간 기저형의 長短에 관계없이 glide化는 다같이
장음으로 실현될 뿐이다.

그리고 한 형태소 또는 단어의 내부에서 자음탈락은 長音化가
실현되는데, 이때 탈락되는 자음은 주로 △, ㅎ이다. 통시적으로
이같은 변화를 가져오는 단어들을 아래에 예시하기로 한다.

A. △탈락

ᄆᆞᅀᆞᆷ>마음>맘　처ᅀᅥᆷ>처음>첨
ᄀᆞᅀᆞᆯ>가을>갈　ᄀᆞᅀᆞᆷ(資料)>ᄀᆞ옴>감
겨ᅀᅳᆯ>겨을>결　고ᅀᆞᆯ>고올>골
기ᅀᅳᆷ>기음>김　마ᅀᆞᆯ>마올>말
빗ᅮᆷ>빔(설빔)　사ᅀᆡ>사이>새
즈ᅀᅳᆷ>즈음>즘　그ᅀᅳ름(炭)>그으름>끄름
그ᅀᅳ기>그으기>그기　ᄯᅳᅀᅳ다>끄으다>끌다

B. ㅎ탈락

가히>가이>개　　　대가히(夫)>대개
대도히(凡)>대되　　막다히>막대
싸홈>싸움>쌈　　　서흐레(杷)>서으레>써래
아ᄒᆞ래(九日)>아ᄋᆞ래>아래　아희>아이>아이>애
버히다>베다　　　ᄣᅡ히다(拔)>빼다
가히다>가이다>개다　　다히다(著)>다이다>대다
ᄯᅡ히다(燒火)>때다　　싸히다(積)>싸이다>쌔다
써흘다(切)>써을다>썰다　어히다(刻)>어이다>에다

그런데, 중간자음 △, ㅎ을 갖는 단어라도 장모음화를 모르는
예외도 있다. "구슈(槽)>구유, 나ᅀᆡ>냉이, 아ᅀᆞ>아우, 여ᅀᆞ>여우,

굴형(壑)>구렁, 방하(碓)>방아, 으흐름(通草)>으으름>으름, 차히
>채" 등과 같은 것들이 그 예다. 그러나 이 같은 예외는 극소수
에 한한다. 또 중간자음 "ㄹ(누리→뉘), ㅸ(수비→쉬) 탈락"도 장
모음화를 실현하고 있다. ㅿ, ㅎ, ㄹ 자음들은 [+voice]자질을 가
지기 때문에 弱子音으로서 모음 사이에서 쉽게 탈락된다. ㅎ도
같은 약자음으로서 모음 사이에 존재할 때 극히 미약한 소리다.
이들 자음들이 모음간에서 탈락하게 되면 이로 말미암아 hiatus
가 노정되어 모음축약과 탈락을 밟게 되고 자연 보상적 장모음
화가 실현된다고 본다. 그러면 이 때 나타나는 장모음화는 자음
탈락에 기인하는 것이냐 아니면 모음축약과 탈락에 기인하는 것
이냐가 문제다. 우리의 생각으로는 모음축약에 기인하는 것이라
봄이 타당해 보인다.[38] 왜냐하면 앞에 열거한 예외에 해당되는
단어들은 모음축약이나 탈락을 경험하지 않기 때문에 장모음화
가 실현되지 않는다고 풀이하는 것이 합리적이라 생각하기 때문
이다.

3.5 변칙용언과 음장

ㅅ, ㅂ, ㅎ, 변칙용언은 현대에서는 각기 "s→o, p→w, ㅎ→ㅇ"
와같이 자음탈락을 이루는 과정에서 수의적 glide화에 의하여 장
음화를 나타낸다.

(10) 잇다 : 잇어→이어～여

---

38) 이병근(1978)은 "쌓아→싸아→싸, 마슴>마음>맘"과 같은 장모음화를 자음탈
락에 기인하는 것으로 보고 있다.

긋다 : 긋어→그어 ~ 거

춥다 : 춥어→추워 ~ 춰

굽다 : 굽어→구워 ~ 궈

놓다 : 놓아→노아 ~ 놔

좋다 : 좋아→조아 ~ *좌

   그런데 중세국어에서도 ㅅ, ㅂ, ㅎ 변칙용언은 각기 "ㅅ→ㅿ→ㅇ, ㅂ→ㅸ→ㅇ(오, 우), ㅎ→ㅇ"의 과정을 거쳐 어간말자음이 탈락하게 되는 바, 이런 변칙용언의 어간은 중세어에서는 상성을 유지하였고 현대어에 이르러서는 장음어간을 보여준다.

  (11) 닛다 : 닛어 - 니ㅿ어 - 니어

       엿다 : 엿어 - 여ㅿ어 - 여어

       돕다 : 돕아 - 도ㅸㅏ - 도와

       덥다 : 덥어 - 더ㅸㅓ - 더워

       둏다 : 둏아 - 됴하 - 조아

3.6 피사타동사와 단모음화

현대어에서는 피사타동사화는 單母音化를 실현한다.

  (12) 웃다→웃기다   걸다→걸리다

       감다→감기다   곪다→곪기다

       밟다→밟히다   넘다→넘기다

그러나 중세어에서 보면,

(13) 데다(爛)→데̇이다   메다(駕)→메̇이다
    보다→뵈̇다   셔다(立)→셰̇다

와 같이, "이" 피사동접미사에 의하여 파생된 어간들은 상성을
유지하기에 장음을 가지는 것 같다. 특히 "디다"(落) 동사는 "디
이다→디̇다"처럼 사동화 될 때 상성으로 실현되는 것은 이 경향
의 중좌라 생각한다. 그 뿐만 아니라 중세국어에서는 i系母音 語
幹들은 상성으로 나타나는 것이 지배적이다.

"쉬̇다(息), 뷔̇다(空), 뵈̇다(姙), 셰̇다(白), 외̇다(誤), 에̇다(枉), 혜̇
다(念), 빌̇다(乞), 베̇프다(施), 뵈왓브다(窘)"와 같은 용언들이 그
예다. (13)에서 보여준 "이" 접미사에 의하여 파생된 피사동어간
도 이 경향에 이끌리어 상성화된 것으로 생각된다. 이같은 주장
이 타당하다면, 중세국어에서는 피사타동사화에 따른 단모음화는
기대할 수 없게 된다.

4. 結 語

현대국어에서는 음장은 음운(음소)으로서 단어의 변별에 관여
하고 있다. 본고에서는 현대어의 장음은 중세 성조 상성의 발달
이란 전제하에, 통시적으로 상성이 현대국어의 장음에 어떻게 반
영되고 있는가 하는 점을 살펴보았다. 용비어천가와 소학언해 그
리고 현대어에 이르기까지 음장 발달 과정을, 순수국어 286개 어
를 대상으로 살펴본 결과, 중세문헌에서 평성·거성을 띠었던 단

어는 短音節로, 상성을 띠었던 단어는 長音節로 반영되고 있는
사실을 확인하게 되었다.

또, 상성은 곧 장음을 실현하는 것으로 보고, 중세어의 음장실
현이 현대어의 장음실현과 비교하여 어떤 유사점이 있는가를 살
펴본 결과, 아래와 같은 몇 가지를 지적할 수 있었다.

① 현대어의 장음실현은 원칙적으로 단어의 제1음절에 한하여
　나타나는 규칙이다. 그러나 중세어의 파생·복합어의 장음실
　현은 이 원칙이 적용되지 않는 것 같다.
② 단일어의 장음실현도 제2음절 이하에서도 가능해 보인다.
　"시러곰, 막대" 같은 것을 예로 들 수 있겠다.
③ glide化에 따른 보상성장음화는 실현되지 않은 것 같다.
④ 중세어 용언 "알다, 멀다, 일다" 들은 모음활용어미가 올 때
　장음 실현이 유동적이었다. 이로 보아 중세어 당시에는 아직
　단모음화가 확립되지 않은 것 같다.
⑤ 현대어와 같이 중세어 체언은 곡용시에도 단모음화를 모른
　다.
⑥ 현대어에서는 동일 형태소 또는 단어 내의 음절 축약은 보
　상적 장음화로 실현되는데, 중세어에서는 유동적이다.
⑦ 단어 내의 자음탈락은 장음화를 실현하고 이 때 탈락되는
　자음은 ∆, ㅎ이 주다.
⑧ 현대어의 ㅅ, ㅂ변칙용언은 통시적으로 상성을 띠었던 것으
　로 현대어에 장음절로 반영된다.
⑨ 현대어의 피사동사화는 단음절로 실현되는데, 중세어는 이
　와 다른 것 같다. '이' 선어말접미사에 의한 피사동사화는 항
　상 상성을 유지하여 단음절화를 외면하고 있다.

〈부 록〉

1. 체언류
(1) 평성의 단음화(1음절)

꿩(雉, 용八十八)>꿩

낮(晝, 용百)>낮

돝(豚, 용四十三)>돝

못(池, 용三十)>못

손(客, 용二十八)>손

흙(土, 용三十七)>흙

ᄆᆞᆯ(馬, 용三十一)>말

늧(面, 용四十)>낯

닷(咎, 용七十)>탓

등(脊, 용八十八)>등

살(矢, 용二十二)>살

집(家, 용十八)>집

밨(外, 용八十九)>밖

(2) 평성의 단음화(2음절)

구름(雲, 용四十二)>구름

겨를(暇, 용八十)>겨를

누비(衲, 용二十一)>누비

다삿(五, 용八十六)>다섯

ᄆᆞ숨(心, 용十八)>마음

몬져(先, 용百四十)>먼저

불휘(根, 용二)>뿌리

바올(鐸, 용四十四)>방울

벼슬(官, 용八十五)>벼슬

사올(三日, 용七十七)>사흘

울형(巷, 용四十八)>구렁

나라ㅎ(國, 용六)>나라

닐흔(七十, 용四十)>일흔

ᄃᆞ리(橋, 용八十七)>다리

목숨(命, 용五十一)>목숨

ᄇᆞᄅᆞᆷ(風, 용二)>바람

바놀(針, 용五十二)>바늘

ᄉᆞᅀᅵ(間, 용三十一)>사이

션비(士, 용八十)>선비

시름(憂, 용百一)>시름

사슴(鹿, 용七十七)>사슴   오늘(今日, 용十六)>오늘
아ᅀᆞ(弟, 용二十四)>아우   아ᄃᆞᆯ(男, 용九十六)>아들
어름(氷, 용三十)>얼음   아래(下, 용四十)>아래
어듸(何處, 용四十七)>어디   어비(父, 용五十二)>어비
여슷(六, 용八十五)>여섯   우룸(哭, 용九十六)>울음
즘ᄉᆡᆼ(獸, 용三十)>짐승   하늘ㅎ(天, 용三)>하늘

(3) 거성의 단음화(1음절)

ᄯᆞᆯ(女, 용九十六)>딸   믈(水, 용二)>물
몸(身, 용四十)>몸   ᄇᆡ(舟, 용二十)>배
비(雨, 용六十七)>비   손(手, 용八十七)>손
쇼(牛, 용八十七)>소   안ㅎ(內, 용五)>안
입(口, 용八十八)>입   잣(尺, 용三十一)>자
재(阪, 용三十六)>재   쥐(鼠, 용八十八)>쥐
옷(衣, 용九十二)>옷   ᄒᆡ(日, 용五十)>해

(4) 거성의 단음화(2음절)

스믈(二十, 용三十二)>스물   처ᅀᅥᆷ(初, 용七十八)>처음
투구(胄, 용五十二)>투구   할미(姑, 용九十)>할미

(5) 거성의 단음화(3음절)

솑바올(松子, 용八十九)>솔방울
하나비(祖, 용十九)>할아비

(6) 상성의 장음화(1음절)

낱(個, 용四十八)>낱   눈(雪, 용五十)>눈
녜(昔, 용五十一)>예   뒤(後, 용二十八)>뒤
두(二, 용三十六)>두   되(夷狄, 小언三4)>되
단(옷단, 小언三21)>단   돈(錢, 小언六91)>돈
말(言, 용四十二)>말   벋(友, 용九十)>벗
범(虎, 小언五143)>범   쉼(泉, 용三)>샘
새(鳥, 용六)>새   셰(三, 용三十六)>세
섬(島, 용五十三)>섬   실(絲, 小언一3)>실
속(裡, 小언一5)>속   숨(息, 小언二39)>숨
쉰(五十, 小언六31)>쉰   일(事, 용一)>일
혬(數, 小언一4)>셈

(7) 상성의 장음화(2음절)

말씀(語, 용八十三)>말씀   밀믈(潮, 용三十七)>밀물
보비(寶, 용八十三)>보배   새별(太白, 용百)>샛별
쇼경(瞽, 小언一2)>소경   셰간(産, 小언一4)>세간
아모(某, 용三十九)>아무   얼운(長, 小언一4)>어른

2. 용언류
(1) 평성의 단음화(1음절)

높다(高, 용三十四)>높다   놓다(置, 용四十一)>놓다
넙다(廣, 용五十六)>넓다   늙다(老, 용八十二)>늙다
눌다(飛, 용一)>날다   디다(落, 용二十三)>지다

듣다(廳, 용五十二)>듣다　　　돋다(陞, 용八十五)>돋다
쁴다(帶, 용百十二)>띠다　　　맜다(任, 용六)>맡다
막다(防, 용十五)>막다　　　　믿다(信, 용十六)>믿다
맞다(迎, 용四十三)>맞다　　　몿다(終, 용五十一)>마치다
묻다(埋, 용百十一)>묻다　　　붉다(明, 용三十)>밝다
밧다(脫, 용三十六)>벗다　　　받다(受, 용百十三)>받다
솟다(湧, 용八十三)>솟다　　　앉다(座, 용七)>앉다
엱다(實, 용七)>얹다　　　　　잇다(有, 용三十七)>있다
죽다(死, 용二十二)>죽다　　　잡다(執, 용二十四)>잡다
좇다(從, 용三十六)>좇다　　　눕다(臥, 용八十四)>눕다·눕다

(2) 평성의 단음화(2음절)

너기다(看做, 용五十)>여기다　　　더으다(加, 용十三)>더하다
다른다(異, 용二十四)>다르다　　　드리다(率, 용五十八)>데리다
마치다(中, 용三十二)>마추다　　　머추다(弛, 용三十二)>멈추다
비취다(禒, 용四十二)>비치다　　　브리다(捨, 용五十四)>버리다
섬기다(事, 용十一)>섬기다　　　　오라다(久, 용九)>오래다
어리다(癡, 용三十九)>어리다　　　오른다(登, 용三十九)>오르다
니르다(云, 용九十二)>이르다　　　달애다(誘, 용十八)>달래다
더디다(擲, 용二十七)>던지다　　　돈니다(行, 용百十三)>다니다
밍골다(作, 용四十)>만들다　　　　보내다(遣, 용二十五)>보내다
빗기다(橫, 용八十六)>비끼다　　　싸호다(鬪, 용五十二)>싸우다
이긔다(勝, 용三十五)>이기다　　　여리다(弱, 용三十七)>여리다
여희다(別, 용九十一)>여의다

(3) 거성의 단음화(1음절)

두다(置, 용五十八)>두다　　　　오다(來, 용十六)>오다
츠다(佩, 용五十五)>차다　　　　티다(擊, 용三十六)>치다
보다(見, 용二十七)>보다　　　　쓰다(用, 용七十七)>쓰다
자다(寢, 용六十七)>자다　　　　ᄒᆞ다(助動, 용四十)>하다

(4) 상성의 장음화(1음절)

곱다(麗, 小언四10)>곱다　　　　갈다(耕, 小언五34)>갈다
닛다(續, 용百二十五)>잇다　　　돕다(助, 용二十九)>돕다
걸다(沃, 小언四45)>걸다　　　　넘다(過, 小언二30)>넘다
내다(出, 용三十七)>내다　　　　덥다(暑, 小언一9)>덥다
덜다(除, 小언二33)>덜다　　　　밀다(推, 용九十九)>밀다
멀다(聾, 小언三15)>멀다　　　　뵈다(使見, 용七)>뵈다
비다(禱, 논언二45)>빌다　　　　ᄇᆡ다(妊, 小언一2)>배다
빌다(借, 논언四103, 小언四31)>빌다
빌다(乞, 小언六81)>빌다　　　　살다(居, 용二十五)>살다
셰다(使立, 용十一·八十, 小언四38)>세다
쉬다(息, 小언二39)>쉬다　　　　셟다(悲, 小언四7)>섧다
싣다(載, 小언六65)>싣다　　　　웃다(笑, 용二十六)>웃다
얻다(得, 용二十七)>얻다　　　　알다(知, 용三十五>알다
엿다(窺, 논언四129)>엿다　　　　안다(抱, 小언六22)>안다
졈다(少, 小언六55)>젊다　　　　멀다(遠, 용四十七)>멀다
묻다(問, 小언二3)>묻다　　　　밀다(委, 小언六23)>밀다
뷔다(空, 용六十七)>비다　　　　ᄇᆞᆲ다(踏, 논언二46)>밟다

베다(枕, 小언五52)>베다 삼다(爲, 논언二47)>삼다

옮다(移, 용三)>옮다 일다(成, 용二十一)>일다

울다(泣, 소언三11)>울다 열다(開, 소언三11)>열다

절다(蹇, 용三十一)>절다 혜다(念, 용百四)>혜다

(5) 상성의 장음화(2음절)

낫돋다(趨, 小언三12)>내닫다 내티다(放, 小언四37)>내치다

디내다(過, 용四十八)>지나다 더럽다(穢, 小언五21)>더럽다

데이다(爛, 小언六102)>데다 몯ᄒ다(不爲, 용十二)>못하다

만ᄒ다(多, 小언六26)>많다 모딜다(惡, 小언一10)>모질다

메이다(駕, 小언六72)>메다 버리다(列, 小언六70)>벌이다

엳줍다(奏, 小언二8)>여쭙다 엿보다(窺, 小언三12)>엿보다

자시다(食, 小언二3)>자시다 주리다(餓, 小언四28)>주리다

Ⅲ. 현대국어 음장에 대하여

1. 서론

주지하는 바와 같이 중부방언은 엄연히 음장이 존재하고 있다. 본고는 서울을 중심으로 한 중부 방언권의 음장 실현현상과 그 예외들을 중심으로 간단히 고찰하고자 한다.

음운규칙은 음운론적으로 설명될 수 있어야 가장 이상적이다. 국어의 음장도 대부분은 음운론적 설명이 가능하지만 간혹 음운론적 level이 아닌 통사 형태론적 내지는 의미론적 측면에 기대어야 설명이 가능한 경우가 있어 이런 것은 예외로 처리할 수밖에 없다.

국어의 음장은 장음화와 단음화 현상으로 갈라 볼 수 있다. 장음화는 음장의 실현을 의미하고 단음화는 음장의 소거를 이름이다. 그러면 이제 음장실현과 음장소거의 현상들을 각각 살피면서 음운론적으로 설명할 수 없는 예외들은 어떤 것들이 있는가를 일별하기로 하겠다.

2. 장음실현 규칙

우리가 다 알고 있는 바와 같이 중부방언권의 음장은 원칙적으로 어두에서만, 즉 휴지(休止, pause) 뒤에서만 실현된다.[1]

사:람(숫사람), 밤:나무(군밤), 감:나무(곶감), 일:꾼(군일)
말:씨(시늉말), 개:다리(사냥개), 돈:놀이(푼돈), 그:림(밑그림)
살:다(못살다), 감:다(휘감다), 덥:다(무덥다), 돌:다(겉돌다)

이런 현상은 어두 장음 실현 규칙이라 할 수 있는데 다음과 같이 규칙화할 수 있다.

규칙 1.

$$\left[\begin{array}{c} V \\ \alpha \, long \end{array} \right] \rightarrow [\, \alpha \, long] \ / \ \#\#(C) \underline{\quad\quad} X \quad \text{[2]}$$

국어의 단어는 형태소에 따라 본래부터 어두에 장음을 가지는 것과 그렇지 않은 것으로 구별된다. 그런데 본래부터 음장을 가지지 않은 경우라도 음장이 실현되는 경우가 있다. 즉 형태소 내에서나 또는 형태소 경계의 앞뒤 두 모음이 모음탈락이나 모음축약에 의하여 하나의 모음이 되면서 음절이 하나 줄게 될 때, 그 음절이 준 대가로 음장이 실현된다. 소위 보상적 장모음화가

---

1) 현대국어 음장에 관한 논의들은 다음과 같은 논문들에 의하여 깊이 있게 논의되었다. 본 소고는 이들 논의를 원용한 바가 많다.
    김완진(1972), 김진우(1976), 남광우(1962), 이병근(1975, 1978), 장태진(1960), Martin, S. E(1951).
2) 이병근(1975:21)에서 인용.

나타난다.

1) 형태소 내에서 음절이 줄어지는 경우

　　가을--갈:, 마음--맘:, 다음--담:, 마을--말:, 처음--첨:
　　내일--낼:, 무--무:, 시험--셤:, 사이--새:
　　때우다--때:다, 띄우다--띠:다, 배우다--배:다
　　개이다--개:다, 싸이다--쌔:다

이 때 줄어드는 음절은 '으, 이, 우'와 같은 고모음들이다. 이들이 한 어간 안에서 줄어드는 경우인데 체언이나 용언을 불문하고 보상적 장음화가 실현되는 것이다. 이것을 규칙화하면 다음과 같다.

　　규칙 2. 고모음탈락규칙

$$V \quad \left[\begin{array}{c} V \\ +high \end{array} \right] \to [+long] \quad \emptyset$$
$$1 \qquad\qquad 2 \qquad\qquad\quad 1 \quad 2 \quad ^{3)}$$

그런데 용언의 어간에 '으'와 같은 어미가 연결되면 흔히 그 '으'가 탈락되어 음절이 줄어든다.[4] 이때에도 장음화가 실현되는

---

3) 이병근(1975:23)에서 인용.
4) 이같은 현상은 통시적으로도 나타난다.
　체언; 가히-개:, 누리-뉘:, 나리-내:, 기슴-김:, 드르-들:, 무수-무:
　용언; 버히다-베:다, 짜히다-빼:다, 자히다-재:다 등
　다음과 같은 예들은 고모음 탈락과 무관한 것들이어서 현대어와 차이를 보인다.
　고마-곰:, 비얌-뱀:, 미야미-매:미, 소옴-솜:

가 하는 것이 문제다.

이+으면→이면   꾸+으면→꾸면
이:으면→이:면   꾸:+으면→꾸:면

되+으면→되면   패+으면→패면
되:+으면→되:면   패:+으면→패:면

이들은 모음의 장단에 의하여 대립을 이루고 있는데 형태소 경계에 놓인 고모음 '으'가 생략되어도 음장실현에 아무런 변화가 없다. 이로 미루어 볼 때 형태소를 달리하여서 나타나는 고모음 '으'가 줄어드는 경우에는 음장에 아무런 변화가 없음을 알 수 있다.
체언인 경우에는 어떤가?

나+이가→내가   너+이가→네:가
나+은→난   너+은→넌
나+의→내   너+의→네:
나+을→날   너+을→널
나+에게→내게   너+에게→네게
나+으로→나로   너+으로→너로

그+이가→그가   저+은→전
그+은→근   저+을→절
그+을→글   저+에게→제게

가ᅀᆞ멸다-가:멸다, 사오납다-사:납다, 허여ᄒᆞ다-허:옇다

그+으로→그로   저+으로→저로

매(鞭)+은→맨   매:(鷹)+은→맨:
매+을→맬   매:+을→맬:
매+으로→매로   매:으로→매:로
매+이다→매다   매:+이다→매:다

배(舟)+은→밴   배:(倍)+은→밴:
배+을→밸   배:+을→밸:
배+으로→배로   배:+으로→배:로
배+이다→배다   배:이다→배:다

해(日)+은→핸   해:(害)+은→핸;
해+을→핼   해:+을→핼:
해+으로→해로   해:+으로→해:로
해+이다→해다   해:+이다→해:다

　　여기 체언에 속하는 대명사와 명사를 몇 예들을 들었다. 이들
은 모두 1음절로 된 것들로서 모음으로 시작되는 곡용어미가 올
때 그 어미 모음이 줄어들면 음장이 어떻게 실현되는가를 보여
주고 있다. 즉 모음의 생략은 음장실현에 아무런 영향을 미치지
못하고 있음을 보여준다. 다만 대명사 2인칭 '너'만이 주격과 소
유격의 모음이 줄어들 때 한해서 음장이 실현되는 예외를 보여
주고 있는 점은 특이하다 하겠는데 이는 중세국어의 영향이 아
닌가 한다.5)

―――――――――――

5) 중세국어에는 대명사 '너'에 주격조사 '-ㅣ'가 붙는 경우에 상성을 가진다.

2) 형태소경계에서 음절이 줄어지는 경우

가) 기+어→기어--겨: 시+어→시어--셔:

   지어→지어--져:(저) 찌+어→찌어--쪄:(쩌)

   치+어→치어--쳐:(처) 피+어→피어--펴:

   보+아→보아--봐: 누+어→누어--눠:

   두+어→두어--둬: 쑤+어→쑤어--쒀:

   주+어→주어--줘: 추+어→추어--취:

   푸+어→푸어--풔:

나) 미:+어→미어--며: 비:+어→비어--벼:

   삐:+어→삐어--뼈: 고:+아→고아--과:

   꼬:+아→꼬아--꽈: 쏘:+아→쏘아--쏴:

   쪼:+아→쪼아--쫘: 호:+아→호아--화:

다) ┌ 끼(挾)+어→끼어--껴: ┌ 이(戴)+어→이어--여:
    └ 끼(霧):어→끼어--껴: └ 이(蓋草):어→이어--여:
    ┌ 꾸(夢)+어→꾸어--꿔:
    └ 꾸(借):어→꾸어--꿔:

이 예들은 용언어간에 모음어미 -아/-어가 오면서 수의적으로 활음(滑音, glide)이 형성되는 것들이다. 활음화는 곧 음절이 줄어드는 현상인데, 이 활음형성은 보상적 장음화를 실현한다. 국어

'너+ㅣ→:네'와 같이 되는데, 상성은 현대국어에 이르러서 대부분 음장을 유지하고 있다. 상성과 음장의 관련성에 대한 통시적 고찰은 졸고(1991)에서 논의한 바 있다.

의 활음은 j와 w인데 j는 '이'모음으로부터, w는 '오, 우'모음으로 부터 각각 형성된다.

　음장실현은 어두에서만 가능하기에 어간이 1음절로 된 '이, 오, 우' 모음이 glide화할 경우 음장실현이 어떻게 되는가가 관심사다. 가)의 경우는 어간에 음장이 없는 경우로 활음화와 동시에 음장이 실현된다. 나)의 경우는 어간에 음장이 있는 경우인데 이 때도 음장실현에 아무런 변화가 없다. 다만 이 경우는 '미:+어→ 미어--며:'의 과정을 거친다고 보는데, 중간 단계에서 단음화 과정을 밟은 후에 다시 활음화되면서 장음화가 형성된다고 본다. 그러므로 우리는 여기서 본래적으로 어간의 음장 유무에 관계없이 활음화는 음장을 실현한다는 사실을 알 수가 있다. 이런 사실은 다)의 짝들을 비교하여 보면 더욱 명확해 진다.

　여기서 우리는 활음화의 수의적 단계를 면밀히 관찰하여 볼 필요를 느낀다. 활음화 단계는 '꿰(貫)+어→꿰어(1)~꿰여(2)~꿰: (3)'처럼 3단계로 나누어 볼 수 있다. (1)단계는 형태소 연결상에 나타나는 두 모음의 연결이고, (2)단계는 hiatus 회피현상이고, (3)단계는 어미 모음 -어 탈락이다. 그런데 모든 경우에 (1), (2) 단계는 예외 없이 나타나지만 (3)단계 실현에는 일률적이지 않다.

　　되+어→되어~되여~돼:(*되:)6)

　이 경우에는 (3)단계인 어미 '-어'의 탈락을 모른다. 이런 것들

---

6) 이병근(1978)은 '되어~되여~되'로 보고 있으나 필자의 판단으로는 '되어~되 여~돼:(서)'로 생각되어 어미 '~어'가 생략되지 않는 것으로 보여지고, 또 '뛰어~뛰여(*뛰), 휘어~휘여(*휘)'에서 '뛰', '휘'가 불가능한 것으로 되어 있 으나 필자의 판단으로는 가능해 보인다.

은 예외로 보아야 할 것이다.

glide화는 장음을 동반하는데, '오(來)+아'만은 '오+아'→'와'로 '*와:'가 되지 않는다,[7] 이는 glide화만 형성되고 장음화를 모르는 유일한 예로서 설명할 방법이 없다. 정서적 의미가 가입된 명령의 경우는 '오+아→와:'가 가능하기도 하지만 음장을 기술함에 있어 모든 감정적 조건은 제외하여야 할 것이다. 이 glide화와 음장 실현은 동시에 나타나는 규칙이다.

$$\text{규칙3 } v+\text{ə/a} \rightarrow \underset{\underset{+\text{glide}}{1 \quad 2}}{[\alpha\,\text{back}]} \quad \overset{2}{[+\text{long}]}$$

[8]

3) 1음절 용언어간의 자음탈락은 장음화를 실현한다.

    놓+아→노아--놔: 좋:+아→조아--조와('*좌:')
    낫+아→나아--나:

어간 첫음절 ㅎ말음 변칙용언은 '-아/-어' 어미가 올 때 ㅎ이 탈락되면서 어간모음의 glide화로 장음이 실현된다. 그러나 '좋다'의 경우에는 ㅎ말음 탈락과 w-glide 형성만 보여줄 뿐 장음화를 실현하지 않는다. 이는 예외로서 음운론적 설명이 불가능하다. 음운론적으로는 '놔:'가 가능하듯이 '좌:'가 불가능한 것도 아니지만, (혹 언중에 따라서는 농담적인 표현을 할 때 이런 발음을 하는 경우도 있다.) 그같은 발음의 실현이 보편화되지 않은 것이

---

7) 이병근(1978)에서도 같은 지적을 하고 있다.
8) 이병근(1978), p.10 참조.

현재의 상태라고 보고 형태적인 예외로 다룰 수밖에 없다.

'낫다'(癒)와 같은 ㅅ불규칙용언들은 활용시 ㅅ이 탈락되면서 보상적 장음화가 실현되어, '낫아→나아--나:'로 된다. 이 때 장음은 동일한 모음의 출현에 의하여 나타나는 것이라고 보는 견해9) 와 ㅅ말음의 탈락 곧 자음탈락에 기인하는 것이라고 보는 견해10)가 있다. 우리는 이 문제를 다룰 때 다른 방언권의 언어 사실을 참고할 수 있다고 본다. 동해안 방언(함남북, 육진지역)에서 보면, 다음과 같은 발화현상을 찾아 볼 수 있다.

　　○ 물건값으 공펭하게 내주니까 <u>불페:이</u> 없스꾸마.(육진)
　　○ 그래 사다가 아버지(날) 열아홉살 멕여서 <u>서바:에</u> 보냈어 (함북)
　　○ 탁아소 너무 멀어서 <u>지바:셔</u> 집으 져좃재:요(육진)
　　○ <u>탄과:일</u> 한 삼년 햇스꼬마.(육진)
　　○ 영게 내 <u>고햐:이꼬마</u>(육진)
　　○ 오늘사 <u>회려:서</u> 왓고꽈니.(육진)
　　○ <u>강내:쌀</u> 한가짐(육진)
　　○ 우 <u>원댜:좀</u> <u>못바:ㄴ냐?</u>(육진)11)

이 예문에서 보면 이 방언권에서는 음장이 놓이는 위치가 첫 음절에 한한다는 원칙이 고수되는 것이 아닌 것 같다. 그리고 둘째 음절에 놓인 음장도 자음탈락시(주로 ㅇ)에 나타난다. 이런 현상은 자음탈락이 동기화되어 음장이 실현되는 것이 아닌가 한

---

9) 김진우(1976), <국어음운론에 있어서의 모음음장의 기능>, ≪어문연구≫9, 충남대 참조.
10) 이병근(1978), <국어의 장모음화와 보상성>, ≪국어학≫ 참조.
11) 황대하(1986), ≪동해안방언 연구≫, 김일성종합대학출판사 참조.

다.

마지막 예문의 '못바:느냐?'의 경우에는 생략된 자음이 과거시제의 생략형 'ㅆ(ㅅ)'인데, 이것으로 볼 때 ㅇ자음 이외의 어떤 자음이라도 생략과 동시에 음장을 동반한다고 보여진다.

ㅂ 불규칙은 ㅂ→w로 되어 ㅂ 자음탈락은 아니지만 glide가 실현되면서 음장을 보여 준다.

굽+어→구워--궈: 줍+어→주워--줘:

춥+어→추워--춰: 눕+어→누워--뉘:

깁+어→기워--겨:

그러나 다음 예들은 '좋다'의 경우같이 장음화를 모른다. 이들도 장음화의 예외로 본다.

돕+아→도와--*돠: 곱+아→고와--*과:

밉+어→미워--*며:?

3. 단음화실현 규칙

1) 용언어미로 모음이 올 때

용언 가운데 음장을 가진 것들은 활용시 자음어미가 오면 그 음장을 그대로 유지하나 모음어미가 오면 그 음장이 소거되어 단음화가 실현된다.

갈:다 갈:고 갈:지 갈:면 갈아(서) 갈으니(가:니)
감:다 감:고 감:지 감으면 감아 감으니
걷:다 걷:고 걷:지 걸으면 걸어 걸으니
돕:다 돕:고 돕:지 도우면 도와 도우니
덥:다 덥:고 덥:지 더우면 더워 더우니
닮:다 닮:고 닮:지 닮으면 닮아 닮으니
심:다 심:고 심:지 심으면 심어 심으니

이와 같이 모음어미가 오면 단음화되는 현상은 다음과 같이 규칙화할 수 있다.

규칙 4. v[-long]→/##[x── +vx]verb

이 규칙에 따라 변화하는 용언들을 더 열거하면 다음과 같다.

걸:다 검:다 놀:다 담:다 말:다 밟:다 묻:다
밀:다 불:다 알:다 잇:다 열:다 살:다 웃:다
몰:다 쉽:다 안:다 얼:다 신:다 줄:다 심:다
굶:다 삶:다 낫:다 골:다 잣:다 놀:다 등

그러나 다음과 같은 용언은 이 규칙에 따르지 않는 예외들이다.

가) 벌:다 벌:고 벌:지 벌:(으)면 벌:어 벌:으니(버:니)
    썰:다 썰:고 썰:지 썰:(으)면 썰:어 썰:으니(써:니)
    끌:다 끌:고 끌:지 끌:으면 끌:어 끌:으니(끄:니)

졸:다 졸:고 졸:지 졸:(으)면 졸:아 졸:으니(조:니)
나) 굵:다 굵:고 굵:지 굵:으면 굵:어 굵:으니
떫:다 떫:고 떫:지 떫:으면 떫:어 떫:으니
없:다 없:고 없:지 없:으면 없:어 없:으니
엷:다 엷:고 엷:지 엷:으면 엷:어 엷:으니

이병근(1975)은 규칙의 예외들을 줄이기 위하여 가)의 용언들을 음운론적으로 합리적인 설명을 모색하고 있다.이들의 고어형은 각각 "버으다>벌다, 조을다·조올다·조울다·조으다>졸다, 써흘다·써으다·서을다>썰다, 끄으다·그으다·끄스다·그스다>끌다"로 발달한 것으로 볼 때 이들 전 형태에서 중간 자음탈락이 되면 각기 '버으다, 조으다, 써으다, 끄으다'로 되어 어간이 2모음의 연결이 되므로 이 중 제2음절인 고모음이 탈락되어 그 보상으로 1음절이 음장을 가지게 되므로 이 음장은 활용시 어미의 종류에 관계없이 아무런 변화를 입지 않고 존속되는 것으로 봄으로써 규칙화할 수 있고 동시에 예외의 수를 줄일 수 있다고 한다.

이 같은 설명의 타당성을 인정한다 하더라도 나)의 예외들은 설명할 방법이 막연하여 현재로서는 형태론적 예외로 처리할 수밖에 없는 실정이다. 우리는 음운현상을 설명할 때 통사적 형태적 또는 의미론적 단서를 달 경우가 허다한데 지금 우리가 다루고 있는 단모음화도 그런 경우에 해당한다. 형태론적으로 체언류들은 이 단모음화를 모르는 예외들이다. 아래에 몇 실례를 보이기로 한다.

감:도 감:만 감:이 감:을   널:도 널:만 널:이 널:을

밤:도 밤:만 밤:이 밤:을   눈:도 눈:만 눈:이 눈:을
발:도 발:만 발:이 발:을   중:도 중:만 중:이 중:을 등

2) 용언의 파생명사

용언으로부터 파생명사가 형성될 때 단음화가 실현되는 경우
가 있다.

갈:다-갈이 걸:다-걸이 놀:다-놀음·놀이 덥:다-더위
몰:다-몰이 물:다-물이 살:다-살이 삶:다-삶이 알:다-알음
얼:다-얼음 열:다-열이 울:다-울음 웃:다-웃음
잇:다-이음 짓:다-지음 등

그러나 같은 용언에서 파생된 부사는 단모음화를 모른다.

길:다-길:이 곱:다-고:이 없:다-없:이 멀:다-멀:리
적:다-적:이 많:다-많:이

3) 타동 피사동접사가 붙는 경우

용언에 접미사가 연결되어 타동사 피동사 사동사화할 때 단음
화가 실현된다.

붇:다→불리다 웃:다→웃기다 알:다→알리다
열:다→열리다 밟:다→밟히다 안:다→안기다
감:다→감기다 쌓:다→쌓이다 빻:다→빻이다

소위 '이, 히, 리, 기, 우, 구, 추'의 접사들이 연결되어 타동 피
사동사를 이룰 때 단음화가 실현되는 것이다.

그런데 중부방언권이 아닌 일부 방언권에는 피동접사가 붙는
경우에 단음화를 모르고 오히려 장음화를 실현시키는 경우가 있
어 우리가 주목하고자 한다. 신기상(1999)은 동부경남방언권에는
고저장단이 모두 실현되며 장단은 고장조와 저장조로 나뉜다고
한다. 피동접사가 붙는 경우에는 용언 어간의 고저장단의 관계없
이 일률적으로 장음화가 실현된다고 보고 다음과 같은 예들을
지적하고 있다.

깎削H+이→깎이LH: 까孵L+이→까이LH:
잇續L:+이→잇이LH: 뽀碎H:+이→뽀이LH:

부풀HL+리→부풀리LHH: 꼬집LH+히→꼬집히LHH:
빼앗LH+기→빼앗기LHH: 까불LH+리→까불리LHH:

이런 예들에서 음장을 인정한다면 문제는 어째서 같은 기능을
하는 동일한 접사가 방언에 따라 음장실현의 차이를 보이는지
그 이유가 무엇인가 하는 문제를 해결해야 할 과제로 남는다.

중세국어 당시 이들 피사동접사들은 고조(H)를 일률적으로 띠
고 있었는데 오늘날 이 방언권에서는 고장조(H:)를 가진다고 하
면 이 방언의 장음화는 중세국어 이후 어느 단계에서의 발달로
보아야하고 그 발달 과정이 소상히 밝혀져야 할 것이다.

4) 의미론적 차이에 의한 음장

음운론적으로는 동일한 구조를 가지고 있으나 의미 차이에 따라 음장의 실현이 다르게 나타난다.

> 작은아버지 (숙부)-작:은 아버지(키가 작은)
> 작은어머니(숙모)-작:은 어머니(　　〃　)
> 작은집(삼촌댁)-작:은 집(크기가 작은 집)

여기서 음장이 실현되지 않는 형태는 복합어[12]로 음장이 실현되는 형태는 구(phrase)를 형성한다.

5) 1음절에 "ㄱ(ㄲ), ㄵ, ㄶ" 말음을 가진 용언은 대개 단음으로 실현된다.

> 먹다 익다 죽다 녹다 막다 깎다 낚다 닦다 삭다
> 볶다 눅다 섞다 적다 겪다 식다 묵다 식다 숙다
> (예외; 적:다 작:다 굵:다)
> 앉다 얹다 꿇다 끊다 (예외;많:다)

4. 결어

우리 국어는 음장언어로 말을 할 때 길고 짧게 구별해서 발음을 해야한다. 그런데 요즘 이 음장의식이 결여되어 있어 심히 혼

---

12) 이철수(1999)에는 "찾아내어>찾아내:, 가려내어>가려내:, 밥지어>밥져:, 거머쥐어>거머쥐:"와 같은 예들을 어말에서 완전장음이 실현되는 것으로 보고 있으나 이들은 '-아/어' 접사로 이루어진 단어들이므로 음장을 논함에 있어서는 두 개의 단어로 분석해 보아야 하지 않을까 한다.

란스럽다. 특히 국어는 한자어가 많은데, 한자를 모르는 세대들
은 음장인식이 거의 없는 실정이다. 그리고 고유어는 그것대로
음장규칙이 있고 이 규칙 중에는 음운론적으로 설명이 불가능하
여 형태론(통사론) 의미론적 차원에서 설명을 해야 할 부분도 있
어 어려움도 있으나 우리는 이 규칙을 이해하여 정확한 발음을
하도록 노력해야 하겠다.

　고유어를 중심으로 한 국어의 음장규칙은 장모음화와 단모음
화로 나누어 볼 수 있다. 요약하면 아래와 같다.

장모음화 :
　(1) 국어의 음장은 어두음절에 한하여 실현된다.
　(2) 형태소 내에서 음절이 줄어들면 장음화가 실현된다.
　(3) 용언에 있서 형태소 경계에서 음절이 줄어들면서 활음화
　　　(glide)가 형성되면 수의적으로 장음화가 실현된다.
　(4) 1음절 용언어간의 말자음 탈락은 장음화를 실현한다.
　(5) 용언어간에 접미사 '이'가 붙어 부사가 될 때 장음이 유
　　　지되기도 한다.

단모음화 :
　(1) 용언에 있어 형태소 경계의 고모음 주로 '으, 이' 탈락은
　　　음장에 아무런 변화도 없다. 체언도 동궤이나 일부 예외
　　　가 있다.
　(2) 음장을 가진 용언이 활용시 모음어미가 오면 그 음장이
　　　소거된다. (일부 예외 용언도 있다.)
　(3) 용언으로부터 파생명사가 형성될 때 단음화가 실현된다.
　(4) 타동 피사동 접사가 붙을 때 단음화가 실현된다.

(5) 의미상 복합어인 경우 단음화가 된다.

(6) 1음절에 "ㄱ(ㄲ),ㄵ,ㄶ" 말자음을 가진 용언은 대개 단음
으로 실현된다.

參 考 文 獻

한국어표준발음사전(남광우 외 2인)
원본국어국문학총람 6·12·19(대제각영인본)

姜信沆(1964), 15世紀 國語 'ㅗ'에 대하여, 陶南趙潤濟博士回甲紀念論文集.
_____(1972), 朝鮮館譯語의 寫音에 대하여, 語學硏究 8-1, 서울대어학연구소.
_____(1973), 四聲通解硏究.
_____(1974), 朝鮮館譯語의 硏究, 塔出版社.
_____(1975), 鷄林類事와 宋代音資料, 東洋學 5.
_____(1978a), 鷄林類事 '高麗方言'의 韻母音과 15世紀 中世國語의 中聲 및
          終聲, 大東文化硏究所(成均館大) 12.
_____(1978b), 中國字音과 對音으로 본 國語母音體系, 國語學 7.
_____(1979), 國語學史, 普成文化社.
_____(1980), 鷄林類事 '高麗方言' 硏究, 成均館大 출판부.
_____(1985), 洪武正韻譯訓 '歌韻'의 한글 表音字에 대하여, 羨烏堂金炯基先
          生八耋紀念國語學論叢, 어문연구회.
姜瑛振(1982), 15C 文獻語의 中性母音 'ㅣ'에 關한 硏究, 한남대 국어국문학회
          제9·10합병호.
김동언(1983), 중세국어 이중모음 'ij'에 관한 연구, 한남대 한남어문학.
金敏洙(1959), 註解訓民正音, 通文館.
金芳漢(1964), 國語母音體系에 관한 考察, 東亞文化 2.
_____(1968), 中性母音 '이'에 관하여, 李崇寧博士頌壽紀念論叢.
_____(1978), 알타이諸語와 韓國語, 東亞文化 15.
金秉旭(1982), 國語母音體系와 音韻現象, 論文集 23, 韓國語敎育硏究會.
_____(1983), 국어음운체계 변천에 대한 연구, 명지대 대학원 박사학위논문.
金成烈(1980), 국어의 連聲論, 成均館大 大學院 碩士學位論文.
_____(1985), 中世國語의 重母音體系와 音價에 대하여, 關東語文學 4輯, 關
          東大學.
_____(1986), 6中聲(ㅚㅟㅘㅕㅙㅞ)의 漢字表音에 관한 考察, 關東大 論文集

第14輯.

김승곤(1983), 음성학, 정음사.

金榮起(1973), Irregular Verbs in Korean Revisited, 어학연구 9-2.

_____(1976), Semantic Features in Phonology: Evidence from Vowel Harmony in Korean, Paper Presented at The Twelfth Annual Regional Metting of The Chicago Linguistic Society, April 1976.

김영만(1966), 방점과 현대국어 성조의 비교-경북방언을 중심으로, 한글 137.

_____(1972), 고금성조비교재론-다음절어의 유형과 비교공식, 한글 149.

金永松(1975), 우리말소리의 연구, 과학사.

_____(1976), 훈민정음의 홀소리체계, 문리대 논문집 15, 부산대.

_____(1977a), 훈민정음의 설축자질, 언어학 2, 한국언어학회.

_____(1977b), 홀소리의 분류기준, 문리대 논문집 16, 부산대.

金永鎭(1976), 古代國語의 母音體系 研究, 國語研究 35호.

_____(1979), 國語의 母音推移에 對하여, 학술원 논문집 4.

金午坤(1978), 現代國語의 움라우트 現象, 국어학 6.

金完鎭(1963), 國語母音體系 新考察, 震檀學報 23.

_____(1964), 中世國語 二重母音의 音韻論的 解釋에 對하여, 學術院 論文集 4.

_____(1965), 原始國語 母音論에 關係된 數三의 問題, 震檀學報 28.

_____(1972), 形態論의 懸案의 音韻論的 克服을 위하여, 동아문화 11.

_____(1978), 母音體系와 母音調和에 대한 反省, 語學研究 14-2.

金鎭宇(1963), New Observations on the Korean Vowel System, Cintan-Hakpo 23.

金鎭宇(1976a), Diagonal Vowel Harmony? : Some Implication for Historical Phonology, 국어학 7.

_____(1976b), 國語音韻論에 있어서의 母音音長의 機能, 어문연구 9, 충남대.

金鎭宇·都守熙(1980), Rule Reordering in Middle Korean Phonology, 語學研究 16-1.

金次均(1985a), 15세기 국어의 단모음 체계, 새결박태천선생회갑기념논총.

_____(1985b), 훈민정음해례의 모음체계, 羨鳥堂金炯基先生八耋紀念國語學論叢.

金亨奎(1962), 國語史研究, 一潮閣.

_____(1974), 韓國方言研究, 서울大 出版部.

南廣祐(1962), 長短音攷, 國語學論文集, 一宇社.

_____(1966), 東國正韻式漢字音研究(中聲의 考察), 韓國研究叢書 6.

_____(1973), 朝鮮(李朝)漢字音研究, 一潮閣.

都守熙(1970), 母音調和의 誤算問題, 국어국문학 49·50.

_____(1977), 忠南方言의 母音變化에 대하여, 李崇寧先生古稀紀念國語國文學

     論叢.

_____(1981), 忠南方言의 움라우트 現象, 方言 5.

_____(1983), 한국어 음운사에 있어서 부음 y에 대하여, 한글 179.

문교부(1979), 표준말안, 문교부.

朴明淳(1981), 忠北陰城方言의 考察, 成大文學 22.

朴炳采(1971a), 國語漢字音의 開封音母胎設에 對한 揷疑, 金亨奎博士頌壽紀念
     論叢.

_____(1971b), 國語漢字音의 母胎論攷, 白山學報 10.

_____(1971c), 古代國語 研究(音韻篇), 高大出版部.

_____(1975), 洪武正韻譯訓의 俗音攷, 人文論集 20.

_____(1983), 洪武正韻譯訓의 新研究, 高大出版部.

_____(1987), 한국한자음의 모태와 변천, 국어생활 8호, 국어연구소.

박종희(1985), 모음조화의 붕괴요인에 대하여, 羡烏堂金炯基先生八耋紀念國語
     學論叢.

박주경(1985), 현대한국어의 장단음에 관한 연구-음성·음운학적 고찰, 서울
     대 석사학위논문.

徐廷範(1981), 'ᄋ' 表記語研究, 趙永植博士華甲紀念論文集.

宋　敏(1986), 前期近代國語音韻論研究, 國語學叢書 3, 國語學會.

辛基相(1977), 東部慶南方言의 hiatus 現象에 대하여, 국어국문학 76.

_____(1986), 東部慶南方言의 音韻研究, 成均館大 大學院 博士學位論文.

_____(1999), 동부경남방언의 고저장단 연구, 월인.

安秉禧(1979), 中世語의 한글 資料에 대한 綜合的인 考察, 奎章閣 3.

梁柱東(1965), 增訂 古歌研究, 一潮閣.

오종갑(1984), 모음조화의 재검토, 牧泉兪昌均博士還甲紀念論文集.

兪昌均(1960), 古代地名表記의 母音體系, 語文學 6.

_____(1970), 韓國古代漢字音의 研究 其二 新羅 景德王代漢字音의 性格, 신
     라가야문화 2.

劉昌惇(1960), 諺文志註解, 新丘文化社.

_____(1961), 國語變遷史, 通文館.

_____(1964), 李朝語辭典, 延大出版部.

李珖鎬(1977), i 母音의 音韻論的 解析, 語文學 36, 韓國語文學會.

_____(1978), 경남방언의 이중모음에 대하여, 국어학 6.

李根圭(1985), 중세국어 모음조화의 연구, 충남대 대학원 박사학위논문.

李基文(1961), 國語史槪說, 民衆書館.

_____(1963), 13世紀 中葉의 國語資料, 東亞文化 1.

_____(1968a), 母音調和와 母音體系, 李崇寧博士頌壽紀念論叢.

_____(1968b), 鷄林類事의 再檢討, 東亞文化 8.

_____(1968c), 朝鮮館譯語의 綜合檢討, 서울大 論文集 14.

_____(1969), 中世國語音韻論의 諸問題, 震檀學報 32.

_____(1971a), 訓蒙字會硏究, 韓國文化硏究所.

_____(1971b), 母音調和의 理論, 語學硏究 7-1.

_____(1972), 國語音韻史硏究, 韓國文化硏究所, 사울大.

_____(1977), 濟州島方言의 'ᄋ'와 관련된 몇 問題, 國語國文學論叢, 李崇寧先
　　　生古稀紀念論集, 塔出版社.

_____(1978), The Reconstruction of *yʌ in Korean, Kim Chin-W ed.,
　　　Papers in Korean Linguistics, Colombia: Hornbeam press, Inc.

_____(1983), 訓蒙字會硏究, 서울大 出版部.

이병건(1978), 한국어의 음운변천, 언어학 3.

李秉根(1970), 京畿地域語의 母音體系와 非圓脣母音化, 東亞文化 9, 서울大.

_____(1971), 現代韓國方言의 母音體系에 對하여, 語學硏究 VII-2.

_____(1975), 音韻規則과 非音韻論的 制約, 국어학 3.

_____(1978), 國語의 長母音化와 報償性, 국어학 6.

_____(1986), 發話에 있어서의 音長, 국어학 15.

李炳銑(1971), 慶南方言에서의 母音調和現象, 국어국문학 54.

이상억(1979), 聲調와 音長, 語學硏究 15-2, 서울대 어학연구소.

李崇寧(1947), 母音調和硏究, 震檀學報 16.

_____(1949a), 朝鮮語音韻論硏究第一集 'ㆍ'音攷, 乙酉文化社.

_____(1949b), '애, 에, 외'의 音價變異論, 한글 106.

_____(1954), 十五世紀의 母音調和와 二重母音의 Contraction的 發達에 對하
　　　여, 東方學志 1.

_____(1955), 新羅時代의 表記法體系에 關한 試論, 서울大 論文集 2.

_____(1957), 濟州島方言의 形態論的 硏究, 東方學志 3.

_____(1960a), 洪武正韻의 硏究, 震檀學報 20.

_____(1960b), 15세기 '어' 음가에 대하여, 한글 126.

_____(1966), 十五世紀의 活用에서의 聲調의 考察, 국어학논총, 동아출판사.

李翊燮(1972), 江陵方言의 形態音素論的 考察, 진단학보 34.

이철수(1999), 발음교육서설, 「선청어문」 27집.

이현복(1982), 한국어 리듬의 음성학적 연구, 말소리 4, 대한 음성학회.

李熙昇(1961), 국어대사전, 민중서관.

장태진(1960), 모음장단의 대립에 대하여-표준어를 중심으로, 「국어국문학」
　　　22호.

田光鉉(1967), 十七世紀 國語의 硏究, 국어연구 19.

田相範(1975), 規則再配列과 自由交替, 語學硏究 11-2.

鄭然粲(1968), 慶南方言의 母音體系, 國語學論集 2, 檀國大.

_____(1980), 韓國語音韻論, 開文社.

趙恒瑾(1980), 清原地域語의 構造에 關한 硏究, 成均館大 大學院 博士學位論

文.

陳泰夏(1974), 鷄林類事硏究, 光文社.

崔明玉(1980), 慶北月城方言의 音韻變化에 대하여, 新羅伽倻文化 11, 嶺南大 新羅伽倻文化硏究所.

_____(1982), 月城地域語의 音韻論, 嶺南大 出版部.

崔世和(1977), 15世紀 國語重母音硏究, 嶺南大 出版部.

_____(1981), 中聲合用論再攷, 이병주선생회갑기념논총, 二友出版社.

崔潤鉉(1981), 十五世紀 國語의 重母音硏究, 建國大 大學院 碩士學位論文.

崔泰榮(1978), 全州方言의 二重母音, 국어국문학 19, 전북대 국어국문학회.

崔鉉培(1937), 우리말본, 정음사.

_____(1959), 'ㆍ'字의 소리값 상고, 東方學志 4, 延大東方學硏究所.

_____(1982), 개정판 한글갈, 정음사. (초판 1942)

許 雄(1952), '애에외위'의 音價, 국어국문학 1.

_____(1955), 傍點硏究, 東方學志 2.

_____(1965), 國語音韻學, 正音社.

_____(1968), 국어의 상승적 이중모음체계에 있어서의 빈칸(Case vide), 李崇寧博士頌壽紀念論叢.

服部四郎(1946), 元朝秘史の蒙古語を表はす漢字の硏究, 龍文書局, 東京.

_____(1974), 中世韓國語의 母音調和와 母音體系, 講演論文集.

河野六郎(1968), 朝鮮漢字音の硏究, 天理時報社.

江 永(1966), 四聲切韻表, 廣文書局, 臺北.

董同龢(1968), 漢語音韻學, 廣文書局, 臺北.

陸志韋(1947), 記蘭茂韻略易通, 燕京學報 32.

趙蔭棠(1936), 中原音韻硏究, 上海.

陳 澧(1965), 切韻考.

黃淬伯(1937), 慧琳一切經音義反切攷, 歷史言語硏究所單刊 6.

Aoki, H.(1966), Nez Perce Vowel Harmony and Proto-Sahaptian Vowels, Language 42.

Bloch, Trager(1942), Outline of Linguistic Analysis, Baltimore.

Bloomfield, L.(1933), Language, New York: Holt, Rinehart & Winston Inc.

Chomsky, N. & Hall, M.(1968), The Sound Pattern of English, Harper & Row Publishers, New York Evanton and London.

Finer, Danial L.(1981), Concrete Vowel Harmony in Manchu Linuistic Analysis 7-3.

Greenberg, Joseph(1966), Synchronic and Diachronic Universals in Phonology, Language 46-2.

Hall, M.(1962), Phonology in Generative Grammar in Fordor and Katz.

Hamp, Eric P.(1958), Vowel Harmony in Classcal Mongorian Word 14.

Harris, Z. S.(1951), Methods in Structural Linguistics, Chicago: Chicago University Press.

Hass, Mary R.(1966), Vowels and Semivowels in Algokian, Language 42-2.

Hoket, F.(1965), Sound Change, Language 4-1 No.2.

Hoenigswald, Henry M.(1960), Language Change and Linguistic Reconstruction Chicago, University of Chicago Press.

_____(1964), Graduality, Sporadicty and the Miner Sound Change Process, Phonetica.

Hooper, J. B.(1976), An Instruction to Natural Generative Phonology, New York, Academic Press.

Jakobson, R.(1931), Prinzipien der Historischen Phonologie, Travaux du Cercle Linguistique de Prague.

Janhunew, Juha(1981), Korean Vowel System in North Asian Perspective, 한글 172.

Jones, D.(1962), The Phoneme-Its Nature and Use, Cambridge.

Karlgren, B(1915/1926), Études Sur La Phonologie Chinoige, Archives d'Etudes Orientales XV, Uprass: K. W Apperberg.

_____(1941), Grammanta Serica, Script and Phonetics in Chinese and Sino-Japanese, B.M.F.E.A.

Kellgren(1847), Die Grunlzűge der Finnischen Sprache mit Rűcksicht auf den Ural-Altaischen Sprachstamm, Berlin.

Kenstowicz, M. & C. Kisseberth(1979), Generative Phonology, Bloomington & London, Indiana University Press.

King, Robert D.(1969a), Historical Linguistics and Generative Grammar Englewood Cliffs, N. J. Pentice-Hall.

_____(1969b), Push Chains and Drag Chains, Glossa(forthcoming).

Kiparsky, P.(1968), Linguistic Universals and Linguistic Change in E. Bach and R. T. Harms(Ed), Universal in Linguistic Theory.

_____(1971), Phonological Change, I.U.L. Club.

Ladefoged, P.(1975), A Course in Phonetics, New York, Harcourt Brace Jovanvich Inc.

Lightner, T. M.(1965), On the Description of Vowel and Consonant Harmony, Word 21.

Lyons, J.(1962), Phonemic and Non-Phonemic Phonology, IJAL 28.

Martin, S. E.(1968), Korian Standardization: Problems, Ovservations and

Suggetions, Ural-Altaiche Jahrbücher.

Martinet, André(1952), Function Structure and Sound Change, Word 8.1-32.

_____(1955), Économie des Changements Phonétique, Berlin, A Francke.

Miller, R. A.(1966), Early Evidence for Vowel Harmony in Tibetan Language 42.

Moon, Y. S.(1974), A Phonological History of Korean, University of Texas, Ph.D Dissertation.

Poppe, N.(1964), Der Altaische Spachtyp, Mongolistik, H. O. Leidenkőln.

_____(1965), Instruction to Altaic Linguistics, Wiesbaden.

Postal, M.(1968), Aspects of Phonological Theory, New York: Haper & Row Dublishers.

Ramstdet, G. J.(1928), Remarks on the Korean Language Memoires de la Société Finno-Ougriece 58

_____(1949), Studies in Korean Etymology, Helsinki.

_____(1957), Einführung in Die Altaische Sprachwissen-Schaft 1, Lautlebre, Helsinki.

Sapir, E.(1921), Language, New York, Harcourt Brace.

_____(1925), Sound Patterns in Language in E. C. Fudge.

Saussure, F.(1959), Course in General Linguistics(trans by Wade Baskin), New York.

Schane, S. A.(1973), Generative Phonology, Englewood Cliffs, N. T. Prentice-Hall.

Schuchardt, Hugo(1885), Über die Lautgesetze, Gegen die Junggrammatiker, Berlin Oppenheim.

Shibatani, M.(1973), The Role of Surface Phonetic Constraints in Generative Phonology, Language 49.

Sievers, E.(1885), Grundzüge der Phonetik 3, Verbess Aufl, Leipzig(Jetzt Wiesbaden): Breitkopf & Härtel.

Sommerfelt, Alf(1923), Note Sur les Changements Phonétiques, Bullentin de Société de Linguistique 24.

Spitzer, Leo(1922), Hugo-Schuchardt Brevier, Halle(saale), Max Niemeyer Verlag.

Trubetzkoy, N. S.(1969), Principles of Phonology(trans by C. Baltaxe), Berkly, University of Califonia Press.

Vago, Robert M.(1969), Theoretical Implication of Hungarian Vowel Harmony, Linguistic Inquiry 7-2.

Wade, Baskin(1959), Course in General Linguistics.

Weinreich, V.(1954), Is a Structual Dialectology Possible, Word X.

Wise, Claude Merton(1958), Instruction to Phonetics, Prentice-Hall Inc.

Zimmer, K. E.(1967), A note on Vowel Harmorny, IJAL 33.

Zipf, George K.(1925), Relative Frequency As a Determinant of Phonetic Change, Harvard Studies in Classical Philology 40. 1-95.

_____(1965), The Psycho-Biology of Language, Cambridge Mass, The M.I.T Press.

Zwicky, A.(1970), More on Nez Perce, Alternative Analysis, Ohio State University Working Papers in Linguistics 4.

찾아보기

중세국어 모음연구

인쇄일 초판 1쇄 2000년 04월 10일
　　　　　 2쇄 2015년 04월 20일
발행일 초판 1쇄 2000년 04월 20일
　　　　　 2쇄 2015년 04월 23일

지은이 김 성 렬
발행인 정 찬 용
발행처 **국학자료원**
등록일 1987.12.21, 제17-270호

서울시 강동구 성내동 447-11 현영빌딩 2층
Tel : 442-4623~4 Fax : 442-4625
www.kookhak.co.kr
E-mail : kookhak2001@hanmail.net
ISBN 978-89-8206-490-6[93810]
가 격 12,000원